公元787年，唐封疆大吏马总集诸子精华，编著成《意林》一书6卷，流传至今
**意林：** 始于公元787年，距今1200余年

**青春最美，梦想出发**
中国式好看轻小说优鲜品牌

图书在版编目（CIP）数据

后天男神.3 / 七日霜飞著. -- 长春：吉林摄影出版社，2016.6
（意林轻文库. 恋之水晶系列018. 王子篇）
ISBN 978-7-5498-2641-4

Ⅰ.①后… Ⅱ.①七… Ⅲ.①长篇小说-中国-当代 Ⅳ.①I247.5
中国版本图书馆CIP数据核字(2016)第146138号

## 后天男神 Ⅲ
### Houtian Nanshen Ⅲ

| | |
|---|---|
| 著　者 | 七日霜飞 |
| 出版人 | 孙洪军 |
| 总策划 | 安　雅　张　星 |
| 责任编辑 | 施　岚　胡晓路 |
| 图书统筹 | 凉小葵 |
| 特约编辑 | 杨　宁 |
| 绘　图 | Tendy |
| 书籍装帧 | 胡静梅 |
| 美术编辑 | 王　春 |
| 开　本 | 700mm×1000mm　1/16 |
| 字　数 | 300千字 |
| 印　张 | 16 |
| 版　次 | 2016年6月第1版 |
| 印　次 | 2017年6月第2次印刷 |

| | |
|---|---|
| 出　版 | 吉林摄影出版社 |
| 发　行 | 吉林摄影出版社 |
| 地　址 | 长春市泰来街1825号<br>邮编：130062 |
| 电　话 | 总编办：0431-86012616<br>发行科：0431-86012602 |
| 网　址 | www.jlsycbs.net |
| 经　销 | 全国各地新华书店 |
| 印　刷 | 北京市兆成印刷有限责任公司 |
| 书　号 | ISBN 978-7-5498-2641-4　　　　定价：26.80元 |

版权所有　侵权必究
如发现印装质量问题，请与印务部联系退换，电话：010-51908584

## 目录
### Contents

**001** 第一章
怀表隐藏的秘密

**037** 第二章
逃离那个冰冷豪宅

**077** 第三章
大象谷的离别告白

**111** 第四章
藏着真相的海屿医院

**147** 第五章
险象环生

**185** 第六章
你是我今生最好的朋友

**221** 第七章
手术室谜云

**243** 尾声

# 第一章

## 怀表隐藏的秘密

## Chapter 1

午后，国立新高。

钱小芙在学校门口正探着脑袋等着黎阳，突然一辆黑色商务车从远处飞快驶来，在钱小芙面前猛地停下。她怔了一下刚想挪到旁边去，一只男人的手臂从车里伸出，猛地将她拖上了车。

车门用力关上，车子如风一般驶离了学校。

车子后排光线十分昏暗，惊恐之中钱小芙只感觉到有好几只手同时按住了她，让她动弹不得。刚想大声呼救，一块手帕就捂住了她的口鼻……

她拼命地挣扎，听到其中有个操着外地口音的人说："看看相片，绑对了没有？"

她是被绑架了吗？他们为什么要绑身无分文的她？

黑暗中，她努力想要看清这几个人的脸，然而几秒钟之后，她便慢慢失去意识，身体软绵绵地倒下去。

黎阳狂奔到学校门口，看到地上散落的钱小芙的书包和鞋子，整个人像是被什么东西猛地抽空一般。

身后的车鸣声不断，嘈杂的街道让他整个人快要崩溃。

他双手用力捂住耳朵，慢慢蹲下去。是爸爸吗？爸爸得知保险箱在他手里便抓走钱小芙，来胁迫他吗？

黎耀荣，这个他叫了十八年"爸爸"的男人，他真的会这么做吗？黎阳的头痛得仿佛快要炸裂一般。

手机在口袋里再次响起来，他木然地掏出来放到了耳边。

"黎阳，你姐姐有危险，现在快点儿回家！"

黎阳猛地抬起了头，是黎家管家马伯，老人的声音里满是惊恐和不安，不等黎阳回应便已匆匆挂断。

他这才想起刚才收到佑晨的那条短信：黎阳救我，爸爸想要我死……

心中仿佛又一个重磅炸弹被引爆。他飞奔回车子，掉转方向驶向黎宅。

同一时间。

国立新高体育馆，正在进行高三组的篮球比赛。年宥泰一记漂亮的三分球后，所有队友都围过来击掌庆祝。

无意间转身，他看到了看台上一抹熟悉的倩影，猛地停下步子，抱着球呆立在

# 第一章
## 怀表隐藏的秘密

中场。

"宥泰，球！球传我啊！"队友喊道。

看台上的女生此时对着他柔柔一笑，眉眼弯起来，乌黑的长发被馆中穿堂而过的风吹散。

球自他手中"咣当"落地，他脱下球衣大步跑出了球场，喊道："对不起，换人。"便扔下一群瞠目结舌的队友奔向了看台。

"有异性没人性啊。"队友在下面齐声起哄道。

"找我吗？"年宥泰来到了女生身边，眼中有昭然的惊喜，"出去说。"

"嗯。"Zoe浅浅一笑，走在他前面，两个人一起离开了体育馆。

"我有事想问你。"树荫下Zoe轻轻说道，"我昨晚梦到了一间花房，还梦到了你。我分不清是从前的记忆还是梦境，所以想找你求证一下。"

"花房……"年宥泰怔了一下，那是她最喜欢的地方，她终于还是想起来了。

"所以并不是梦，我们真的去过，对不对？"Zoe望着他。

"你梦中的那间花房就在学校，是年氏集团资助的教学附楼，要去吗？"年宥泰犹豫着对她伸出了手。

Zoe点头，笑盈盈地挽住了他。虽然关于年宥泰的记忆少之又少，但是她能感觉到他对她的用心。

她失忆的这段日子，他几乎天天都来看望她，来了也不说什么，只是默默地带来很多东西，吃喝穿用，只要是她需要的，他通通都想得到。

她一直心怀感激，只是脑海里对他全无记忆，便也不知道如何开口。

直到昨晚，她在梦中见到他，梦的内容已经不记得了，可醒来后枕头却是潮湿一片，再想起他时，她的心会微微揪痛。

她才知道，她的心里有过他。她决定向前走一步，她想知道与他的过往。

电梯直升向顶层，她不禁将他的手臂握得更紧，她不知道这里会唤起她多少记忆，而这些记忆的背后她到底是个什么样的人。

年宥泰轻轻地回握她，侧脸看着她，浅浅一笑道："不论想起什么，都不用紧张，我在。"

电梯门开。

花朵清郁的芬芳扑面而来，世界各地的珍贵品种都在这里齐集，富良野的薰衣草，非洲的粉野菊，保加利亚的玫瑰……一座美得如梦境般的花房呈现在她面前。

Zoe惊喜地捂上了嘴巴，从一丛丛花朵中慢慢走进去，在一架纯白色的秋千前停下

来,她的声音有些发颤:"我曾经来过这里,我确定。"

年宥泰轻轻点头。

她看着四周明亮的落地窗,一些记忆的片段忽地在脑中闪现,心脏像被针刺般痛了一下,她捂住胸口俯身。

年宥泰赶忙扶住她:"哪里不舒服吗?"

"不要管我……"她轻推开他,双目紧闭,忍受着身体巨大的痛楚,任记忆在脑海中碰撞……

一片白色的海滩上,几千朵香槟色玫瑰铺成了一个心形,有个男生单膝跪地,为她戴上了草编戒指……

她和爸爸在破旧的水产店里,一个穿着黑色大衣的男人走进来,左右随从齐齐唤他:"老爷子……"

豪华的办公室中,一个总裁模样的中年人把一份隐藏股权书和五百万的支票放到了她的面前……

破旧的仓库中,她紧紧抱住一个男生,恳求他给她一个机会,重新来过……

一道刺眼的车灯闪过,她听到有人大声喊她的名字,耳边是呼呼的风声,她的身子被撞飞……

"陆铭熙!"Zoe猛地抬起头,"我喜欢的人从始至终都只有陆铭熙一个。"

她终于还是想起了所有。年宥泰原本想要扶她的手,慢慢地收了回来。

她来找他,让他觉得前所未有地开心,然而这份心情却只维持了短短几分钟。尽管知道带她来这里可能会唤起她的记忆,他也会再次失去守护她的机会,他却还是这么做了。

他不忍心让她在困惑和迷茫中度日,她迟早要做回自己,做回那个冷酷而不择手段的Zoe。

那个一再无视他真心的Zoe。

"我要去找他!"Zoe扔下年宥泰,一阵风般从花房中跑了出去。

年宥泰慢慢地坐在秋千上,一行泪从眼角滑落。

在她这些恢复的记忆中,她是否还记得江城最冷的那个深夜里,他对她说的那句话。

"不管你回来是为了什么,我都会帮你的。我什么都不会问你,也不会强求你,你只要记住,在你身后,我一直都会在。"

Zoe,谢谢你,曾出现在我的生命里,痛也好,苦也罢。

# 第一章
## 怀表隐藏的秘密

只此一诺，至此一生。

电梯飞快下行，Zoe焦急地拨打着陆铭熙的手机，可是信号很弱，一直拨不出去。

终于到达一层，她站在校园里，正要再次按下拨出键时，手指却猛地停了下来。

午后的阳光柔柔的，将她的影子拉得长长的。她突然想起在钜豪酒店里，她与陆铭熙拿回陆氏的经营权的那个傍晚，夕阳也是这般温存。

那天，年宥泰站在一群酒店高层人员的前面，金色的阳光洒在他完美的侧脸上，令人怦然心动。在她想走向他时，他轻轻摇了摇头，露出一个淡淡的笑容。

咫尺距离，他发了一条短信给她。

**我什么都不会问你，也不会强求你，你只要记住，在你身后，我一直都会在……**

Zoe愣在了原地，她慢慢回身看向附楼顶层的方向。是从什么时候起，年宥泰的身影在她心中扎了根，如此有力地动摇着她的心……

年宥泰在花房中静静坐着，许久后他抹干了眼角的泪，打算离开，却在转身的一刹那看到了站在身后的Zoe。

她怔怔地看着他，眼中有泪水慢慢地涌起，纤细的肩微颤着。

他也怔怔地看着她，想不到她会返回来，会重新站在他面前。

"年宥泰……"她的眼泪从眼眶中滑落，"为什么会是你……"

他的心像是被她感染一般，酸涩难当，视线一点点变得模糊。

"为什么让我这么犹豫，为什么让我的心动摇，为什么让我想要对他放手的人，会是你……"Zoe的泪水如断线的珠子，哭得不可抑止。

"真的动摇了吗？觉得后悔吗？需要我拒绝你吗？不论你怎么决定，我都会……"年宥泰还说着，Zoe就跑过来扑进他怀中。

"可能我的心还不够坚定，可能我还会犹豫挣扎，但是不要放开我好吗？让我留在你身边，让我做回曾经那个善良的云若溪好不好？"Zoe的泪水肆意放纵。

阳光洒在两个人的身上，花房的香气弥漫在空气中，屋顶上空云丝缕缕，一切都美好得如同梦境。

陆氏地产旧楼前。

许真将过去所有的事都向陆铭熙一一做了交代，他抓着陆铭熙的手，央求道："小陆总，你快做决定，佑晨她真的有危险。"

陆铭熙眉头深深拧起，对许真说道："对付黎耀荣这件事，我一定会做。但是许真你确定你要重新卷入这场战争吗？你明明已经抽身了，又跑回来向黎耀荣宣战，你想过

后果吗?"

"我来不及想,也不需要想。我只想佑晨活下去。"许真的眼中写满坚定。

"不行,黎耀荣心狠手辣,连自己的儿子都可以下手,更何况是你。你的事都交给我,把所有不利于黎家的东西通通交给我,黎佑晨也交给我,你找地方躲起来。"陆铭熙从钱包里拿出一张银行卡,"这些够你和伯父过一阵子了,千万不要被黎耀荣知道你回来了。"

许真将卡推还回去,说道:"黎陆两家之间的恩怨我已经参与了太多年,就算逃到天涯海角我也依然逃不出这个圈子。我做了太多昧良心的事,对两家也都有亏欠,小陆总,现在是我收拾残局的时候了,我只希望不再有局外人受到伤害。"

陆铭熙正想再说什么,手机响了起来。

黎阳的声音急切地响起来:"快去国立新高,调取十分钟前校门口的车辆监控记录,找到一辆黑色商务车……"

"我在忙,等下再说……"陆铭熙准备挂断。

"小芙她……"黎阳的声音停了一下。

"小芙?她怎么了?"陆铭熙的表情立刻紧张起来,"她不是在上课吗?我早上亲眼看着年雪凝送她到学校。"

"她可能,被绑架了。"黎阳的声音仿佛沉入了深海。

"什么?什么时候的事?"陆铭熙下一秒钟就已经将许真推进了车子,之后飞快地钻进驾驶座,"是你爸爸吗?和你拿到的那个保险箱有关吗?"

"我不知道,我不能确认……"黎阳车子在十字路口等红灯,同样心急如焚。

"还调取什么监控!我现在就去找黎耀荣要人!他之前制造假日记本扭曲事实,派人毁掉我陆氏大厦,这些新仇旧恨我今天一并找他算清楚!"陆铭熙将车子油门轰到底,车子飞驶出去。

"你不要去!我现在正赶回家,黎佑晨可能也出事了。铭熙,我会负责找到小芙,我保证把她毫发无伤地救出来……"

"你拿什么保证?拿那个和你没有任何血缘关系的黎耀荣保证吗?他绑架人也不是第一次了,你忘了我也遭受过同样的待遇吗?这么心狠手辣的人怎么可能对小芙手下留情。"陆铭熙的手掌握紧,"还有几分钟我就到你家了,我不知道自己会做出什么事,我知道你对他还心存情分,所以你还是先不要回来了。"陆铭熙说罢便挂断了。

车子穿过城市,驰向黎宅。

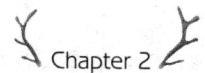
## Chapter 2

黎阳这时也加快了车速,陆铭熙根本不是老爷子的对手,恐怕什么都问不出来,还会被扣个私闯民宅的罪名。

临近黎宅门口,他终于看到了陆铭熙的车子,将他堵在了街边。

"让开!"陆铭熙从车窗里伸出头冲他大喊。

黎阳快步走过来,拉开车门将陆铭熙的车子强行熄了火。

"你干什么!"陆铭熙扯着嗓子冲黎阳喊。

"交给我,小芙的事交给我可不可以?"

"不可以!我不能让小芙担任何风险!"陆铭熙高喊着。

"难道我忍心吗?难道现在的局面是我愿意看到的吗?"黎阳再转回脸时,眼眶里已经蓄满了泪水,声音中夹着哭腔。

陆铭熙猛地安静下来。

他满心为钱小芙担心却忽略了黎阳的心情,没有任何人比黎阳更加珍惜钱小芙,甚至陆铭熙自己,都没有办法和黎阳相比较。

可偏偏伤害钱小芙的是黎阳的爸爸。此时此刻,他才是心最痛的那个人吧。

陆铭熙静了一瞬,伸手拍拍黎阳的肩:"对……对不起,可是我真的很担心……"

"在这里等我,我会问清楚的。"黎阳推开陆铭熙,走向了黎宅。

"我和你一起去。"一直在车里的许真也走了下来,"佑晨还在里面。"

"不想一起惹怒老爷子的话,你们就在这里等着。"黎阳头也没回,身影渐渐消失。

黎宅。

黎耀荣坐在书房里,看着墙上一个个监控画面,嘴角微微勾起。

"你出去吧,不要让黎阳看到你。"黎耀荣对身后的刀疤脸男子吩咐道。

"我还是留在这里吧。姓陆那小子和许真都在外面,万一他们冲进来……"刀疤脸一脸忠诚地说道。

黎耀荣扯扯膝上的毯子轻笑:"我养了黎阳那小子虽然没几年,对他的性子却摸得很清,他不会让那两个人进来的。"

"万一他和您争执起来,可能会伤到您……"

"他?"黎耀荣大笑起来,"只要我在这个世界上还有一口气在,他都不会忤逆我半分。"

黎耀荣挥了挥手,刀疤脸欠身退出房间。

他将目光看向桌上的两份DNA（脱氧核糖核酸）鉴定报告，鉴定日期都是在半年前，一份是黎佑晨，一份是黎阳。

他将黎佑晨那份放进了保险箱，之后拿起黎阳那份在指间轻轻搓揉着。

上一次的车祸事故，他原本是想让老天帮他做出选择，如果黎阳侥幸存活，他便放他一条生路，给他一笔钱让他从此离开他的视线，此生不再见他。

可偏偏帮黎阳的不是老天，而是那个人间消失了数年的江津恒。

他不禁冷笑起来，看来连老天都不想让他忘记妻子背叛他的奇耻大辱。

想到这里，他的手指力道越发地重，将那叠纸揉得起皱。

外面传来脚步声，黎阳推门走了进来。

"爸……"这个字刚叫出口，黎阳的心轻拧了一下，但他还是努力平稳声调，继续说道，"我有事想问您。"

"有人带走了钱小芙，但这件事与我无关。"黎耀荣缓慢抬眼，"这个答案是你想要的吗？"

"你已经知道了？钱小芙只是个普通的学生，不会有别人带走她的！"

"你既然坚信是我，还来问什么？"黎耀荣的声调有种骇人的力量。

"我……"黎阳刚想说用保险箱交换钱小芙，却猛地瞥到了黎耀荣手里的那份DNA鉴定报告，以两个人之间的距离，他可以清楚地看到报告最下方的结论——父系关系可能性0%。

他的心不禁一紧。看来他与爸爸之间最为隐晦的这个秘密也已经被捅破了。

"收起那副紧张的表情，这个结果江津恒不是已经告诉你了吗？"黎耀荣将报告随手丢到地上，扶着椅子站起来，"你现在应该担心自己才对吧，没了黎氏继承人这张王牌，你和你那死去的妈都会成为笑话。"

"我不在乎这些，我只想知道钱小芙的下落。之前你答应给我一周的时间把她带到你面前，现在时间还没到……"

"砰！"黎耀荣手一挥，一个古董花瓶在两个人脚下摔得粉碎。

黎阳强作镇定，身子却还是忍不住颤了一下。

"张口闭口都是钱小芙，那我现在让你选，黎佑晨和她，你只能救走一个，你选谁？"

"黎佑晨是你的亲生女儿，你到底想对她怎么样？"黎阳被逼急了。

黎耀荣露出一个深不可测的笑："所以我才更有权利决定她的生死。"

"爸……"黎阳再一次领教了黎耀荣的阴毒，他知道自己不是他的对手，他根本猜不透他的想法。

# 第一章
## 怀表隐藏的秘密

"不要叫我，不选的话就赶紧从这里滚出去！这两个人你这辈子都别想再见到了。"黎耀荣低喝道。

"佑晨，我选佑晨。"黎阳万般无奈下终于做了选择。直觉告诉他，钱小芙并不在爸爸手上，"请你放佑晨走，我会带她离开这里的。"

"带得走再说。"黎耀荣立在窗边，声音中夹着一抹阴笑，让人全身发毛。

一种不好的预感袭向黎阳，他撒腿跑去楼上佑晨的房间。

房间空无一人，家具器皿都被擦拭得一尘不染，窗帘和床单也都换成了纯白色，空气中满是消毒药水的味道。

他转身走进更衣室，如他所料，衣服鞋子包包饰品全都消失了，柜子全都是空的。

整个房间已然没有一丝黎佑晨待过的痕迹。

他身子一软抵在了门柱上，他到底还是来晚了。

这时，在他身后响起了蹒跚的脚步声，然后一只温暖的手掌握住了他。

"小阳，老爷让我把这个交给你。"管家马伯手指微颤着递上了一张字条，"佑晨被送到这里了，她生病了。"

生病？黎阳不可置信地看着管家："什么病？什么时候的事？"

马伯缓慢地摇头，一张脸写满了畏惧，之后摇摇头走开了。

黎阳将字条展开，上面写着——第七疗养院。

黎阳刚从黎家走出来，陆铭熙和许真就立刻围了上去。

"怎么样？问出什么了？他承认是他抓走小芙吗？"

"佑晨呢？她在里边吗？她怎么样？"

两个人像人墙一样挡在黎阳面前。

黎阳抬起头，一张脸苍白似纸，摇头："钱小芙不是爸爸带走的，佑晨也被送到别的地方了。"

"我就知道你什么都问不出！我亲自去问他。"陆铭熙推开黎阳就向黎宅走去。

"铭熙……"黎阳从后扯住了他，"我了解他那个人，他说不是他，就一定不是。我们重新找线索。"

"找什么线索，钱小芙是个连蚂蚁都捏不死的女生，她还能得罪谁？你了解黎耀荣，他之前几次打算害死你的时候，你也觉得了解他吗？"陆铭熙刚说到这里，许真就猛地阻止他。

"小陆总不要说了，救人要紧。"许真怕大敌当前，眼前这两个人先内斗起来。

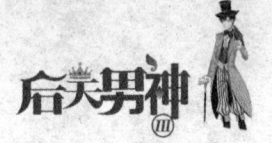

"对，我现在就是要进去救人。黎耀荣不承认绑人，我就把他绑出来，一命换一命！黎阳，你要是再敢拦我，别怪我手狠！"陆铭熙挣脱开他，大步向前走去。

"陆铭熙，你用用脑子行不行？之前爸爸对我做的事，你难道忘了吗？他如果想要害你，你有一百条命都不够用！"黎阳再次上前拉住他。

陆铭熙此时心急如焚哪里听得进去，见黎阳仍阻拦自己，挥起一拳便落在黎阳的小腹上。

"松开我！"他瞪圆了眼，眼底急得通红。

"小陆总！"许真赶紧冲上来拦着他。

黎阳的身子深深地弯下去，小腹的痛楚让他额头渗出汗珠来，可握着陆铭熙的手却丝毫没有放松，他喘着粗气说道："不要去，我们几个都不可以再出事了！如果你也落入了他的陷阱，小芙怎么办？你要眼睁睁看着她人间蒸发吗？还有佑晨，她也在黎耀荣的手里！闹得不可收场，她要怎么办？我只有她一个亲人了，我只剩下她了！"黎阳几近低吼，连番的变故让他在这一天里已然崩溃，泪水顺着脸颊飞快滑落。

看着黎阳满脸的泪水，陆铭熙怔在了原地。

"小陆总，就算她们俩都在老爷子手上，这么硬闯他也绝对不会交人的，先不要冲动，我们再想想办法。"许真在一边劝道。

对啊，就算是黎耀荣干的，他也不可能把钱小芙藏在家里。陆铭熙一拳砸在墙上，缓了片刻才说道："好，我不进去，那现在我们怎么办？报警吧！"

黎阳在许真的搀扶下慢慢直起身，声音有些沙哑地说道："要报警也要等我们手里再多一些线索。"他长长地吸了一口气，缓解着疼痛，"如果是黎耀荣绑了钱小芙，他刚才就应该要我交出保险箱，可他提都没有提。只有两种可能，第一他不知道我拿到了保险箱，那么他也没有理由抓走钱小芙；第二种可能，这件事真的是别人做的，所以当务之急是去查校门口的监控，看有没有什么线索。"

"我去查。"陆铭熙说罢便驱车离开。

"黎少爷，你有事隐瞒了小陆总，对不对？"待陆铭熙走后，许真才缓缓问道。

黎阳扭脸看向他。

"我了解老爷子，佑晨和小芙他一定会选一个做筹码，如果不是小芙，便是佑晨了。"许真的眼里尽是心痛。

黎阳深呼了一口气："小芙只要不是落在爸爸手里，就还不至于有危险。普通绑匪的话会主动联系我们的。许真，佑晨可能已经有危险了。"

黎阳展开手掌，露出了那张字条。

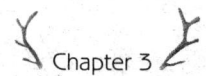

Chapter 3

深夜，城南一座破旧的小四合院。

钱小芙迷迷糊糊醒过来时，发现自己躺在干草堆里，眼睛被蒙着，嘴巴里也塞了东西，双手双腿被紧绑在一起。

屋子里散发着一股腐烂的饭菜味道，令人一阵阵地犯恶心。

她试探性地挪了挪身子，突然碰到了一个软绵绵的物体，紧接着一阵满是惊恐的咿咿呀呀的声音响起来。

是女生的声音！

钱小芙再次挪动身体靠近她，之后小声地"啊啊"叫了两声。

旁边的女生猛地安静下来，慢慢向她靠过来。

两个人的手在混乱中终于触碰到了一起，并紧紧地握住，像找到了亲人一般，两个女生的脸上都出现了欣喜的表情。之后她们默契地配合着，手脚并用地解开了绑在身上的粗绳。

窗外已是深夜，黑漆漆的屋子里，只有一道月光洒进来。当两个人看到彼此的脸时，同时惊住了。

"是你！"

两个人异口同声，又同时捂着嘴巴将声音压低。

面前的女生，钱小芙与她只见过两面，印象却极其深刻。

一次是在陆铭熙身陷火海的晚上，她带着陆铭熙来到医院。

另一次是在商场的义卖活动上，她出天价想要和陆铭熙约会。

乔可茵。

虽然不知道她的身份，但是钱小芙在之前就看出她是富家千金。

"我们是被绑架了吗？"钱小芙轻声问道。

"应该是吧。"乔可茵小声道，"一周前，我接到过恐吓电话，让我给一个陌生的账号里汇一千万，我没有在意。想不到真的发生了这样的事。"

"可我并没有接到什么恐吓电话啊。"

"或许，他们绑错了人？毕竟……"乔可茵看着钱小芙无奈一笑，"我们长得那么像。如果真的是我推测的那样，那……"

"那也不一定，我天天被那些记者写在报纸上，没准儿这些人觉得我也有钱呢。不过万一如你说的抓错了人，那也值得庆幸。庆幸他们连我一起绑来了，不然你一个人肯定要害怕死了。"钱小芙打断乔可茵的话，此时此地她还不忘给对方宽心。

"钱小芙，对不起。还有，谢谢。"乔可茵一脸诚恳地说道。

"别说这些了，想想怎么逃出去吧。"钱小芙起身，猫起腰跑到了窗边，小心地向外张望。

"看守我们的人在对面那个屋子打牌，大概有五个人。"钱小芙说道。

乔可茵在木门前轻轻晃动了一下铁锁，眉头深深皱起："窗户钻不出去，门也上着锁，怎么办？"

"你藏在门后，我大喊一声把他们引过来，门一开你就赶紧逃走，我会努力拖住他们！"

"不行，我不能留下你。"

"我没关系的，如果他们真的想要绑架的是你，你逃走了，留下我也没什么用，他们肯定会放我走的。"

"不行。"乔可茵坚定地摇头，"我来引开他们，你逃出去了再找人来救我！他们应该会联系我家人，没有拿到赎金前，不会把我怎么样的。"

钱小芙知道乔可茵的提议更加可行，但是自己一个人逃跑，她实在于心不忍，她还在犹豫着，对面屋子里走出来一个梳着小辫儿的年轻男人，像是在向什么人汇报，声音不高，却能听得一清二楚。

"是按相片抓来的，可是两个人长得太像了，又都是坐着豪车上学，我们几个就搞混了。不过依我看两个都是千金小姐，我们没准儿能要到两份赎金，真是赚到了。"

钱小芙和乔可茵对视一下，果然和她们料想的一样，是几个蠢绑匪搞出的乌龙。

小辫子男子似乎被手机那边的人斥责了一通，刚才得意的神情瞬间蔫了，对着手机一个劲儿地认错，过了半晌才说道："好好好，我知道了，我这就去找出真的乔小姐，剩下的那个我会处理掉的。"

乔可茵猛地捏紧了钱小芙的衣角，目光里尽是担心。

钱小芙也怕得要命，却还是拼命挤出一抹笑容，用唇形告诉她：不要害怕，我们见机行事。

小辫子挂断手机后，从口袋里摸出一张相片，摇摆着冲这边屋子走过来。

钱小芙飞快地比画着，按第一套计划执行。

乔可茵的脑中此刻一片混乱，听着门外脚步声临近，她全身都不住地发抖，瑟瑟地藏在门口，顺手抓起了地上的一根木棍。

门锁打开，小辫子男子走进了屋子，猛地发现干草堆上的两个人都不见了，刚要张嘴叫其他人，钱小芙猛地从墙角里扑出来，用尼龙袋子套住了他的头，两个人一起跌在

# 第一章
## 怀表隐藏的秘密

了地上。

"快跑！"钱小芙冲乔可茵低声喊道。

小辫子手脚并用拼命挣扎着，钱小芙用尽全身力气勒着袋子。

乔可茵站起来，看着眼前的这一幕整个人吓丢了魂一般。

"快跑啊，我快要支撑不住了！"钱小芙声嘶力竭地喊道。她瘦小的身体哪里是小辫子的对手，很快她的胳膊就被小辫子反握住，就在他要揭开尼龙袋的那一瞬间，乔可茵举起木棍对着袋子抡了下去！

小辫子霎时间就没有了动静，瘫在那里。

"他，他死了吗？"乔可茵惊恐中扔了木棍，一张脸苍白如纸。

"应该是晕过去了！"钱小芙也有些不确定，她隔着袋子探了探他的鼻息，才舒了一口气，"他没事，我们快走。"她上前抓起乔可茵的手就向外跑。

院子的大门半掩着，她们顺利地逃了出去，在黑漆漆的夜里狂奔。

跑了十几分钟，四周依然看不到什么光亮。

"我跑不动了。这到底是什么地方，怎么都没有人啊？"树丛中乔可茵靠在大树上，大口地喘息着。

"像是象山脚下。"钱小芙猜测着。

"你怎么知道？"

"几年前我和爸爸来过这里。你有没有闻到空气里有薰衣草的味道？因为这附近有一个私人薰衣草庄园，我对这个味道非常熟悉。"

"有你真是太好了，我们一定能逃得出去的！"乔可茵终于露出了一丝笑容。

"我记得这里有一条公路，庄园的人很晚才收工，没准儿我们可以搭到车。"钱小芙扶住乔可茵，"我们要继续走。"

两个人相互扶持着继续前行，又走了一个多小时，终于看到了不远处的一束光亮。

"是车灯！有车子经过了！"乔可茵兴奋地大喊道。

两个人瞬间充满了能量，飞快地冲着车子跑过去，一边挥手一边呼救。

前方的车子似乎也听到了动静，慢慢停了下来，司机走了下来，在看清是两个女生后，司机很是热情地摆了摆手，冲她们喊道："快过来，过来吧！"

"我们得救了！"乔可茵开心地叫道。

"不对！"钱小芙突然拉住了乔可茵，"我觉得不对劲。这个司机怎么会这么热情地在荒郊野岭招呼两个陌生人？"

乔可茵这时也反应过来："你的意思是，他是绑匪的同伙吗？"

"喂,过来啊!"司机还在前面卖力地挥着手臂。

"一定是,快跑!"两个人飞快地往反方向跑起来,那个人见她们跑了,开着车子就在后面狂追起来。

"小芙,我们死定了,我们一定死定了。"极度的恐惧向两个女生涌来,乔可茵再也承受不住,放声大哭起来。

"你去林子里藏起来!我去引开车子。"钱小芙一把推开乔可茵,冲着车灯的方向大喊道:"你们休想拿到赎金,一毛钱都别想得到!"

"臭丫头!看我不好好收拾你。"车里的男子发出几声冷寂的笑声,之后轰足了油门向着钱小芙冲了过去……

钱小芙奋力地向前跑,尽量选择林子里曲折又隐秘的小路,可车子一直紧追不舍,两盏刺眼的车灯像是追魂的索,让她无处遁形。

在车子离她只有几米的距离时,她突然听到身后一个女生的声音响起来。

"我才是真正的乔可茵!"

钱小芙只觉得脑袋里一阵嗡嗡响。

乔可茵这个傻瓜,她不赶紧逃走,还折回来干什么!

车子果然停了下来,晃眼的车灯对准了钱小芙,车上的人似乎是在比对着相片……几秒钟后,车子果断掉转方向往回开。

"我才是乔可茵,我和你回去!"钱小芙追着车子喊着,可刚跑了几步,脚下却猛地踩空,之后整个人失去了重心,朝着山下滚落下去……

不知道滚了多久多远,她飞旋的身子终于静止下来,头重重地撞在了一个坚硬的物体上,眼前一黑晕了过去……

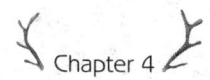

## Chapter 4

深夜，第七疗养院。

黎阳刚走进疗养院，陆铭熙的电话就追了过来。

"那辆黑色商务车是前不久的被窃车辆，我已经报警了，警察正在全市追踪车辆，估计很快就有线索了。"陆铭熙的声音听起来忧心忡忡，没什么力气。

"今天刚第一天，如果真的是绑架，小芙应该是安全的。"黎阳说道。

"可他们为什么绑小芙，她非富非贵，对方到底想要什么？"陆铭熙一脸困惑。

"绑她的人，自然了解她的底细。如果是为了钱，我们一定会接到电话的，警察既然已经在调查了，我们就等等看吧。"

"黎阳，你是不是有什么事瞒着我？以你对钱小芙的关心，你根本不可能只是坐着等消息。"

"除了等，我不知道还能做什么。"黎阳满身疲惫地靠在电梯里，电梯缓缓到达疗养院的顶层。

这段时间以来接二连三打击，对于他来说足以致命，他真的承受不住了。他现在只想找一个地方躲起来，不必再见任何人，不必再听到任何事。

"黎阳，我知道你最近很烦，但是我们都需要你，你振作一点儿。"陆铭熙坐在警察局外面的石级上，同样满脸愁云。

"有消息再联络吧。"电梯到达，黎阳挂断了电话。

在护士的指引下，黎阳和许真走过一条长长的走廊，在尽头的一个病房前停了下来。

"小黎先生，这个房间里的人就是您要找的人。"护士推开了房门。

纯白色的房间里，一个女生穿着格子病服静静地躺在床上，一瓶液体缓缓流入她的身体，她的手脚都被金色的铁链绑在床边，一张脸憔悴不堪，不复往日的光鲜靓丽。

"佑晨！"许真眼眶中的泪水轰然而落，他飞快过去跪倒在了床前，握着黎佑晨的手，脸深深地埋下去，"是我来晚了，是我来晚了……"

"怎么会变成这样？"黎阳也顿时惊慌失措，他用力扯住护士，"为什么要绑着她？"

"黎小姐精神状态很不稳定，每次醒过来都会用尽一切办法伤害自己，不得已才要把她绑起来的。"护士一脸委屈地说道。

"不可能，佑晨不会做这样的事。"黎阳走到床边，轻晃着黎佑晨的身子，"姐，姐你醒醒，我是黎阳。"

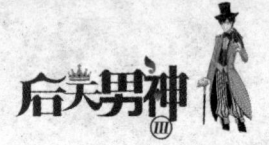

然而黎佑晨仿佛在一个长长的梦中无法苏醒。

"为防止意外,我们为她注射了镇静剂,所以黎小姐这几天内都不会醒的……"

"我要带她走!"许真将眼泪抹干,拼尽力气想要解开铁链。

"不行!黎总知道会要了我的命的。"护士的脸上立刻出现了惊恐的表情,她阻止着许真。

许真将护士用力推到一边,起身从消防栓中取出了锤子,正要砸断那些铁链,他的手被黎阳握住。

黎阳摇头,示意他停手。之后回头看向护士,"黎总一定有话要你传达吧?"

"黎总说,要你一周内拿东西来换她,不然……"护士变得结巴起来。

"不然怎么样?"

"不然以后每一年的这个时候,都会是黎小姐的忌日。"护士吓得快要哭出来。

"交出保险箱,我们就失去了与爸爸抗衡的把柄……"黎阳眉头紧锁。

"可是不交,佑晨就没命了。"许真盯着黎阳的脸,"先救佑晨要紧啊。"

"若真的要救,那么有资格交出保险箱的人,也不是我。"黎阳深深看向黎佑晨,"爸爸几乎害得陆家家破人亡,这个保险箱是我和陆铭熙共同找到的,他才有权利做这个决定。"

"黎少爷……"许真语塞了,他是为了救黎佑晨才赶回来,可是打心里他比谁都清楚,一旦将保险箱交回老爷子手上,他们便再无筹码。到时候不只黎佑晨,或许他们每一个都会遭到毒手。不论是他,还是黎阳,抑是黎佑晨,这都是曾经背叛过老爷子的人,他们都会像Zoe一样,被老爷子斩草除根。

"小黎先生,你们的探望时间只有十分钟,现在已经到了……"护士一脸为难地提醒着。

"知道了,我们这就离开……"黎阳上前握紧黎佑晨的手,却发觉她衣袖里似乎有什么东西,他立刻给了许真一个眼神。许真心领神会,快步走到他这边,两个人用身体挡住了护士的视线,黎阳迅速地拿到了藏于佑晨袖口中的一只怀表。

两个人离开疗养院,前往警察局与陆铭熙会合。

三个人在警察局的院子里打开了怀表。

怀表像是多年前的老物件,也并不值钱,里面有一张佑晨童年的相片,她抱着玩偶,坐在庭院的秋千上甜甜地笑着。

"这就是佑晨给你们的线索吗?"陆铭熙一脸疑惑地翻看着怀表,"那么小芙呢?

没有找到关于小芙的消息吗？"

"铭熙，黎佑晨现在已经不省人事，她对于我也同样重要。小芙失踪的事，不论是被别人绑架，还是我爸爸所为，都还有转圜的余地，对方绑了人必然会提出交换条件。目前没有人联络我们，小芙应该暂时是安全的。"

不得不承认，黎阳的话每一次都具有安定心神的作用，陆铭熙一直紧张的心也稍稍放松下来。

"佑晨贴身带着这只怀表一定有原因。"黎阳将话题转回，"这应该是她过生日时的相片，我记得她说过，每年生日都是齐伯为她筹备，难道她是想让我们去找齐伯？"

"齐伯？"陆铭熙不解。

"是黎家从前的管家，也是佑晨从小最亲近的人，后来齐伯年纪大了回了老家。听说前几年已经过世了。"黎阳顿了顿，"过世的人应该不会有什么线索，她想说的一定和这只怀表有关，我们再想想。"

"一只表还能有什么寓意吗？"陆铭熙拿过怀表，上上下下看了一遍，刚打算还给黎阳，却一个不留神掉到了地上。

"对不起！"被骂前，陆铭熙飞快道歉，然而怀表已经摔散了，里边的相片掉了出来。

相片背后，写着一排小小的数字。

"是佑晨的字迹。"许真赶紧捡起来，"但是这些数字代表了什么？"

"钱喽。"陆铭熙答道，"不是存款数，就是银行卡密码喽。"

"是电话号码。"黎阳抬头看着两个人，笃定地说道。

这个号码的归属是一个叫作天秤座的酒吧，地处市中心黄金地段，消费也是一般人望尘莫及的。

三个人赶到那里时，天都快要亮了。

酒吧刚打烊，几个年轻人正在收拾着桌椅，听到门被推开，头都没回地说道："今天营业结束了，晚上再来吧。"

"我想打听些事。"三个人走向一个彩色头发的男生，黎阳将怀表拿到了他面前，"你认识这个女生吗？"

男生看了一眼，回道："认识她有钱拿吗？"

"哎，这个臭小子！"陆铭熙刚想动手，就被黎阳阻止，他将一叠钱放在桌上。

"不认识。"男生坏笑着将钱装进口袋，继续擦桌子。

"小子,你是不是活腻了?"许真提起男生的衣领就将他整个人拎了起来,"现在能好好说话了吗?"

"能能能!"男生立刻认怂,旁边几个小男生看有情况一齐围了上来,作势要打架。

"我们不是来惹事的。"黎阳将怀表放在了桌上,"谁认识相片上的女生,一万块钱。"

听到有钱拿,小男生们瞬间放下戒备。几分钟后一个个都摇了头。

"大哥,这是你女儿吗?被拐卖了吗?"一个小男生问许真。

许真咬牙,再次握起拳头,手臂却猛地被人从后握住了,那个人似乎并没怎么用力,可他的胳膊却硬是一动不能动。

许真是特种兵出身,能压得住他的臂力的人,真不多见。

黎阳和陆铭熙一起回过了头。

站在他们面前的是一个染着深蓝色短发的女生,看样子也不过十七八岁,穿着镶满金色铆钉的夹克,脸很小,下巴有些尖,眼睛周围蓝色的眼影浓重,五官说不上漂亮,可搭配在一起,就是有种说不出的孤傲之美。

"六妹!"小男生们齐齐地叫道,女孩却仿若未闻,嚼着口香糖将脸凑近,看了看桌上的怀表。

"再不松手,我就不客气了。"许真对女孩说道。

"你不客气一个试试?"女孩白了他一眼,松开了许真的手臂。

"怀表不错啊。"女孩嘴巴里吹出一个泡泡,之后又吸了回去,笑着说道,"开个价呗?"

黎阳拿回怀表,淡淡说了句:"不卖。"

"可是我老爸死的时候,遗愿就是让我凑足一对儿呢。"女孩说着,从脖子上取出了一只怀表。

两只怀表竟然一模一样。

三个人同时愣住了,难道这就是黎佑晨指引他们来这里的原因吗?

"开个价。"女孩继续嚼口香糖,唇边含着淡淡的笑,那笑容有种让人莫名着迷的美。

"你爸爸是谁?可以告诉我们吗?这只怀表有什么故事吗?"黎阳急切地问道。

"你是陆铭熙吧?"女孩将黎阳当成空气,目光径直穿过他看向了陆铭熙。

呵,原来是少女粉丝。陆铭熙推开黎阳和许真,昂首挺胸走到女生面前,说道:"回答完问题,拍照签名我都会答应的。"

女生嘴唇轻撇,道:"是想告诉你,网络上那些黑你的评论都是我写的呢。啧啧,真人也不过如此嘛。"

"喂……"陆铭熙顿时双眼瞪圆,"不过如此是什么意思?"

"就是一般帅。"女生一副不想再搭理他的表情。

"这只怀表的故事对我们很重要,你可以告诉我们吗?"黎阳打断了两个人的对话。

女生打了个哈欠,指了指怀表:"我困了,改天。"

"我知道了,你出个价。"陆铭熙认定她是图财。

"一千万。"女生挑眉,"这个价行吗?"

"喂!"陆铭熙怒了。

"我们真的很急,这关系到一个人的性命。"黎阳还是捺着性子解释着。

"救人?没兴趣。"女孩说罢便要离开,许真心急之下猛地按住了她的肩膀,不等所有人反应过来,就见女孩一个转身,抓住许真用力向前一撑,完成了一记漂亮的过肩摔。

许真四仰八叉地摔在了地上。

一众小男生仿佛见怪不怪,不约而同鼓起了掌,欢呼道:"六妹威武!"

黎阳和陆铭熙目瞪口呆。

许真扶着腰慢慢坐起来,一脸不可置信的表情看着女生:"你到底是什么人?"

"六妹啊。"女孩向外走去,走到门口时,又转回了身。

"喂,那个大个子,告诉你怀表的故事,你和我约会吗?"

"喂,为什么是他?"陆铭熙一脸疑惑,冲她喊起来。

黎阳白了他一眼,利落地答道:"可以。"若能救黎佑晨,莫说是约会,要他的命他都不会犹豫。

女孩双手插在口袋里:"我这里有你想要的东西,所以老爷子想要什么,你尽管给他,因为更劲爆的秘密还没有浮出水面。"

"老爷子……你知道我们是谁?"许真更加迷茫了。

"当然了,特种兵许哥哥。"她目光转向黎阳,"黎大少爷,下周来听我唱歌吧,到时自然会告诉你一切。"

"你现在说不就行了?兜什么圈子啊?"许真说道。

"自然是时机未到,但你们要是信我,就把手上的保险箱先交出去。少了它,对你们几个还是有好处的,起码最近一段时间里可以消灾避祸。"

"你不会是老爷子的人吧?"许真一脸狐疑。

"谁知道呢?老天很残酷,我们每个人都只能做一次选择。信我,还是怀疑我?你们选。"

"好,下周这里见。"黎阳做了决定。

"黎阳……"陆铭熙觉得这个决定太草率了。

"够痛快,黎大少爷。那我就用我的命向你保证,我手上的东西,比那个保险箱里的值钱一万倍。这一把你赢定了。"女生咧嘴一笑,露出两颗尖尖的虎牙。

黎阳怔在原地。明明她只是一个小女生,有些夸张得像男孩的性子,却第一次让黎阳觉得畏惧。

比之Zoe,她更加深不可测,更加让人看不清底牌。

直觉告诉他,她没有故弄玄虚,她手上真的有他要的东西。

只不过,想要让她心甘情愿地交出东西,或许比对付老爷子还要难。

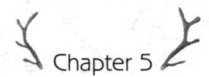

年家这一夜，同样无眠。

年雪凝放学后没有接到钱小芙，以为她自己回来了，可没想到到了深夜竟然还没有见到她的身影。

年雪凝晚饭后就一直窝在床上，给钱小芙打了无数个电话，都是关机状态，她有些莫名地心慌，不会是出了意外吧？

她犹豫着要不要给陆铭熙打个电话，可又想到若是钱小芙此时正和陆铭熙约会，她这通电话岂不是自找不痛快？

她将手机扔到了一边，决定熄灯睡觉。

尹美兰整晚都坐立不安，夜越来越深，小芙却依然没有任何音信。年宥泰在稍晚时回来，刚一进门，她就快步迎上去。

"宥泰，今天在学校看到小芙了吗？"尹美兰脸上满是担忧。

"下午在学校见过，好像匆匆赶出去见什么人。"年宥泰像是心情不错，语气也特别随和，"怎么了？"

"知道是见什么人吗？她和你说什么了吗？"尹美兰的表情却更加紧张了。

"只是远远看到了，没有搭话。难道还没回来吗？"年宥泰神色一紧。

年天远这时从书房走出来，尹美兰赶紧停止了话题，抚抚年宥泰的背："没事了，上去休息吧。"

"兰姨晚安。"年宥泰还沉浸在花房的回忆中，也没有多问下去。

年天远却已经听到了刚才两个人的对话，他走下楼，问道："怎么，小芙没有回来吗？"

"对啊，都已经十一点了，不会出什么事吧。"尹美兰目光中流露出深深的担忧。

"或许去了亲戚家……"

"她哪有什么亲戚啊！"尹美兰急急地打断了年天远的话，之后才意识到自己的失态，才又挤出一抹笑容，"是她自己和我说的，在城里无亲无故。我也是担心她一个女孩子别有什么意外。"

"老陈，你带人出去找找，实在找不到就报警。"年天远一脸平静地对管家说道。

"不用，不用了……到底是外人，不用这么兴师动众。"尹美兰赶紧说道。

"即使是暂时住在家里，我们对她也是有责任的，还是找找好，你别担心了，回房等消息吧。"年天远拿起外套给她披上。

"天远……"尹美兰欲言又止，她觉得这几天自己的反常，可能已经被他看在眼里了。

"不会有事的,早点儿睡。"年天远浅笑,走回了书房。

他越是这样什么都不问,越证明他心里已经有了怀疑。尹美兰懊悔自己过于心急了,这么下去小芙的身世一定藏不住了,被年天远发现也只是早晚的事。

那么她的所有过往,也通通会被挖出来。

那时候,即便年天远对她感情再深厚,也一定不会原谅她欺瞒他这么多年。

如果……如果她现在主动坦白,会不会得到原谅,还是她应该悄无声息地带着小芙离开?

尹美兰呆立在客厅,内心挣扎着。

墙上的钟敲响,零点整。

钟声猛地把尹美兰拉回到现实,她到底在想什么,怎么能坦白?就算有一日所有事被挖出来,她也会舍弃小芙,力保年家夫人身份。

竟然还打算放弃好不容易到手的荣华,带着小芙走,她一定是疯了。

她拉紧外套,"噌噌"地走上楼。


钱小芙醒来的时候,天已经大亮。

她发觉自己睡在一个宽敞的帐篷里,地上整齐地放着几个背包。

帐外有小溪流淌的声音和清脆的鸟鸣声。

这是哪里?她为什么会在这里?

她疑惑地向外走去,掀开帐帘,就看到了眼前一座青墨色的山峦,峰角高低起伏仿佛掩在云后,空气中尽是青草与泥土的清新,脚下一条清澈的溪流蜿蜒流淌。

顺着溪流向前走,在帐篷侧面,她终于看到了人。

一块大石边,几个年轻的男女背对着她,围着一个抱着吉他的男生。

那男生身材高瘦,留着极其简单利落的圆寸短发,一对细长丹凤眼漆黑而有神,五官分明立体,帅气逼人。穿着件宽松的衬衣,锁骨下的扣子敞开,隐约可见胸部两块健壮的胸肌,可穿着衣服却又觉得身材骨感,肌肉也不夸张。

分明是硬汉形象,可从上至下却散发着一种韩国男星的沉郁气质。

此时男生正调试着吉他的音色,不一会儿优美的旋律缓缓流出,他弹唱了一首节奏轻快的英文歌曲。

他的嗓音倒没有人那般深沉,清亮又干净,她被他的歌声吸引住了,一颗原本不安又疑惑的心奇迹般安静下来。

男生抬头的瞬间,也正巧看到了她,弹唱没有停,目光停在她脸上,浅浅一笑。

# 第一章
## 怀表隐藏的秘密

她微怔，慌忙闪躲开目光，然而吉他声却越来越近。再抬头时，男生已经来到她面前，歌声还在继续。

"I was thinking about her thinking about me（我想着她，想着自己）.

Thinking about us what we gonna be（想着我们将会去哪里）.

Open my eyes yeah it was only just a dream（睁开眼，原来只是一场梦）."

钱小芙听得懂这歌词，这明明没有男生追求心爱女生的意思，却偏偏被眼前这位唱出了甜蜜的告白味道。

她的脸有些热，埋下头慢慢向后退。然而身后那些年轻人的起哄声和口哨声已经热闹地响起来。

她低着头一步步向后退，他抱着吉他唱着歌悠闲地踱着步缓缓靠近她，直到她后背贴在帐篷上，再无退路……

他身子前倾凑近她，她一颗心猛地提到了喉咙口，完全不知如何应对。

他拨完了最后一组弦，缓缓直起身，浅笑，没有只言片语，然后走回了同伴中间。

"小姑娘，这是我们队长江以桐对你表示欢迎，不要动心哦。"一个矮胖的男生笑着喊道。

众人哄笑。

钱小芙吐了口气，心跳渐渐趋于平稳。

"过来坐啊。"一个大眼睛女生招呼她。

她抬头，那位被称作江队长的男生也正冲她勾手，拍了拍他身侧的椅子。

她走过去，在他身边坐下来，目光却还是不敢看他。不知道为什么，靠近这个男生时，她会全身紧张。

"我怎么会在这里？"她看着大家。

"是我们问你才对吧？你怎么会深夜只身出现在林子里？是遇到坏人了吗？"大眼睛的女生问道。

深夜，林子？钱小芙猛地想起了昨晚的事。

乔可茵还在绑匪的手里，她一下子站了起来。

"发生什么事了吗？"队长看向她。

"我有个朋友还在山里……"她说了一半，突然收住了话，她看着眼前这些人有些有文身，有些染着奇怪的发色，她不禁怀疑他们的来路。经历了这么多事后，她对陌生人难免有警惕，不能确定他们是敌是友。

"还有同伴？你们是迷路了吗？"大眼睛女生问道。

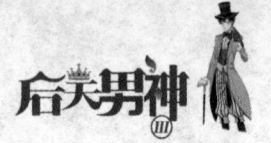

"对，我们是迷路了，之后的事我都不记得了。"钱小芙只好选择了说谎，"你们可以借手机给我联络家人吗？"

"可是这里没有信号的，可能要走出山口才行。"女生答道。

这可怎么办？乔可茵孤身在绑匪身边，不知道会出什么事。

"那我先走了，谢谢你们救我。"钱小芙心里着急，打算去附近的村子寻求帮助。

"我们正好也要返程了，可以带你出去。"姓江的队长见她脸上出现不安的表情，淡淡说道。

"对，一起走吧，山路复杂，遇到坏人就麻烦了。"大眼睛女生说道。

"这……"钱小芙犹豫了，让她一个人走出大山，也确实困难。

在她沉默的时候，江以桐突然伸出手放在钱小芙的脑袋上，将她轻轻一扭。

"喂！"钱小芙一惊。

在她尖叫的同时，他将一个创可贴贴在了她的额头："结痂了，这几天别沾水。"

钱小芙的心突然跳得异常剧烈。

"现在就返程吧。"江以桐起身，招呼着其他同伴，"有新同伴加入，这次登山活动提前结束。"

"新同伴万岁！"奔波了几天的人们欢呼着去收拾东西。

一行人在午后向着山谷中前进。

江以桐在前面带领着队伍，每遇到不好走的路段时，他都会适当放慢脚步，等着钱小芙跟上来。

走走停停，不知不觉就到了傍晚。

"队长，好像要下暴雨了，看来今天走不出去了。"小胖子看着天边厚厚的云层喊道。

"暴雨不出半个小时就要下了，大家原地搭帐篷吧，宁莫，你今天和新人一起住。"江以桐指挥着。

"好嘞。"大眼睛的女生跑到钱小芙身边，"我叫宁莫，搭帐篷交给男生，我们去旁边休息吧。"

钱小芙的体力也到了极限，第一次走这么多路，双腿都沉得抬不起来了。

"对了，你叫什么？"宁莫问道。

"钱小芙。"

"认识你很高兴，不过我觉得更高兴的好像是我们队长呢。"宁莫看向江以桐的方向，捂着嘴巴笑起来。

# 第一章
## 怀表隐藏的秘密

钱小芙没心情理会这种玩笑，一颗心始终担心着乔可茵。

云越积越厚，天色很快暗下来，空气中满是泥土的腥气，狂风四起，山雨欲来。

"帐篷搭好了，都快点儿回帐篷里。"江以桐喊道。

天空响起了一阵强雷。

"啊，我要和小胖在一起，我最怕打雷了！"宁莫这时也顾不上钱小芙，飞奔进了小胖的帐篷。

"宁莫……"钱小芙刚想说自己也怕打雷，可如果跟着她跑进陌生男生的帐篷，也太不合适了。

她硬着头皮独自进了一个帐篷。

暴雨如注，狂风嘶吼，仿佛要将帐篷掀翻，她在黑暗中缩成了一团，身子不受控制地瑟瑟发抖。

这时，帐篷的门突然打开，一个人影儿飞快钻进来，带着一股强风和湿气。

"救命啊！"伸手不见五指的黑暗中，钱小芙吓得一声尖叫。

"已经救过你一次了。"一个声音静静地响起，与帐篷外飘泼的雨形成鲜明对比。

"江以桐？"钱小芙认出了这个声音。

对方没有回应，凭着声音摸索到她身侧，坐了下来。

"山里的雨来得快，走得也快，不用怕。"江以桐的声音淡淡的，可在这骇人的黑暗中却好似强心针。

"你，怎么过来了？"钱小芙吸了吸鼻涕，努力掩饰刚才自己的窘相。

"怕你害怕。"

钱小芙一怔，他真的好直接。

"我说错了吗？"江以桐见她沉默，便作势要起身，"那我走了……"

"别……"她黑暗中胡乱地伸手想拦住他，却正好抓住了他的手。

是一只温暖而有力的手掌。下一秒，她便想逃开，却被他用力反握。

"想好了吗？握住我的手，我是不会放开的。"江以桐声音里满是认真。

钱小芙咬着嘴唇，一脸要去撞墙的表情，硬是将手挣脱出来："只是意外。"

那边传来了淡淡的笑声，钱小芙觉得脸都丢尽了，在心里咒骂了自己一千遍。

"你们为什么来象山啊？"江以桐闲聊着问。

因为被绑架。钱小芙哪里敢这么说，她只能硬着头皮继续装失忆，说道："我不记得了……"

"什么都不记得的话，可能没有男朋友吧？"江以桐忽地接了一句。

"什……什么?"钱小芙一怔。

"电视上不是总演吗?失忆的人起码还会记得深爱的人,看来你是没有。"江以桐说得振振有词。

"那……那只是电视剧啊。"

"给你一周时间,如果到时候还是想不起别的男生,我就追你了。"江以桐的声音沉得像海,可每个字都如钟震耳。

"江以桐……"钱小芙在震惊中有些回不过神,"你都不知道我的底细,你就不怕我是罪犯吗?"

"那就窝藏你。"

"要是被拐骗的少女呢?"

"收养你。"

"要是,要是精神病呢?"

"你觉得现在对着一个失忆少女告白的人,又有多正常?"

钱小芙语塞,一颗心却跳得如这山雨般猛烈。

"不要……不要开玩笑了,你认识我还不到一天吧……"钱小芙实在想不出怎么接下去。

"一天里心跳的频率却超过一年了。"江以桐似乎用不着思考,对答如流。

"又是一个高手啊……"

"看来前任是高手呢。"江以桐在黑暗中淡淡笑开。

钱小芙脑中闪过了陆铭熙的脸,他此刻在干什么,应该在发疯似的寻找她吧。

见她不再说话,旁边的江以桐也沉默了。

两个人无声地坐了一个多小时,直到风渐渐小了,雨也变得稀疏,外面传来了同伴们的欢呼声。

江以桐从口袋里摸出一截防风蜡烛,放在桌上,点燃。

"你有蜡烛?怎么不早拿出来?"钱小芙一脸被骗上当的表情。

"表白那些话,还是黑暗中说比较自在。"江以桐唇角弯了弯。

钱小芙再次无言以对。

"这个给你。"他摘下脖子上佩戴的一颗天蓝色石头,塞进了她掌心,"是一块很神奇的石头,能赶走所有不好的东西。"

"能赶走不好的东西吗?"钱小芙不禁细细打量着这颗石头,它通体透亮澄明,清晰可见内核中<u>丝丝缕缕</u>的纹理,仿佛云朵般飘逸梦幻。在烛火的照映下,此刻它周身都

# 第一章
## 怀表隐藏的秘密

散发着夺目的光泽，像是带着某种魔法的宝石，她不禁有些看呆了，问道："那它能赶走所有坏运气吗？"

江以桐扑哧笑了出来，手指在她额头轻弹一下，"我说的是蚊虫。"

钱小芙蒙住。这么漂亮的石头竟然不是用来转运，而是驱虫的吗？

"我出去了，我叫宁莫来陪你。"他起身走了出去。

毫不意外，帐篷外传来了一阵起哄声。

"我说队长怎么不在自己帐篷里，原来去陪新人了！"

"咱们队长也难过美人关啊。"

"昨天晚上咱们发现她的时候，队长的眼神就不对，我就知道队长完蛋了！"

"要继续说下去吗？明天三十公里……"江以桐的声音终于响起，却也像拉下了一道闸，让所有人的嘴巴都合上了。

钱小芙看着桌上那丛烛火，烛心在晚风中跳跃着，如同她此刻的心。

江以桐，这个寡言却又温暖的男生，他那些话是认真的吗？

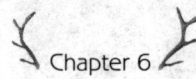

隔天清晨,警察局。

陆铭熙和黎阳在这里已经守了两天,桌上的外卖分毫未动。

一边的女警察不禁有些心疼,走过来劝慰道:"我们已经在尽力搜查了,你们也不能一直这么耗下去,多少吃点儿才能有精神啊。"

"要精神有什么用,没有钱小芙,活着也没意思了。"陆铭熙耷拉着头,有气无力地说道。

"那如果一年找不到她,你要这么饿自己一年吗?"

"呸呸呸!警察就能随便说话吗?什么叫一年找不到?你警号多少,我要投诉你到破产!"陆铭熙叫嚷着。

女警察撇撇嘴:"对不起,就当我没说。不过,就算你投诉我,我也不会破产,我压根儿没有什么产。"

"对不起,他也是心急,谢谢你。"黎阳打着圆场。

陆铭熙深深地吸了一口气:"为什么不是我?为什么不绑我呢……"他突然想到了什么,猛地走到警察面前,用力地拍着桌子,"你们去和绑匪说,用我换钱小芙!我更值钱,我爸有钱!谢阿吉也有钱!"

警察抬眼,没好气地回道:"全国人民都知道你有钱,但是没有绑匪联系我们,我们也没有听说过有换人质的案例。你还是别操没用的心,努力想想有什么有用的线索吧!"

"那也不能一直干坐着等啊!要是被绑的是你家人,你还能这么坐得住吗?"陆铭熙的火气一下子大了。

"就算不是我家人,我也一样着急。"警察也一拍桌子站了起来,"我们全组人员也两宿没合眼,案子不破,我们更难熬!"

"陆铭熙,够了。"黎阳走了过来,"警察说得对,我们想想看还有什么遗漏的线索吧。"

这时,陆铭熙的手机响了起来,屋子里的人同时都警觉地看过来。

"可能是绑匪,我们已经监听了你的电话,你尽量拖时间,我们查他位置。"刚才还大喊大叫的那个警察立刻紧张起来。

陆铭熙吐了一口气,接起了电话。

"陆铭熙!"一个女声传出来。

女绑匪?陆铭熙愣了一瞬,但很快镇定下来,说道:"人在你们手上对吧?你们的

# 第一章
## 怀表隐藏的秘密

条件是什么?"

"什么条件?"对方的声音明显不悦,"我说,知道你对钱小芙余情未了,但是再怎么喜欢她,也不能两个晚上都夜不归宿吧。当然了,我打这个电话并不是关心她,只是我家不是酒店,晚上不回来住也希望她能提前说一声。"

"年雪凝?"陆铭熙顿时泄了气,这个疯女人偏偏这个时候打电话过来,害他白紧张一场。

"喂,你刚听出我声音吗?你竟然没有存我手机号码?陆铭熙你太过分了!"年雪凝咆哮开来。钱小芙两天没回家,她竟然为了她失眠,好不容易说服自己给陆铭熙打这通电话,却依然受到了伤害。

"知道了知道了,以后会存的。"陆铭熙打算挂断。

"喂,钱小芙还好吧?是和你一直在一起没错吧?"

"她……我现在有点儿忙,先挂了。"陆铭熙到嘴边的话又吞了回去,这件事还是知道的人越少越好吧。

"我早上在学校碰到了乔家的司机,说乔可茵也整夜未归,乔家正在调取学校监控录像,他们还在乔可茵的柜子里找到了一封恐吓信,怀疑她遭到了绑架。我也是不自觉就想到了钱小芙……"

陆铭熙没耐心听下去,挂断。

负责监听的警察突然站了起来,质问道:"你为什么突然挂电话?"

陆铭熙眉毛一拧:"人命关天的时候,你竟然还对我的私人生活感兴趣,你有没有人性啊!"

"你没听到乔可茵可能被绑架了吗?时间也是前天!万一两个案子有什么联系呢……"警察还没说完,陆铭熙就飞速拨回给年雪凝。

"陆铭熙,你个冷血无情的坏人,你的铁杆粉丝被绑架,你就这么不关心吗?如果下一次是我呢?你是不是也无动于衷?"

"对不起,对不起……你说乔可茵被绑架了?"

"你先回答我,如果被绑架的是我……"年雪凝不依不饶。

"我会抛开一切,亲自去找你!"陆铭熙赶紧表忠心。

"这还差不多。其实乔可茵前天被抓走的时候,我就在现场,我当时还好奇来接乔可茵的车子怎么那么破,还随手用手机拍了张相片,刚才仔细看了相片,发现车子里好像还有一个女学生……"

"年雪凝,告诉我位置,我现在就去找你。"

警察将年雪凝手机里的相片放大了几十倍，黑色商务车里的情况便一目了然了。

劫匪一共五个人，身份全部确定，他们是旧城区里的无业混混儿，之前有过偷窃的前科，没有更严重的犯罪史。在劫持乔可茵的时候，车里那个昏迷不醒的女生，正是钱小芙。

而乔家在几分钟前，接到了绑匪索取赎金的电话，交易地点定在海洋公园。

警察已经赶去海洋公园提前布置，尽管他们一再要求黎阳和陆铭熙在警察局等待，可两个人还是偷偷溜去了海洋公园。

"你说交易地点为什么要定在这里？"陆铭熙戴着一个海豚的头套，藏在一个雕像的后面，问黎阳。

黎阳戴着一个章鱼的头套，此时正拿着一张地图，用笔在上面写写画画，陆铭熙看了半天也没懂，就一把抢过了地图，见上面的一个个圆圈，挑眉问道："你把旁边的山林区都画出来干什么？"

"选在这里交易，小芙和乔小姐一定被关在这附近。"黎阳拿回地图，"而海洋公园两面环海，西边是闹市，不具备藏人的条件。南边是象山，荒无人烟，最适合藏人。"

"那还等什么？"陆铭熙把海豚头套向下压压，"趁着他们交易，我们先去救人啊。"

"象山很大，我还需要排除几个位置……"黎阳没动。

"现场排除就行了！"陆铭熙扯起黎阳就跑出了公园。

山雨过后，气温突降，他们终于走出了象山。

"我走不动了，找人来接我们吧。"宁莫说道。

"手机有信号了吗？"钱小芙焦急地问着宁莫。

队里几个人同时摸出手机，信号依然微弱，无法拨打电话。

钱小芙无力地看向旁边，正巧与江以桐的目光相遇。

昨夜暴风雨中表白后，江以桐今天有些刻意回避她，钱小芙也觉得两个人间莫名多了些别扭，也故意避免与他接触。

可这次却是躲不开了，阳光晴好的晨间，他穿过所有人看向她，目光直接坦荡。

"你是有什么瞒着我们吧？"江以桐看出了端倪。

钱小芙知道再不说出来，乔可茵可能真的会出事，她扔开了所有顾虑，决定坦白。

"一天前，我和另一个女生被绑架了，她为了救我引开了绑匪，我失足从山上跌落下来。我们就被关在象山脚下的一个旧院子里……"

"你为什么不早说啊？"宁莫瞪大了眼睛。

"我……"钱小芙语结，只是满脸祈求地说道，"你们可以帮我救她吗？"

"有经过什么地方，或者什么路标吗？"

"薰衣草庄园。"钱小芙说道。

"返回去，找人。"江以桐没有任何犹豫，向所有人下了命令。

凭着依稀的记忆，钱小芙带着大家在山林寻找着。

几个小时过去，他们来到了象山的另一端。

"这里是我们发现你的地方，那个旧院子在哪里？"

钱小芙看着眼前一望无际的丛林，哪能分辨出方向，她脑子里乱成了一团："我真的想不起来了……"

江以桐握着她的肩："那跟我走吧。"

"那所房子很偏僻，很难找的。"

"你说那晚有车子追过你们，这里是象山南边，这几天都没有下雨，所以找找看哪里有车轮印，应该会有发现的。"

"没错，这里人迹罕至，只要找到车轮印就能找到他们的所在。"小胖满是信心地说道。

## Chapter 7

果然走了没多远,一道清晰的车轮印便出现在他们面前。

"应该不会错了,跟着走。"江以桐指挥道,之后联系了当警察的朋友,得知乔氏百货的千金遭到了绑架,目前警察已经围控了海洋公园,等待交易时动手。

如果在海洋公园交赎金,那么象山无疑是最合适的藏人地点了。看来他们的方向没有错。

傍晚时,一个破旧的院子出现在他们的视线中。

"是那里吗?"江以桐看向钱小芙。

"当时是晚上,跑得又急,我不确定……"钱小芙摇头。

"你们原地等,小胖和我去探一探。"江以桐话音刚落,人已经跑了出去。

"喂……"钱小芙想阻拦已经来不及了,"万一有危险可怎么办?"她紧张地握紧拳头。

"不用担心,这个世界上能伤到队长的人,还真没有几个。"宁莫很有信心地说道。

江以桐和小胖潜到了土墙下,猫着腰走了几步,看到了门外扔的一包垃圾——都是些速食包装袋。

早已废弃的旧屋,却还有这类垃圾出现,江以桐在这一瞬间坚信这里就是绑匪藏匿人质的地点。

他示意小胖去敲门,自己则藏在另一边的墙角。听到门响,屋内走出了两个年轻人,晃晃悠悠地打开了门,小胖假装迷路,正问长问短,江以桐已利落地翻墙而入。

两个绑匪发觉不对劲,还没回身,人就已经齐齐被江以桐踢倒在地,两个人在地上痛得直打滚。

他用绳子将两个人绑在一起,交给小胖看管,这才走进了旁边的伙房。

一个女生奄奄一息地躺在草堆里,脸色苍白,嘴唇干裂,哪里还有富家千金的样子。

他轻唤了几声,女生努力想要睁开眼,最终还是沉沉地昏了过去。

他扛着女生从伙房走出来,看到小胖正捂着小腹满脸扭曲地缩在一边,院子里凭空多了两个戴着海洋生物头套的年轻人。

"花样还真是多。"他哼一声,一手护着肩上的女生,一手随意拿起了一根细树枝,"别浪费时间,'章鱼''海豚'一起上吧。"

"口气还真大。"陆铭熙双手搭胯上,"急着转移人质吗?另一个女生呢?"

"我只看到这一个。"江以桐淡淡答道。

"少狡辩,这个你带走,另一个给我留下。"陆铭熙喝道。

# 第一章
## 怀表隐藏的秘密

"你闭嘴,"一直在旁边沉默的"章鱼"终于出声了,他摘下头套,目光看着江以桐,声音却向着陆铭熙,"五个劫匪里没有他。"

"难道是带头大哥?"陆铭熙瞬间摆出了自由搏击的架势。

"你是来救人的。"黎阳忽略陆铭熙。

"看来你们也是。"江以桐嘴角弯了下,"不过这个人我还是要带走,我答应了别人。"

听说是自己人,陆铭熙飞快地冲进伙房,里里外外翻了个遍,几分钟后他戴着沾满了灰尘的海豚头套跑了出来:"怎么办?没有小芙!"

"这里原本有两个女生,另一个你真的没有见到吗?"黎阳问道。

江以桐没吱声,扶起了一边的小胖,沉默地从院子里走出去,冲着不远处的丛林里吹了声口哨儿。

黎阳和陆铭熙追出去,只见林中的一群人正朝这边走来。最前面的那个女生,让两个人同时惊叫出声。

"小芙!"

钱小芙此时也看清了对面的人,她的双眼猛地变得通红,扔下其他人,飞奔过来。

看着钱小芙跑向自己,陆铭熙的心猛地揪紧,他终于找到她了。他的眼角一下子潮湿,他也飞奔着跑向她。

什么分手的恋人,什么绯闻流言,他通通抛在了脑后。

钱小芙像风一样从他面前呼啸而过,冲进了黎阳的怀中。

陆铭熙只觉得眼前一黑,有什么在胸口碎裂开来。

"喂……"他回头看着紧拥在一起的黎阳和钱小芙,"我是空气吗?"

钱小芙已经听不到任何声音,所有的恐惧和委屈一时间全部爆发出来,她窝在黎阳怀里,眼泪成串地落下来。

"黎阳,我以为再也见不到你了……"钱小芙哭着道。

"不会,有我们在,你不会有事。"黎阳轻抚她的头,特意说了我们,抬眼看向陆铭熙。

陆铭熙苦涩一笑,当是领情了。钱小芙失踪这几天,他整个人一直处于随时会崩溃的边缘。直到刚才看到她安然无恙,他的一颗心才真正落定。

只要她没事,他又怎么会在乎她先奔向谁。

突然间他肩上多了一个重物,压得他差点儿没站稳,趁他没留意间,江以桐把乔可茵放到了他肩上。

"交给你了。"江以桐淡淡说道,"我对别人的事没有什么兴趣,只不过答应了救人,就顺手做了。"

陆铭熙原本想反驳他,可他确实是轻而易举就把两个年轻力壮的绑匪制伏,这种程度也真的只是顺手吧。

"有警察问起来,不要提到我。"江以桐继续说道。

"你想太多了,我会告诉警察院子里的人是我打倒的。"陆铭熙一副理所应当的样子。

江以桐不再理他,目光转向了钱小芙。

她刚梨花带雨地从黎阳怀里出来,仿佛想到了什么,也回过了头。

两个人的视线再次相遇。看着他,钱小芙突然想起那个暴雨之夜的告白,忽地一阵不自在。

"喂喂喂,这位美少女已经名花有主了。"陆铭熙将乔可茵递给黎阳,横在了两个人中间,将相交的视线阻隔开。

"铭熙?"钱小芙这时才听出这个"海豚"的声音有些耳熟,她用力地扳过陆铭熙,将头套取下来,看到他脸的那一刻,刚刚忍住的眼泪,又一次积蓄在眼眶中。

"我就知道,你一定会来……"钱小芙嘴巴一扁一扁的,分分钟要大哭的表情。

"好好好,不要哭了。我就说你怎么能无视我,都怪海豚。"陆铭熙把头套踢到了一边,伸手就将钱小芙揽进怀中。

"陆铭熙?原来高手男朋友是你。"江以桐轻笑,"看来没什么难度了。"

"什么难度?我有偶像包袱的,才不会和你这个怪力外星人动手,仗着会打架长得帅就这么嚣张吗?"陆铭熙抱着钱小芙向后退一步,他可不想现在进行什么较量,他不想在钱小芙面前输得太惨。

"我当是夸奖了。"江以桐淡然一笑,什么都没说,转身离开。

"谢谢你!"她这才想起这几天她从未道过谢,急忙喊道。

"Just a dream。"江以桐没有回身,越走越远。

钱小芙怔住。

"小子,你敢当着我的面调戏我女朋友,活腻了吗?"陆铭熙在后面叫嚣着。

"是前女友。"黎阳纠正。

"那也是余情未了,也比他这种陌生人感情深厚!"陆铭熙嚷道,"还有,他刚才说的英文是什么意思?"

"只是一场梦。"黎阳答道。

"什么?梦?"陆铭熙咬牙大叫,"小芙,快忘了他,是噩梦,一场噩梦啊。"

# 第一章
## 怀表隐藏的秘密

远处，几辆警车朝这边飞驰而来，后面跟着一辆电视台的采访车。

钱小芙扭脸看向陆铭熙，顿时一脸不舍："你是不是，要走了？"

陆铭熙没有回答，只是重新将她按进怀中："对不起，没能快一点儿找到你，没能在你身边，没有代你受苦。"

钱小芙摇头："我知道你一定会找我的。"她伸开手臂轻轻环住了他的腰，"还能见到你，真好，陆铭熙。"

陆铭熙的眼角一阵一阵酸涩，他将眼泪忍了又忍，只是深深地抱住了她，心里分明快要疼惜死了，可还是努力想说些轻松的话。

"所以以后离那些身世复杂的人远一些，只接我一个人的电话，只看着我一个人，能做到吧？"

"财阀二代哪个身世不复杂？这是含着金汤匙出生的代价。"黎阳立刻反驳道。

"全是歪理，听了人生观会崩塌的。"陆铭熙赶紧捂上钱小芙的双耳。

钱小芙破涕为笑，警车和采访车已近在眼前。

"走吧，磨蹭着等着上头条吗？"黎阳将乔可茵轻放在地上，走到了陆铭熙身边。

陆铭熙依依不舍地看着钱小芙："那我先走了。对了，明天一起去趟医院吧，查查有没有别的地方受伤……"

"够了吧，你没有她号码吗？不能一会儿打电话说吗？"黎阳扯起陆铭熙的衣领，强行拖走他。

"你是故意的对不对？你就是不想让我和小芙说话！"陆铭熙挣扎着。

"看不到采访车吗？你想再次把她推至风口浪尖吗？"

黎阳这一句话后，陆铭熙立刻安静了，他收回了目光，跟着黎阳飞快离开了。

绑匪全数落网，指挥他们干这事的人，也只是一个小团队的头目，并没有什么背景。

乔可茵因为过度惊吓昏迷，被送往医院。

然而世上没什么消息是藏得住的，即便乔家压下了所有媒体报道，可消息还是不胫而走。

入夜，钱小芙从警察局做完笔录出来，一位中年警察跟着出来，说道："住哪里？我送你回去。"

"不用了。"有声音从黑暗中响起，一个颀长的身影走近，"交给我吧。"

"陆铭熙啊，这次不是开着赃车吧？"警察发现是故人。

"哎，真是的，江城这么大就您一个警察吗？"陆铭熙有些不好意思地抓抓头，

"之前的事拜托您都忘了吧。"

警察笑了起来，若是让别人知道一个万人瞩目的当红偶像在电梯里被夹了头，还顺手开走了年家千金的车，又够他上一阵子热门话题了。

"路上当心。"警察挥挥手，走了回去。

钱小芙看着陆铭熙，相视间两个人都轻轻笑了。她走到他面前，说道："等很久了吧？"

"没有很久，三个小时二十七分钟又……"陆铭熙看看手表，嘴里冒着寒气，"九秒。"初春的晚上气温还低，他的脸都冻僵了。

她伸出双手捂在他的脸上："怎么不去车里等？"

"怕错过你。"陆铭熙双手覆在她的手上，"连眼睛都不敢眨。"

"陆铭熙，嘴巴更甜了呢，难怪某些人说你是高手，这么下去很快就要有新女朋友了吧。"钱小芙佯装生气。

"噢，我也正在动摇呢，要不要重新追回她？"陆铭熙目光很深情。

钱小芙唇角扬起，露出一个甜甜的笑容，眼睛弯成了月亮状："不要动摇哦，因为那个女生也在很努力地压抑自己，不要再次为你动心。"

"小芙，我也可以不做明星，做个普通人陆铭熙……"这个念头这几天始终萦绕在陆铭熙脑海中，如果演艺事业和小芙不可皆得，那么他为什么不重新选择一条路？

"好冷哦，我都要站不住了，快走啦。"钱小芙故意打断了他的话，向着车子跑去。

陆铭熙我不想你做选择，不想你委曲求全，不想看到你摇摆不定，也不想看到你留恋不舍的眼神。

因为你放低身段每靠近我一步，我就会因为怜惜你，而逃得更远。

在我没有足够的力量站在你身边时，我们就保持这样的距离吧，好吗？

# 第二章

## 逃离那个冰冷豪宅

## Chapter 1

年宅。

钱小芙刚进门,还未喘口气,年雪凝就从二楼飞扑上来,拉扯着她打量个遍,确认一切无恙后,才呼了一口气,之后换上一副严肃家长的表情说道:"我说,作为一个学生,上课期间不在学校待着,你瞎跑什么啊?"

"让你担心了,确实是有些急事才跑出去的。"钱小芙笑着答。

"急着去让人绑架吗?"年雪凝手臂在胸前交叉,翻个白眼道,"绑匪也真是笨,连谁是真正的千金大小姐也分不出吗?"

"你很遗憾被绑的不是你吗?"年宥泰从楼梯走下来,手掌敲了下妹妹的头,"什么都要比较,你这个脑袋还真是不正常。"

"哥!"年雪凝噘嘴,"你干吗护着她啊,她是姓钱的!"

"还好吧?"年宥泰绕过妹妹,走到钱小芙面前,也同妹妹一样检视她一圈,目光最后落在她额头,喊道,"雪凝,拿医药箱过来。"

"没关系的,小擦伤而已。"钱小芙将创可贴揭下来,"不用麻烦了。"

年雪凝抱着医药箱过来,把箱子推给哥哥:"还是处理一下吧,万一你感染破相了,陆铭熙会杀了我的。"

年宥泰给钱小芙伤口消毒,年雪凝则把一套新的家居服塞给她:"外面指不定有什么细菌,记得换好了再上楼。"

钱小芙微笑着收下。

"咦,这是什么东西?"年雪凝看到钱小芙脖子上佩戴的一个吊坠。

"哦,一个朋友送的,说是驱虫。"见年雪凝的瞳孔都放大了,她摘下来递给她看。

年雪凝拿在手里端详了半天,突然用力拍年宥泰:"哥,哥你快看看!这个是不是很眼熟!"

年宥泰抬头,原本想应付妹妹,可当看清石头的模样时,他的瞳孔也放大了。

"秘鲁蓝欧泊?"年宥泰声音都不对了。

"是……什么不好的东西吗?那我去丢掉!"钱小芙一下子紧张起来。

"丢?"年雪凝表情夸张地看着钱小芙,"你知道这个东西值多少钱吗?你知道多少人在拍卖行为了拿下它争得头破血流吗?"

钱小芙木木地摇头。

"蓝欧泊是现在很受欢迎的宝石品种,产自秘鲁。但是你这颗不是普通的蓝欧泊,是国际珠宝界最知名的一颗,它叫清溪流云,去年巴黎珠宝拍卖会上,被人以天文数字

## 第二章
### 逃离那个冰冷豪宅

拍走了。"

"那肯定不会是我这颗了，这颗是一个探险队的队长送我的……"

"探险队长？"年雪凝满脸疑惑，"钱小芙你不是被绑架了吗？哪来的探险队长？"

"我中途逃了出来，被一个叫江以桐的男生救了。"

兄妹俩听到这个名字对视了一眼，都摇了摇头，表示没有听说过。

"看来是白惊喜一场，应该是个仿真货吧。做工还真是厉害，我已经号称江城活着的珠宝验真器，竟然都被骗了。"年雪凝叹了口气，"也幸好是假的，不然你左手男神，右手清溪流云，可让我怎么活啊。"

"你还不上去睡吗？不是说熬夜会变丑吗？"年宥泰提醒妹妹，一边继续为钱小芙处理伤口。

"就去了！"年雪凝慢吞吞地移上楼梯。

"发生了什么好事吗？"钱小芙看着年宥泰，几天不见他似乎清瘦了一些，可眉眼间却有些甜蜜的味道。

"没错！哥哥和Zoe姐在一起了！"年雪凝走到一半，又突然折返回来兴奋地宣布。

"真的吗？"钱小芙一脸惊喜，她也曾目睹过年宥泰对Zoe的真心。

"嗯。"年宥泰帮她处理好了伤口，"她还没有下决心到我身边来，但是她想开始新的生活。"

钱小芙的心中仿佛一颗重石落地。陆铭熙如果知道这个消息，会不会也松一口气呢。

"哥，你快给小芙讲讲那天的事！"年雪凝眉飞色舞，好像是自己告白成功一般。

"你们俩都上楼去睡觉！我没什么话题可聊的。"年宥泰一手捂上妹妹的嘴巴，一手将热牛奶递给钱小芙，"折腾了几天，好好睡一觉吧。"

"那是我的牛奶啊！"年雪凝张牙舞爪地要抢回来，却被年宥泰稳稳地按在沙发里。

"好。"钱小芙感激地笑笑，举举手里的牛奶，"谢谢雪凝，我会一口气喝光的。"

经过主人卧房时，钱小芙不禁停下了脚步，犹豫几秒钟后，她轻轻推开房门。

"阿姨，我回来了，让您担心了。"钱小芙恭敬地鞠躬。

尹美兰正坐在梳妆台前发呆，听到钱小芙的声音，刚要回身却又强行控制住了自己。她从镜中看着钱小芙，嘴唇嚅动了片刻，最终只是轻轻吐出四个字。

"嗯，知道了。"

"那您早点儿休息。"钱小芙从房里退出来,有些失落。说不出为什么,她觉得今天的年夫人有点儿冷淡,但很快她挤出了一抹笑容,自言自语道,"钱小芙,你在期待什么,就算之前多受她的照顾,她到底还是年家的贵夫人啊。"

钱小芙走回房间。

尹美兰这时才走出来,对着空空的走廊发怔,心里涌起一阵阵的苦涩。

她紧紧地握着门框,荣华富贵的生活和亲生女儿之间,她真会毫不犹豫地选择前者吗?

若是一年前,她不会动摇。然而此刻,她已经按捺不住去见钱小芙的心。

失踪的这两天里,她有没有受伤,有没有吃苦,她有没有一刻曾埋怨过她没有妈妈疼爱……

尹美兰的泪水轻轻滑过面颊,许久后,听到身后有动静才急急抹干泪水。

回身,年天远在静静地看着她,目光中有她看不懂的情绪。

她一颗心猛地提起来,觉得要被面前的男人看穿了一般。

"那孩子回来了,今晚你能睡个安稳觉了。"两个人对视了半晌后,年天远才淡淡说道,"我让奇婶给你熬了汤。"

"嗯。"尹美兰点头,在年天远转身时,她鬼使神差般地握住了他的手臂。

年天远站定,回头看她。

"我……"尹美兰突然不知如何开口,握住他的那一刻她是想要全盘交代的,然而现在却又没了勇气。

"等你准备好了,我随时都会听。"年天远温暖的手掌覆上她的手。

如果坦白后失去的不仅是现在的生活,还有面前这个温暖又爱着她的男人,她是否还会做这个决定?

尹美兰在那一瞬间坚定的心,再次崩塌了。

在家休息了两天,钱小芙重新回到学校。

上学路上,年雪凝在车里唠叨个不停,说自己如何不情愿送钱小芙上学,又说自己不可能次次都碰巧拍到罪犯提供线索……

钱小芙始终在笑盈盈地听着。

唠叨完了,年雪凝才慢吞吞地从包里拿出一个小盒子,递给钱小芙:"这是最新的定位器,记得随身带着,我不可能每次都做天使姐姐的。"

钱小芙看着这份礼物,心底满是感激:"雪凝,你真的是个善良又美丽的天使。"

## 第二章
### 逃离那个冰冷豪宅

"真的吗？咳咳，刚才那句话也希望你说给陆铭熙听听，我们过几天就要一起拍网剧了，我真怕他当着所有人的面给我臭脸。"

"我尽量。"钱小芙笑着答道。

"什么叫尽量？你别告诉我，经历了这么曲折的事，你们还没有复合。"年雪凝一脸怀疑。

"嗯，没有复合。"钱小芙浅笑道。

"真是浪费资源啊。若我是你，就算天天被人泼红油漆，扔臭鸡蛋，我都会像膏药一样贴在陆铭熙身上。"年雪凝叹了口气，"你真的以为随便谁都有你这样的福气吗？那个人，不是阿猫阿狗，也不是什么小龙套小艺人，是陆铭熙啊，光是这点，都足够让人有承担所有责难的勇气了吧？"

"勇气……"钱小芙怔了怔。

"若说受委屈，你有我多吗？陆铭熙那个浑蛋，哪一次给过我好脸色？可是没办法，上辈子欠他的吧，不论他脸有多臭，只要见到他，我总是能情不自禁地从心底笑起来。"

钱小芙一直觉得年雪凝身上有种说不清的闪闪发光的东西，直到这一刻她才明白，那闪亮的，正是勇气。被陆铭熙不断地打击，不断地无视，不断地挥去，却依然能在下一次见面时，面对他有灿烂微笑的勇气。

"没有想过不再喜欢他吗？"钱小芙轻轻问道。

年雪凝轻呼一口气："世上还有第二个陆铭熙吗？或许有一天属于我的那个人出现了，我会心甘情愿地放手吧……到你学校了，要迟到了，你快进去吧。"

钱小芙下车，挥手告别。

车子驶离，年雪凝却又探出头喊道："下午放学等我啊，我不来不许走啊！"

"知道了！"钱小芙回道。

校门口的学生们不禁都朝这边看过来，若不知内情，大概都会以为她们是情深似海的亲姐妹。

而在她心中，也已经把这个很臭屁却又善良的年家千金当作很亲切的朋友了。

钱小芙向学校里走去，教学楼的大屏幕上正在直播在东京举行的亚洲拳击赛事。

因为这一次有中国选手，很多学生都在广场上驻足观望。

"借过一下。"钱小芙被人群席卷，楼门前被学生们围得密不透风。

"现在入场的是来自中国的选手江以桐，也是最年轻的国际金腰带选手……"学生中间发出海啸般的尖叫声。

江以桐……

钱小芙猛地抬起了头，屏幕上江以桐披着蓝色的披风向台下挥手。一张脸沉静而内敛，完全不像是来应战，倒更像是请来的裁判先生。

竟然，是他。

"他最近非常红啊，据说广告代言收入就已经过亿了。"一个女生兴奋地说道。

"对啊对啊，听说他国内的广告都不接，接的都是国际一线品牌。"

"我听说他是江城人，前几天还在象山那边秘密集训。"

几个女生越说越热闹，钱小芙也被她们推挤到了台阶上，身形摇晃，差点儿跌倒时，一只手臂稳稳地扶住了她。

"黎阳。"她顿时一脸欣喜。

"跟我来。"黎阳拨开层层人群，开出了一条路，带着她顺利到了教室。

"你刚才看到了吗？救我的那个男生……"

"江以桐，全世界最年轻的拳王。"黎阳若有所思地看向钱小芙，"小芙，你有没有觉得你像一块磁石？"

"磁石？"

"总有源源不断的优秀的男生向你靠近过来。相比之下，陆铭熙算是小儿科了。"黎阳笑道。

"你也要取笑我吗？"钱小芙佯装生气。

"好了，我就是来见你一面，接下来一段时间可能要见不到了。"再不舍，黎阳也终于说出了今天来学校的目的。

"还是家里的事吗？"钱小芙不禁跟着担忧起来。

"嗯，不大容易处理。有什么撑不住的事别逞强，记得去找陆铭熙。"黎阳说道。

"我能帮上什么忙吗？"钱小芙看着黎阳，眼中有明晃晃的疼惜，虽然不知道黎阳正经历着什么事，但她一直都能感觉到他过着遍身伤痕、苦不堪言的生活。

"照顾好你自己，不要打听我的事，就算无意中听到了什么，也不要想着靠过来。"黎阳握住钱小芙的手，"能做到吗？"

既然从一开始，他便没有将她拖进他泥泞不堪的生活中，那么现在，她也更加无须知道他的苦痛。

原本，他想为她打造一个无忧无虑的世界，让她看不到这世上的灰暗和无情。

可原来他的世界尽是无情和黑暗，他又如何能给她美好。

"黎阳……"钱小芙突然眼角发涩，压抑不住眼泪，她倒进黎阳怀中。

## 第二章
### 逃离那个冰冷豪宅

只是要分别一段日子，可为什么她的心会莫名地紧张，像是再也见不到一般。

黎阳的心中也涌起同样的伤感，他不知道接下来会发生什么事，明天他就要回到黎家，交出保险箱。

从此，福与祸皆不在他掌控中。

他，黎佑晨，许真……都从此成为爸爸可以信手捏死的蚂蚁。

或许在这样阳光晴好的清晨，与钱小芙面对面坐着，从此都是奢望了。

"答应我一定要回来，好不好？"钱小芙哭腔更重。

"嗯，会的。"黎阳轻抚着她的发丝。就算有一线希望，他也会回来见她。

这是他这一生里，第一次也是唯一一次的承诺。

只属于眼前这个女生，他寻找了十年，喜欢了十年，他多希望有更多的十年，更多更多的十年，还能……

看到她，喜欢她。

一行泪从他的眼角无声滑落。

上课铃声响起，他才匆匆抹干了脸颊，将钱小芙轻轻推开。

"我先走了，照顾好自己，小芙。"

钱小芙强压着泪水，尽全力挤出了一个笑容："记得你的承诺，黎阳，记得回来找我。你不回来，我就不考大学，会一直留级等你的，我说到做到。"

黎阳微笑着挥挥手，高大的身影渐渐从长廊消失。

## Chapter 2

终于到了和黎耀荣见面的日子。

黎阳很早就来到了黎宅门口,却始终徘徊着。车子后座上放着保险箱,他终于还是用它来交换黎佑晨的性命了。

他拨通了陆铭熙的电话。

保险箱是两个人一起找到的,而陆家的血海深仇或许只需要把这个箱子交出去,就可以圆满化解。

他必须征得陆铭熙的同意。

手机那边,陆铭熙的声音传过来,黎阳嘴唇颤动。

"只要你不愿意,我立刻把保险箱交还给你,你随意处置。"黎阳嗓音低沉地说道。

"那黎佑晨呢?扔在医院里让她就此长睡不醒吗?你想让我当杀人凶手啊?"陆铭熙的声音清晰地传来。

黎阳额头抵在方向盘上,一颗心乱得全无分寸。

车窗突然被叩响,他木然抬头,陆铭熙出现在外面,一张脸笑得很是洒脱。

车窗滑下,陆铭熙将手肘撑在车门上,一脸帅气地说道:"这么重要的时刻,怎么能少了我呢。"

黎阳的喉咙发紧,不知说些什么,用力握住陆铭熙的手。

"进去吧,你们父子间的事,我不方便参与。不过如果你一个小时不出来,我会带着人闯进去,就算拆了宅子,也会把你带出来。"陆铭熙说着,指了指身后的巷子。

几十个年轻人整齐地候在那里,仿佛严阵以待的军人。

黎阳败给了他:"你从哪找来这些人?你堂堂当红偶像明星怎么就不学好呢?"

"你就当我拍电影吧,就当这些是群众演员,放心,我已经叮嘱过了,只救人,不伤人。"

黎阳感激地看着陆铭熙,提起保险箱走向大门。

"喂,不论那老头子说什么,你都不用忌惮他,你不出来,我不会走的。"陆铭熙用力挥着手,给他打气。

他知道,黎阳这一趟,又何止是完成交易那么简单。

从这一刻起,他也就划清了和黎家的界限。

黎耀荣和这里的一切,都将成为过去。

黎阳点头,迈着沉重的步子走入了宅子。

## 第二章 逃离那个冰冷豪宅

黎宅客厅，黎耀荣早已等候在那里。他的手掌在轮椅上一下下地握紧，又松开，直到门被轻轻推开，黎阳出现在他视线中。

"倒是守时。"黎耀荣开腔。

黎阳没有回应，将保险箱径直放在桌上。

"卢羽，去看看。"黎耀荣使唤着身后一个穿着黑西装的年轻人。

那个人利落地打开箱子，翻了翻里边的东西，之后冲黎耀荣点头。

这个叫卢羽的人黎阳此前从没见过，很短的寸头，左耳戴一只小小的银钉，五官很是漂亮却带些邪气，身体挺拔结实，与许真很相似，大概也是特种兵之类的出身。

从他连保险箱里的东西都能碰这点来看，应该是黎耀荣极为信赖的心腹。

黎耀荣此时的表情才松了一松，似是多年的心结终于解开。

"我要带佑晨走。"黎阳的声音里没任何温度。

黎耀荣抬了抬下巴，卢羽便递上了一张门卡，对黎阳说道："这是疗养院病房的钥匙。"

他的声音竟然比黎耀荣还要阴冷几分，让黎阳不禁再次看向他的脸。如果他继续与黎耀荣为敌，恐怕首先要过的就是卢羽这关了。

然而这个人，光是与他对视一眼，都让人浑身发颤。

但总归黎耀荣这一次还是信守了诺言，握着门卡，黎阳还是不禁看向黎耀荣。这是他几年来第一次大胆与他对视，没了亲情的维系，没了无情的要挟，黎耀荣在他眼里此刻只是一个鬓角斑白的老人，脸上皮肤松弛，腰背也有些弯……

只有那双如鹰般深邃而冷酷的眼睛，还在提醒着他，这是那个叱咤商场数十年而不倒的巨人——黎耀荣。

在他看向黎耀荣的同时，黎耀荣也在看着他。

这小子有着和他妈妈如出一辙的面孔，那一双眼尤其像，一样满是柔情，一样举棋不定……是注定无法成大事的孩子。

若他不是江津恒的野种，只是随便从路边捡来的孩子，他黎耀荣又何愁多养他一个。他的全数江山和家业，也足够这多情的小子花个几辈子了。

黎耀荣将脸转向一边，挥手道："滚吧，带着黎佑晨随便逃到哪里，这辈子别再让我见到你们。"

"我想知道答案。"黎阳此时心里也几经挣扎，不管眼前这个男人对他做了多少残忍的事，他却也是看着这个男人的相片，叫着这个男人爸爸，活了十九年的。

黎耀荣没有回应他。

"我会离开黎家,永远不会再见你。可是佑晨,为什么要这么对她,她是你这世上唯一的亲人……"

"一个随时都会和穷小子私奔,将这个家抛在脑后的女儿,就算有骨血也不值得留恋。"黎耀荣手指抚着额头,眉头慢慢拧起来,"你耗在这里是等我改变主意吗?我生出来的女儿,我依然可以让她随时死……"

"老爷子……"卢羽见黎耀荣的脸色不对,急忙走上前,拿出几颗白色的药片给他服下,"我推您进去休息。"

"你给他吃了什么药?"黎阳下意识地握住了卢羽的手臂。

"你没权利知道。"卢羽反转手腕轻松摆脱了他,瞳孔里闪过一丝极寒的光。

黎阳的心瞬间一紧,对啊,从今日起他们已再无干系了,此后是死是活都不会再有牵连了。

卢羽推着黎耀荣走进了书房,空落落的客厅里,黎阳深吁了一口气,转身,再无留恋地走了出去。

陆铭熙和几十个年轻人正在门外伸胳膊压腿,打算随时攻进去,见黎阳这么快出来有些惊讶。

"没刁难你吗?那死老头子是信佛了吗?"

"我和许真去疗养院接佑晨。你查查酒吧那个六妹的底细,我觉得黎耀荣的情绪不大对劲,好像随时会失控,我们还是手里有个保障才行。"

"不是约好了明晚去听歌吗?到时候问她不就行了?"陆铭熙对这种需要动脑的活儿都很抗拒。

"恐怕不行,我这几天要找地方把佑晨安顿下来,她身体没这快恢复,我得陪着她。明晚你代我去吧。"

"要是让小芙知道我一个人去那种不健康的地方,会生气啦。"陆铭熙抠着手指头。

"要我求你吗?"黎阳冷脸。

"知道了知道了。"陆铭熙赶紧点头,黎阳的情绪这几天也可能不太正常,还是少惹他为妙。

只不过去酒吧的话,一个人去也太尴尬了吧。那不是聚会和约会的最佳地点吗?

陆铭熙解散了所有人,悠闲地坐回车里,手指在方向盘上轻敲着。

不知道钱小芙明天晚上有没有空?没有见到她,他的心都快要没有力气跳动了。

如果他伪装得当的话,应该不会被别人认出吧?

## 第二章
### 逃离那个冰冷豪宅

第二天傍晚，钱小芙正在校门口等着年雪凝，一辆保姆车停到了她面前。

车窗摇下，露出了许真的脸。

"哦，你……"钱小芙对许真的印象一直停留在送彩票的男生，都差点儿忘记他曾是陆铭熙的专属司机。

"小陆总有事想见你。"许真见钱小芙没动，便加重了语气，"事关多条人命。"

"啊，那报警吧。"钱小芙摸出了手机。

"等等……"许真吐了一口气，他和黎阳刚把黎佑晨安置好，就接到了陆铭熙的电话，说自己不方便露面，要他帮忙跑腿儿。

黎佑晨危机解除，他的心情也放松不少，听说是为了去酒吧探消息，便二话不说赶来了。

却哪知，对付钱小芙原来更加棘手。

"故事有点儿长，我嘴巴也不太好使，你就上车吧好不好？"许真一脸诚恳。

说话间，年家的车子也到了，年雪凝见钱小芙和一辆保姆车里的人搭话，风风火火奔过来，一把将钱小芙拉到了身后，冲着许真吼起来。

"喂，你年纪轻轻不学好，学人家坑蒙拐骗，我告诉你，我家小芙穷得连米都吃不起了，根本不是什么富家千金，你趁早断了拐骗她的心思！"

"拐骗？"许真将车窗摇下，"我说小姐，我要带她去见陆铭熙，要是不信你也一起来！"

"陆铭熙"三个字好像灵药，年雪凝立刻闭了嘴，看向钱小芙。

钱小芙点头："他是陆铭熙的助理……"

话还没说完，年雪凝已经掀起裙子跳进了保姆车里，将书包往座位上一丢，冲着车窗外喊道："陈叔，你自己回去吧，就说我和陆铭熙约会去了，晚上也不用给我留门了！"

钱小芙"扑哧"一声笑了出来，这样的年雪凝，就算刁钻就算骄横，却也真的让人讨厌不起来吧。

为了雪凝，这一趟她也非去不可了。

陆铭熙原本想晚上把酒吧包场，但是又觉得这样太张扬，万一老爷子听到什么风声……还是小心为宜。

最后他只选择了酒吧角落里的位置，有红色的珠帘将这里和大厅隔开，看起来低调又有浪漫的情调。

幽幽暗暗的灯光下,他和钱小芙也不必担心被人认出来,能安心享受一整晚的好时光……

陆铭熙快要被自己的机智感动哭了。

夜幕深垂,酒吧营业时间到了。

他在桌上摆放了九十九朵红玫瑰,又燃了薰衣草味道的香薰,之后便端坐在沙发上等待着钱小芙的到来。

酒吧门开了,走进来三个人。他的目光穿过许真和年雪凝,一眼便看到了走在最后面的钱小芙,她拎着包,左右打量着酒吧,目光里满是新奇。

她从未来过这种地方,奢华而浪漫的气氛,仿佛置身电影中的场景。

"这里!"陆铭熙挥了挥手。

年雪凝一个箭步冲过来,热情地抱住了陆铭熙的手臂:"你是怎么找到这个地方的,好豪华,好漂亮啊。"

"不是为你找的。"陆铭熙推开年雪凝,将还在左顾右盼的钱小芙拉到了身侧坐下。

"怎么样?喜欢这里吗?"

"原来真的有这样的地方,我还以为只有电影里才会有。"钱小芙声音中难掩欣喜,"不过我们为什么要来这里呢?"

"因为小陆总要在这里等一个在唱歌的女生。"许真拨弄着玫瑰花,一本正经地答道,之后他又拧巴着脸看向陆铭熙,"我花粉过敏,这个扔了吧。"

不等陆铭熙反应过来,他就已经将整束花丢进了垃圾桶。

"喂……"许真的两句话,仿佛引爆了两个炸弹,陆铭熙差点儿被他气吐血,"不是我在等女生,是我在帮黎阳等。"他赶紧看着钱小芙解释道。

"黎阳?"钱小芙依然不解。

"我饿了!"年雪凝挤开钱小芙,坐到了陆铭熙身边,"我们点餐吧。"

"这里哪有餐?好歹也是年氏的大小姐,你不要丢脸了好不好?"陆铭熙一脸嫌弃道。

"旁边是炸鸡店,让他们送来不就好了。"年雪凝捂着咕咕叫的肚子。

"那你吃饱了再回来更好。"陆铭熙淡淡回道。

"我也有些饿了,我陪你去。"钱小芙也加入了阵营。

"在学校里没有吃晚餐吗?只吃炸鸡可以吗?要不要许真去酒店点几个菜送过来?"陆铭熙脑袋探过年雪凝,关切地问着钱小芙。

"我说,我也是深爱着你的女生好不好?你一定要这样吗?"年雪凝撇嘴。

"我去买炸鸡吧。"许真看出了火药味,机智地走了出去。

## 第二章
### 逃离那个冰冷豪宅

"你知道我喜欢什么口味吗？我也要去啦！"年雪凝快步跟了出去。

座位上只剩陆铭熙和钱小芙两个人，桌上香薰袅袅，烛心跃动，幽暗的灯光下两个人对视一眼，一起笑了。

"还好吧？那件事没有报道出来，同学们也没有听说什么吧？"陆铭熙关切地问道。

"嗯。"钱小芙低应一声。

"对了，今天乔可茵的管家联系我了，说她身体好很多了。"陆铭熙赶紧找话题。

"她也给我打电话了，我打算过几天去医院看她。"钱小芙目光盯着烛火，脸上一片恬静。

"一起去，"陆铭熙赶紧接话，"我慰问粉丝，应该的。"

"你有时间吗？雪凝说你们的网剧明天就要开机了。"

"没关系，陪你更重要。"

"铭熙……"钱小芙慢慢抬起眸，"这段时间你很辛苦吧。"她的一双眼澄澄澈澈犹如带着水光。

"不辛苦啊，接了一支广告，拍了一个短片，跟从前比现在简直是无业游民，哈哈哈。"

"雪凝对我说，我应该鼓起勇气，不惧怕任何责难地留在你身边……"钱小芙慢慢说道。

陆铭熙的心猛地停跳，她的意思是……

## Chapter 3

"炸鸡来了！趁热快吃啊，铭熙你快尝尝，这家非常出名的！"年雪凝和许真抱着两大袋炸鸡非常不合时宜地回来了。

"喂，那个……"陆铭熙差点儿吐血，钱小芙刚刚说到重点就生生被打断了，他不爽地推开年雪凝，"我喜欢吃甜辣味的，你们俩再去买一份！"

"小陆总，我早猜到你口味了，特意给你买了。"许真将炸鸡递过来。

"我想起有东西要买，小芙你和我去吧……"陆铭熙知道她一定做了什么决定，错过了这会儿，以她温吞吞的性子可能又要把话咽回去了。

"这些已经足够吃了。"钱小芙拿起鸡翅咬下去，满脸惊喜地对年雪凝伸出大拇指，"好好吃！"

陆铭熙的心沉下去，他拿起炸鸡小口地咬着，蘸了多少香辣酱都还是觉得没什么味道。

年雪凝和小芙在一边开心地又吃又叫，他只是安静地守在一边，脑海里全是她适才那双充满水光的眼眸。

她的嘴唇缓慢地张张合合，长睫扑闪。在那一刻，她是想要重回他身边吗？

如果她真的决定为了他，再去迎接那一切流言和伤害，侮辱和诽谤……

那么他呢？他会答应她吗？能看着她忍着泪水却还对他微笑吗？

往昔的一幕幕再次在脑中浮现，陆铭熙的心很乱，他走出了酒吧。

晚间微凉，空气中有些闷闷的潮气。

他双手抄在口袋里站在街边，侧目看着远方一排排路灯。

突然有人轻扯他的袖角，他低头，钱小芙不知何时来到他的身侧。

"要下雨了呢。"她冲他浅浅一笑，"不怕淋湿的话，陪我走走吧。"说完她在前面走起来。

他转身跟上她的脚步。

街上车辆渐少，一辆辆从他们身边呼啸而过。

两个人就这么一前一后走过一条街，又一条街。每到街口，他都会自然地牵起她的手，带她安全穿过，再自然地松开。

细雨落下，轻盈而无声。

经过广场的摩天轮，钱小芙停下了步子，抬头仰望着那一圈闪动的光亮。

"想坐吗？"陆铭熙抬手看看时间，"还有十分钟停止营业。"

"嗯！"钱小芙点头，眼中写满了期待。

"那要赶快了。"陆铭熙牵起钱小芙的手，穿越了广场花园，两个人在最后一分钟

## 第二章
### 逃离那个冰冷豪宅

登上了摩天轮。

摩天轮缓缓升上空中，钱小芙坐在木凳上努力平复着呼吸："你怎么知道营业时间？"

"因为总来。"陆铭熙笑起来，"是不是很幼稚？"

她摇头："一定有什么理由。"

"想哭的时候，心情不好的时候，人气滑落的时候，没戏可拍的时候，还有……"陆铭熙顿了一下，狭窄的空间里忽地静下来，只有雨滴敲打在玻璃窗上发出淅淅沥沥的声响。

"想你的时候。"陆铭熙一字一句。

"有效果吗？"钱小芙也一字一句。

"有，升到最高处时，就能看到你在的方向了。"陆铭熙痴痴地看着她。

"原来想念是可以这样排解的，看来以后我们会常常在这里遇见了呢。"钱小芙唇角弯起，露出了浅浅的梨窝。

"钱小芙，不要做任何牺牲，也不要做勉强自己的事，那些都由我来做吧。"

"又想退出娱乐圈了吗？陆铭熙你对自己有多少自信啊，你觉得你的粉丝可以接受你不断地退出又回来吗？"

"这次不会再回来了。"陆铭熙目光深沉。

"从小就在做这行，退出了你舍得吗？"钱小芙扬眉问道。

"可我更舍不得你。"

"不要在冲动之下做决定，会后悔的。"

"有你在就够了。"陆铭熙声音里深情满满。

"喂……"钱小芙眯上一只眼，"你是去了什么情话补习班吗？让人心动的话怎么能一句接一句从你那个笨脑子里想出来啊。"

"因为喜欢你啊！"陆铭熙不满地轻嚷。

钱小芙"扑哧"一声笑了出来，目光看向窗外，整个城市的夜景尽收眼底，远方一簇簇的灯火像是天空的眼睛，闪闪烁烁。

"背着我，在想什么？"陆铭熙也看着远方。

我也喜欢你啊。钱小芙心底默默念道，像是中了什么咒语，即使心痛，即使艰难，即使觉得无法抵达，却还是控制不住，满心都是你啊。

"喂！嘴巴不说话也不吃东西的时候，就只剩最后一个作用了。"

"呼吸吗……"钱小芙侧过脸，只说了三个字，陆铭熙双手捧起她的脸，拇指压在

她的唇瓣上……

俯身，脸埋下来，他的吻落下。

隔着他的手指，落在她的唇上。

钱小芙的呼吸在那一刻暂停，心跳也停止，整个人脑子里都是这个手指之吻。

她没有闪躲，也不想抗拒，只是轻轻地闭上了双眼。

许久后，陆铭熙松开了她，将她慢慢拉进了怀中，两个人的心脏都快要跃出胸膛，彼此无声，空气中满是甜蜜悸动的味道。

就在这时，摩天轮的轿厢突然晃动了一下，紧接着又一下，厢顶连接的金属环扣发出巨大的摩擦声。

钱小芙猛地抓紧了陆铭熙的手臂："发生了什么事？"

陆铭熙更紧地揽住她，向窗外张望，摩天轮停止了转动，环绕在上面的彩灯也正在一盏盏熄灭。

时间仿佛停滞，整个世界仿佛都静止了，他们被困在了摩天轮的最高处。

钱小芙匆匆看了一眼脚下，百米的高度让她眼前一阵晕眩。

"看着我就好。"陆铭熙捧着她的脸，"摩天轮有些年头儿了，等下就好了……"

轿厢再次猛烈一晃。

"我的妈呀！"陆铭熙这一次被吓得不轻，揽着钱小芙缩到了角落里。

半晌后，轿厢才恢复平衡，有扩音器的声音从下面传来："机器出了故障，正在修理，上面的人请不要慌张，警察也会很快赶来。"

"真是，谁被困在百米高空会不慌张啊！"陆铭熙咬牙切齿，见钱小芙却是一脸平静，这才感觉自己有些丢脸，他清了清嗓子说道，"我紧张，是因为怕你受伤……"

"哦……"钱小芙尾声拖得长长的，"网上那些评论说的真是没错呢。"钱小芙眯眼看着他，"永远帅不过三秒啊，陆铭熙。"

"真是！不要看那些东西！有空多读读书啊，钱小芙！"陆铭熙一脸不满。

钱小芙笑出声来。

"不害怕吗？"陆铭熙吃惊地看着她，"还能笑得这么好看。"

"因为你也在啊。"钱小芙表情自然，"就算现在掉下去，好像也没什么遗憾。"

"也对，那我告诉他们不要修了。"陆铭熙作势就要向下喊话。

钱小芙笑得更开怀了，她突然想到了别的事："对了，今晚来酒吧是为了找什么人？"

钱小芙这一问，陆铭熙顿时石化了。他是受了黎阳托付来找六妹打探消息的，而如

## 第二章
### 逃离那个冰冷豪宅

今自己竟然跑到了摩天轮上,将此事忘得一干二净。

黎阳,会杀了他吧。

他这才意识到事情的严重性,趴在窗户上冲着下面大喊起来:"喂!你们快点儿修啊,我还有人命关天的大事没有办啊!"

钱小芙长吐了一口气,这才是她认识的陆铭熙吧。对于这个结果,她竟然半点儿不觉得意外。

一个小时后,摩天轮终于修理好了,他们也缓缓回到地面。

几家电视台的记者已经扛好摄像机,打算抓拍游客获救的第一手画面。

"唉,真是无孔不入啊……"陆铭熙长叹一声,将外套脱下来。

"干吗?"钱小芙完全没明白他的计划。

"下来了,下来了!"记者们推搡着拥上前。

轿厢门一开,陆铭熙就用外套包住钱小芙的头,拉她飞奔出去。

"喂,看到了吗?是陆铭熙!"

"旁边的人是谁?新女朋友吗?"记者们先是发蒙,下一秒就齐齐追了出去。

两个人在前面跑,后面跟着一大队的记者。此起彼伏的闪光灯把黑夜都照亮了。路上的行人也都纷纷驻足,当发现是陆铭熙时,也加入了追逐行列。

两个人跑得精疲力尽,眼看就要被追上时,一辆保姆车从对面飞驰而来,司机伸长了脖子喊道:"小陆总,上车!"

像拍动作片一样,车门刚开了一条缝,陆铭熙和钱小芙就飞扑上去,保姆车甩开所有人,扬长而去……

后排,年雪凝一脸狐疑地看着两个人:"你们两个人这是背着我们去约会了吗?还被记者捉个现行?"

"不是的,雪凝……"钱小芙赶忙解释。

"对啊,够激烈吧!这就是我的人生啊,雪凝。"

钱小芙一巴掌拍在他头上:"你的人生就是蒙住我的脸,把自己当活靶子吗?你是故意给记者制造新闻吗?"

"不然呢?"陆铭熙完全不明白自己哪里做错了。

"你自己蒙着头走出去不就行了,有谁能认出是你。就算记者认得我,也没人愿意拿版面去写一个巨星的前女友吧!"

咦,怎么她说的好像更有道理,但他坚决不能承认。

陆铭熙挺着胸说道:"当然不行了,我白红了这么多年吗?就算挡着脸,凭身材凭

气质，甚至是我的这两条长腿都还是一眼能被认出来的！"

钱小芙翻个白眼。

"我有办法！"年雪凝猛一拍腿，"陆铭熙，你现在在微博上发一张咱俩的合影，就说同行的人是我，深夜见面是为明天网剧热身。这样至多被说成是为了新剧炒作……"

"我不要。"陆铭熙毫不留情地拒绝。

"是个好办法。"钱小芙赞同。

"我不要。"除却钱小芙，陆铭熙不想与任何女生合照，况且还要发在微博上。

"依我看顺其自然吧。记者查不到同行的人是谁，没准儿就放弃了。"许真开着车说道。

"这个提议好，我同意！反正就算乱成一锅粥，还有谢阿吉。"陆铭熙舒服地倒在座位里，"今晚的事情已经圆满解决，时间不早了，送她俩回家。"

手机这时响起，他拿起手机瞟了一眼，猛地呆住了。

是黎阳。

他的脸瞬间皱成了一团，看向钱小芙："怎么办，我要怎么和黎阳说？"

"实话实说喽。"钱小芙伸手刚拿过手机，就被陆铭熙抢了回来，"假装没电吧，没电就说得过去了。"他利落地抠掉了电池。

几秒钟后，换许真的手机响。

"小陆总……"许真求救似的从后视镜看着陆铭熙。

"你接啊，你晚上一直在酒吧里，难道没看到六妹吗？"

"没有啊，别说六妹，那晚的几个年轻人通通都没有出现。"

陆铭熙猛地坐直了身子："你什么意思？"

许真这才觉得事情不对劲，一脚踩停了车子，一副天要塌的表情说道："小陆总，我们不会中计了吧？那个六妹会不会和Zoe一样，根本就是老爷子的人？"

"老爷子？Zoe？你们在说什么？"钱小芙一脸茫然。

"你不会明白的，这中间的故事足以拍一部电视剧，而你起码漏掉了一百集的内容。"陆铭熙连说话的劲儿都没了。

"你们干吗提起Zoe姐？又干吗一个个不敢接电话啊？"年雪凝也凑了上来。

就在大家都手足无措时，许真却无意中碰下了手机接听键。

黎阳的声音传了出来："你们在哪儿啊？见到六妹了吗？陆铭熙呢？怎么不接电话？"

车里四个人面面相觑，都不敢吱声。

半晌后，陆铭熙结结巴巴地说道："你在哪儿？见面再说吧。"

黎阳将新租的公寓地址发来，黑色的保姆车重新上路，向城郊驶去。

同一时间，一辆与他们擦肩而过的救护车里，医生正在对一个气息奄奄的中年人进行急救，病人的意识已经模糊。

然而唇边却还在不断地唤着一个名字。

"小芙……小芙……"

## Chapter 4

四个人前往郊外的一家民宿与黎阳会合。

黎佑晨停了镇静药剂,身体却还虚弱,早早睡了。

黎阳坐在客厅沙发上,一双眼像显微镜似的检视过对面的四个人,几分钟后他才长长地叹一口气,说道:"坐吧,这事不怪你们。"

四个人同时松了口气,坐在沙发上。

"现在怎么办?"陆铭熙看着黎阳。

"可我还是觉得六妹不像黎家的人。她身上的野性是老爷子不喜欢的,你们看看Zoe就知道了,尽管傲慢,可其实行事风格是小心翼翼的。"黎阳分析道。

"猜也没用,找到她就能问清一切了。"陆铭熙说道。

"去哪儿找?"其他四个人异口同声。

"一个活人总不能凭空消失吧?"陆铭熙答道。

"你去找。"四个人再次同步。

陆铭熙伸手给许真一轻拳:"你不是特种兵出身吗?找人不是最擅长吗?"

"小陆总,你说的那是特种兵带的警犬。"许真撇嘴,"我们甚至都不知道这个六妹真名叫什么,若她故意躲我们,怎么找啊?"

"我来吧。"年雪凝纤细的腿叠起来,扬脸道,"我认识一个高级私人侦探,如果拜托他帮忙,应该没什么问题。"

陆铭熙突然觉得年雪凝周身都散发着光芒:"你真的可以吗?大概要多久?"

"两天吧,不过你们谁先告诉我这个六妹长什么样?"

"蓝头发。"许真答。

"很瘦,长得还可以。"陆铭熙答。

"长得还可以是什么意思,起码要具体说说五官吧。"钱小芙质疑道。

黎阳不作声,在一边拿着纸笔写写画画。

"穿着全是钉子的衣服。"许真答。

"很会打,轻轻一下子就把许真扔出去了……"陆铭熙答。

"小陆总,现在是描述长相,你说什么身手啊!"许真不满地埋怨道。

"真是,你干吗总和我作对啊,我说的也是特征之一啊!"陆铭熙吼道。

两个人正吵着,黎阳将手中画纸推给了年雪凝。

纸上是一个短发女生的素描,虽有些简略,却让人一眼就能记住她的长相。

"对,就是她。"

## 第二章
### 逃离那个冰冷豪宅

"嗯，画得还不错……"陆铭熙对黎阳这种无声无息献艺的行为很不爽，但不得不承认，黎阳的画与六妹真人已有九成相像。

"好厉害啊，黎阳。"年雪凝掩饰不住满脸的欣赏，当即对着画像拍张照发给了私人侦探。

"好了，接下来就等着好消息吧，现在睡觉。"她顺势在沙发上躺下，"晚安各位，熬夜会变丑的。"

"在这里睡像什么话，许真送她们回去。"陆铭熙抗议。

"现在回去，会吵醒年叔叔和阿姨吧。"钱小芙也打了个哈欠，靠着年雪凝躺下。

"我不习惯在别人家睡，许真我们走。"陆铭熙再转头，许真已经在另一张沙发上四仰八叉地睡下了。

"这几天有的忙了，我也睡了，你随意吧。"黎阳走进了卧室。

"喊，你们这一个个也都号称是出身名门贵族的，竟然都这么随便。"陆铭熙拉着年雪凝的腿将她扯到了一边，硬是在钱小芙身边挤出了一条缝，把自己塞了进去。

"不过有你在，就是猪窝我也一样能睡。"陆铭熙对钱小芙轻声说道。

旁边两个人同时做出了要吐的表情。

隔天清晨，陆铭熙睡醒后才发现，又只剩下他自己了。

桌上放着三张字条，按着前后顺序一张压着一张。

我去上学了——钱小芙。

记得九点的开机仪式，我先去化妆了。接下来三个月拍摄期，前辈，请您多多指教了——年雪凝。

我和许真陪佑晨去体检了，出门就把地址忘了吧，别走习惯了总来——黎阳。

陆铭熙撇嘴，把年雪凝和黎阳的字条丢进了垃圾桶，却将钱小芙的那张仔细收好，虽然一共五个字，却真的有种小两口过日子的感觉。

他美滋滋地走进了浴室，冲了澡，整了整造型，又埋头在黎阳的衣柜里挑选起了衣服。

从黎家出来时，黎阳什么都没有带出来，看得出衣柜里仅有的几件也都是临时买来的。然而就几件衣服，也都按照款式和颜色从里到外搭配好了挂在一起。

"哎哟，这小子的衣品从前就这么高吗？离开有钱老爸不是应该很穷了吗？怎么小牌子衣服都这么会挑啊。"陆铭熙不由得咂咂嘴，他已经号称是明星中的衣品小王子了，可黎阳的品位却依然让他赞叹。

最终,他选了一件海蓝色的外套和一条白色裤子,样式看着简单,穿着却十分显气质和身形。

离开前,他将一张银行卡放在了桌上,也学着他们写了一张字条。

**衣服太寒酸,看不下去了,拿着卡去改善下生活品质吧。**

写完,他不禁叹了一口气,这辈子他一共给过两个人银行卡,要他们随意花。

一个是许真,一个是黎阳。

他陆铭熙光鲜一世,却要不停地养活男生,他是不是这辈子注定要打光棍儿了?

海屿医院。

担心黎耀荣还给佑晨服用了其他什么药物,黎阳和许真一大早带着她来做全身检查。

病人排了长长的一列,看起来要等很久了。黎佑晨依偎在许真怀里,黎阳站在旁边总觉得有些多余,就走到外面长廊等着。

医院人潮涌动,一张张陌生的脸从他面前经过,他的心里却感受到了从未有过的安定和自在。

他和佑晨终于可以像所有人一样,不必再看谁的眼色,不必每一天都胆战心惊,可以按照自己的意愿生活了。

这时手机响了起来,黎阳看着那串号码,似乎之前见过的,却想不出是谁。

接通,一个中年男子的声音沉稳地传出来:"是我,江津恒。"

原来是他。黎阳呼口气,道:"什么事?"

"见个面吧,很久没有看到你了。"

"在此之前,你有更久没有看到我,我以为我们都习惯了。所以有什么事还是电话里说吧。"黎阳对他有种说不清的抵触。

"听说你从黎家搬出来了,来我身边吧,你以后的生活我会负责的。"江津恒说道。

"我有一个问题。"黎阳靠在栏杆上,目光穿过人群,"你后来又结婚了吧?"

那边沉默了一阵,"嗯"了一声。

"那就照顾好现在的家庭和子女吧,我想他们并不欢迎一个外人,而我也并不需要新的兄弟姐妹。"

"小阳,最近发生了太多事,你难以接受我理解,但是为了你妈妈,我也必须照顾好你。"

黎阳想起那日他车子失灵,他带着人来解救自己的情景,他知道江津恒对他全无恶意,并且这么多年来都在暗中保护他。可是他对他有着无法释怀的心结,儿时的记忆时

## 第二章
### 逃离那个冰冷豪宅

刻萦绕在他脑中,他无法接受他。

"我现在很好,以后也会很好,谢谢。"黎阳挂断了电话,手臂无力地垂下,目光看向窗外。

多年前,妈妈消瘦的面容在他脑中一闪而过,他的心底涌出一阵痛楚,沉沉地闭上双眼。

在他背过身的瞬间,一个蓝头发的女生带着一行人快步走过,走进了走廊尽头的重症抢救室。

女生嚼着口香糖走到医生面前,将手机递给了他:"有人想和你说几句。"

几秒钟后,医生换上了一副唯唯诺诺的表情,连声答着:"好好好,是是是……"

他将手机还给女生,指了指中间一张病床:"喏,就是那个人,还在昏迷中,你们带走吧。"

"谢喽。"女生抬了抬下巴,身后那些人快步上前,推着病床走了出去。

床边的柜子上,病人的随身物品还摆在那里,护士抱着盒子大步追出去,在走廊里喊道:"钱汇友的家属,病人的东西落下了……"

可是长长的走廊里,那些人早已没了踪影。

护士悻悻地走回去,却被一个人猛地抓住了手臂。

"你刚才叫的那个名字是什么?可以再重复一次吗?"

护士看着面前这个高瘦而帅气的男生,露出了甜甜的笑容:"钱汇友,你也是家属吗?这是他的东西。"

黎阳接过盒子,那里边有一只破旧的钱包,一边夹着证件,另一边夹着一张相片。

相片上,小芙坐在爸爸怀里正开怀大笑。

"确定病人是他吗?"

黎阳指着相片再次确定,脑子里轰轰作响,钱爸爸为什么会出现在这里,他分明和小芙已经送他出国……

"没错,你和刚才来的那些人不认识吗?"护士一脸疑惑,"可他们分明和医生说是病人的亲戚啊,要带病人去别的地方医治。"

黎阳心里有什么东西"轰"的一声炸响,整个人呆在那里一动不能动。

钱爸爸在这里哪还有什么亲戚,带走他的人会是谁?

难道是黎耀荣吗?

不会,他已经拿到了保险箱,根本没有理由动手。

难道是……

兰姨?

兰姨现在是年夫人,又怎么会做这么冒险的事?

他匆忙回去找许真,刚想告诉他刚才的事,却见他一脸沮丧地带着佑晨从检查室走出来。

"出了什么事?"黎阳觉得要是再听到什么坏消息,他真的会撑不住。

"医院拒绝给佑晨做检查,说她在医院拒收名单中,大概是有老爷子的股份吧,我们换一家吧。"

黎阳眉头深深拧起:"没用的,若是这家不可以,别家也一样。老爷子是想让我们在这里待不下去,他在逼我们离开。"

"我没事,今天精神了许多,走了一早上还有些饿了呢。"佑晨虚弱地笑着,"我们去吃饭吧。"

"别担心,我会想出办法的,就算要离开这里,也要确认你身体可以远行才行。"黎阳上前扶着她。

"远行?"许真和黎佑晨同时看向黎阳。

"你莫非真的打算让佑晨离开?"许真接着问。

"是你和她一起,佑晨的身体不能再经历什么事了,你先带着她找个地方安顿下来,最好是国外,黎耀荣只是不想见到我们,不会紧追不舍的。"

"那你呢?小阳,一起走啊。"佑晨握住黎阳的手。

黎阳的眼前闪过了几个人影儿,钱小芙、钱爸爸、陆铭熙,他若走,也要将手上的事全部做完,确认这几个人都安然无恙才行。

"你和佑晨先走,有什么事我帮你办。老爷子实在刁难的话,虽然没了保险箱,但是你们忘记了,我才是活证据,之前所有的事只要我做证……"许真还说着,就被黎阳飞快堵上了嘴巴。

"不要再说了。你当这是什么地方,万一有黎氏的人听到,别说出国,你连这所医院的门都出不去,我们先离开吧。"

黎阳目光扫过四周,带着两个人快步离开。

他们走远后,医院的柱子后面,一个高瘦的人影儿慢慢走出来,他摁下手机,那里边录下了刚才三个人的对话,他将时间点停在了许真那段话上。

"但是你们忘记了,我才是活证据,之前所有的事只要我做证……"

男子的嘴角勾起一抹邪邪的笑容,有了这句话,怕是你们有登天的本事都出不了

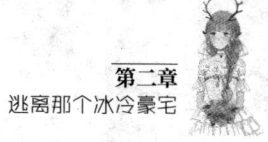

## 第二章
### 逃离那个冰冷豪宅

江城了。

他将那段录音单截出来发到了一个人的邮箱,写道:羽哥,要通知老爷子吗?

对方在几分钟后回信。

*不要轻举妄动,我会处理。*

## Chapter 5

国立新高。

明亮的教室里,正在进行月末考试,钱小芙笔下飞快地答着题。

昨晚六个人折腾到很晚,她差点儿忘了今天考试的事。所幸她平常的功课都是优良,应付一场月考并没什么压力。

提前半个小时答完了所有试题,她舒了一口气,松了松肩膀,目光无意中瞥向外面,突然看到了一个人。

门口,一个穿着藕粉色长裙的女生正身姿娉婷地站在那里,静静地看着她。

Zoe。钱小芙怔了一瞬,手指向自己,用唇语问道:"找我?"

女生轻笑,点头。

钱小芙举起手:"老师,我答好了。"

全班一阵唏嘘,几个女生不满地嚷道:"叫得那么大声搞什么?显示自己学习好吗?"

"情场失意,考场得意吧。"另一个女生嘀咕道。

钱小芙不理会这些声音,交了卷子快步走出去。

"影响你考试了吗?"Zoe的声音轻轻的,笑容甜美,露出两个梨窝。

正午的阳光下,她肤质白皙泛着光亮,一双眼明亮清澈,嘴角轻轻扬起,在长裙的衬托下,整个人美得闪闪发光。

恍惚间,让钱小芙想起了与她的初见,那一日也是在这样的长廊里,Zoe出现在她面前。

她还记得那一刻自己内心的震惊,她不敢相信世上竟然有如此美丽的女生,天使般的柔美面孔,一袭长发垂落,她一笑仿佛寒冬都被融化。

"小芙?"Zoe见她发呆,轻声唤她。

"哦,没有影响我,原本也打算交卷了。"钱小芙连忙回答。

"那,方便一起吃午饭吗?"Zoe目光真诚。

钱小芙手掌握了握,眼前这个Zoe让她熟悉又陌生,她与她之间真的发生过太多事,她曾经的强势与心机让钱小芙心生胆怯,虽然她后来遭遇了事故,忘记了所有事,但钱小芙依然不知道这个邀请是否是善意的。

"我都记起来了。"Zoe仿佛看出她的顾虑,"所有的一切,如何从中作梗介入你和铭熙,如何心机颇深地逼走你……每个细节我都清楚地记起了。即便如此,我还是来找你了。你呢,不能面对我吗?"

## 第二章
### 逃离那个冰冷豪宅

果然,那个微笑着就能让人心生寒意的Zoe回来了,她行事一直都是坦诚又直接的,就连抢人都这么明目张胆。

钱小芙咬唇,不自觉地避开她的目光:"吃饭就不必了,有什么话,就在这里说吧。"

"考试很快结束,同学们很快就会出来,不怕难堪吗?"Zoe一脸玩味的笑容。

"你会让我难堪吗?"钱小芙终于扬脸与她对视。事到如今,陆铭熙不再属于她们任何一个,她已经没有受Zoe责难和抱怨的理由。

"谁知道呢,被抛弃的女生,也有可能会发疯呢。"Zoe笑道。

考试结束的铃声这时响起来,考场里的学生们统一起立,将卷子放到了桌角。

如果真的被大家看到她们两个在一起,一定又要有流言蜚语散布出去了吧。钱小芙心一横,握住了Zoe的手:"换个地方吧,要杀要剐悉听尊便,当我最后还清你了。"

钱小芙像个英勇奔赴战场的战士在前面走,身后的Zoe笑意盈盈。

这样的钱小芙还真是魅力四射呢。

她跟着钱小芙走出教学楼,穿过操场,来到了一片茂密的林子里。

"好了,这里没什么人……"钱小芙转身,话刚说了一半,嘴巴就被Zoe掩上。

"钱小芙,这是我们最后一次见面。或许是十年,也或许是此生,我们从此刻起两不相欠了。"Zoe的声音静静地在林中响起。

钱小芙疑惑地睁大眼睛。

Zoe唇角轻轻弯起来,一个绝美的笑容绽放。

"很遗憾,不能和你做朋友。"她慢慢地拿开手,"但是请求你,留在陆铭熙身边,不要让他难过,不要让他失落,不要轻易抛弃他。"

钱小芙怔怔地看着她,不知道她为什么说这些。

"如果他有一丁点儿不幸福,不论在世界任何地方,我都会重新回来抢走他。"Zoe的眼底有泪光隐隐闪动着,"所以,不要留任何缝隙给我,不要让我有任何可乘之机。"

"Zoe……"钱小芙看着眼泪从她的脸颊滑落,满腔的问题卡在喉咙里问不出来。

"这世上我也只甘心输给你而已。"Zoe用手指轻揩去泪水,慢慢向后退了几步,之后头也不回地离开了。

这是她的告别吗?

钱小芙怔忡在原地,看着那抹身影渐渐远去,仿佛被Zoe传染一般,心里涌出一股浓浓的忧伤。

她一定比她更深爱着陆铭熙吧，才会含着眼泪放手，把他交给了视为情敌的女生。

可她还没有来得及告诉Zoe，她和陆铭熙也已经分手了。

她们都深爱着这个单纯又真诚的男生，他的世界仿佛是个让人沉迷的旋涡，她也曾一腔孤勇地沦落陷入，然而最后还是难逃哭着说分手的命运。

Zoe是为了成全陆铭熙的真心，选择了退出。

而她是为了保全陆铭熙的所有，选择了离开。

她们都输了，输给了爱着他的心。

然而陆铭熙，你是幸福的吗？

同一时间，陆铭熙在网剧的发布会现场。

不出所料，记者对头一天摩天轮事件的提问贯穿全场，网剧的内容和阵容根本无人问津。

幸运的是，与他同行的那个女生至今成谜。记者们几次想要套他的话，都被他轻巧绕开。

年雪凝一次又一次地为他提心吊胆，却又眼见着他完美化解。不得不承认，只有镜头前的陆铭熙，才会智商和美貌同在。

记者的问题不断，导演和别的演员却一直没人提问，场面越来越尴尬，片方决定中场休息，和记者们沟通一下。

陆铭熙口干舌燥地回到休息室，看到了手机上十几个未接来电。

全是黎阳。

他回拨过去，没好气地说道："我说，几件衣服而已，用得着打这么多电话吗？我买一屋子的衣服还给你行不行啊？"

"你最近见过钱爸爸吗？"黎阳压根儿没搭他的话，声音里满是焦虑。

"呃，你知道了？就是你打晕我那天，我早上醒来就看到他了，他担心小芙所以没有出国做手术，你也见到他了吗？"

"没有见到人，在医院错过了。他被人接走了……"

"什么叫接走了？钱爸爸在本市没有亲人啊，谁会接他？"陆铭熙一脸迷茫。

"不清楚，先瞒一下小芙吧，我继续查下去。"

"瞒得住吗？万一真的出什么事，小芙会怪我们一辈子……"

"那就怪我一个人好了，这个电话也当我没有打给你。"

"喂，我才是小芙的男朋友，不是，前男友，像这种冒险的事当然是我做啊……"

## 第二章
### 逃离那个冰冷豪宅

陆铭熙正说着，门就被猛地推开，年雪凝风风火火地冲了进来。

"喂喂，侦探回话了，他有一套人脸识别系统，已经查到那个六妹的行踪了，十点左右刚在海屿医院出现过……"

医院？陆铭熙一愣，赶紧对着手机说道："黎阳，你在哪家医院？钱爸爸被接走是几点？"

"我听到了……"黎阳的眉头皱得更深了，他有种直觉——钱爸爸的事与六妹有直接关系，可她到底为什么这么做？难道她真的是黎耀荣的人？

他目光看向阳台上的黎佑晨，之前担心她的身体，一直都没有问起怀表的事，或许现在是时候了。

"我先挂了。"黎阳将手机放在桌上，向阳台走去。

黎佑晨坐在阳台的沙发上，见黎阳进来，微微笑了笑。

黎阳拿出那只怀表，放在了她掌心："这个是对你很重要的东西吗？"

黎佑晨的目光忽地变得轻柔，她用手摸着怀表，点了点头："是齐伯在八岁生日那年送我的礼物，对我来说，他是比爸爸更亲近的人。"

"我知道。"黎阳轻轻说道，他能够想象到黎佑晨在那个冰冷的家中，每日每夜面对着暴君般的爸爸，是如何煎熬着长大。

"齐伯在家里一共待了十五年，他当我是亲生女儿一般，是那座宅子里让我唯一觉得温暖的人……"黎佑晨将过去的事娓娓道来，"其实我是没有上过小学和初中的，爸爸不愿意我和外人接触，所有的功课都是齐伯教的。所以那时候我很想知道学校到底是什么样子，也很羡慕路上那些穿着校服的孩子们，后来齐伯就瞒着爸爸带我去了市里的一所中学……"讲到这里，她的嘴唇微微颤动。

黎阳握住了她的手，将她轻轻拉进怀中："不说了佑晨，好了……"

她在他怀中摇摇头，带着哭腔坚持讲下去："那天回来后已经是傍晚了，我还记得爸爸就站在客厅，齐伯和我刚一进门，爸爸的拐杖就抽向齐伯的腿，我拼命地哭，拼命地想要拦住他，家里所有的用人都出来求情……"黎佑晨终于说不下去，在黎阳的怀中哭出声来。

"那天之后，齐伯就消失了。后来有人说在乡下见过他，坐在轮椅上，双腿已经没有知觉了。"许真从外面走进来，代替佑晨说出后面的事，"后来我认识了佑晨，帮她找到了齐伯的老家，得知他已经过世，留下了一个还在读书的女儿。我们一直想找到她，给她一些帮助，可惜没有找到。直到上个月怀表坏了，佑晨拿去店里修理，才得知这只怀表是齐伯当年定制的，一共两只。而另一只的主人前些日子也曾来这里修理过，

佑晨坚信那就是齐伯的女儿，便要了那个人的电话号码。只是还没来得及联系，佑晨就已经出事了。"

黎阳静静说道："所以你把怀表当作线索留给我们，就是想让我们按照号码找到齐伯的女儿。"

"齐伯跟了老爷子十多年，知道黎家所有的事，他曾经对佑晨说，黎耀荣性子变了很多，变得比从前更加易怒和残暴。他说如果有一天他做出危及佑晨生命的事，他一定会救她……"

救佑晨？一个管家又有什么能力呢？黎阳陷入了沉思，难道他手里也握有黎耀荣的把柄？

他不禁想起六妹的话，她手上有比保险箱值钱百倍的东西……他一下子站了起来，这就说得通了，六妹就是齐伯的女儿，一直按着齐伯的遗愿寻找着另一只怀表，目的就是让她找到佑晨，用手上的东西来保全她。

"我有事，先出去了。"黎阳向外走。

"小阳，不要去，忘了这件事吧。"黎佑晨握住了他的衣角，泪眼婆娑地看着他，"我不想找她了，也不想再生任何事端，关于黎家的一切，我们都不要再提了，一起离开这里吧，好不好？"

"不会出什么事的，我不会做任何有危险的事。"黎阳保证。

她却依然没有松开他，一双眼里尽是祈求："离开了黎家，我只有你了。我想以后每天睁眼就能看到你，想以后的每一餐都有你在……小阳，我们不再分开了，好不好？"

她的眼泪再次滑落，这句话也犹如催泪瓦斯，让黎阳的眼睛酸涨起来。

他看着黎佑晨，她对于他，也同样是这个世界最亲的人，那么多的艰难和危险他们都一起闯了过来，如今终于可以在一起，他实在不忍心拒绝她。

他垂脸，沉沉地吐口气，俯身揽住她，缓缓说道："知道了，佑晨，我们不会再分开了。"

# 第二章 逃离那个冰冷豪宅

## Chapter 6

仿佛早有人知道他们会来一般，从走进别墅区到抵达医院，竟然一路畅行无阻。

陆铭熙想着钱爸爸的事，后半场的采访根本心不在焉。

幸好年雪凝够机灵，帮他回答了好几个问题。直到活动结束，她才撞了撞身边的陆铭熙："打起精神来，是你邀请我一起来拍这部剧的，你现在这副鬼样子会被记者乱写的。"

"乱写什么？"陆铭熙瞥她一眼，"写我其实不愿意与你搭戏吗？真相就是如此啊。"

"喂！"年雪凝瞪他，"你还想知道六妹的消息吗？竟然用这种态度对我……"

陆铭熙心里一叹，他果然这辈子栽在女人手里了，他重新换上笑脸说道："那么，我亲爱的搭档，你那个侦探大哥查到六妹更多信息了吗？"

"六妹真名叫齐亚愉，父亲在黎家做了十多年的管家，五年前去世了……"年雪凝读着侦探发来的电子邮件，手指划过一张张图片，突然停顿了一下。

"欸？一个管家的女儿会这么有钱吗？"年雪凝指着图片里六妹出入的别墅区，"她竟然住这里，这是你们陆氏地产最贵的楼盘了吧？就算是租金都是一般人承担不起的。"

陆铭熙将头凑过去，果然是一年前才建成的顶级海岸别墅区——璀晶豪品，住在里边的多是明星和富商。

"没准儿是住在有钱的亲戚家吧。"陆铭熙猜测道。

年雪凝继续向下翻，是六妹今天出入过的地点。

"早上在海屿医院，之后去了璀晶豪品，再之后都没有出来过。"年雪凝抬头，"她带着钱爸爸一个病人，停留在这里做什么呢？"

陆铭熙抓抓头，两只眉毛拧在一起："钱爸爸会再次入院，一定是旧病复发，被她这么带出来可能随时都有生命危险，她还在这里停留这么久……"说到这里他突然顿了一下，眼睛猛地一亮，"除非……"

"除非这里有医院，她是带钱爸爸出来治疗的！她一定不会傻到让一条人命栽在她手上。"年雪凝说完立刻拨通了侦探的电话，"快帮我查一下璀晶豪品里是不是有私人医院？"

几分钟后，侦探回复，璀晶豪品其中一幢楼便是私人医院，主人不详，但拥有全世界最先进的医疗设备和最资深的医护人员。

"我现在过去，下午的活动靠你了。"陆铭熙跑了出去。

　　黎阳在同一时间也收到了年雪凝转发来的邮件，原本想买些出行用的东西，此刻也掉转方向驶向了璀晶豪品。

　　既然六妹的最后一站是这里，那么钱爸爸也一定被送往了这里，他早听说过这里有全江城最神秘也最高端的私人医院。

　　就算要放下所有人和所有事这么离开，他也要先找到钱爸爸才能安心。

　　璀晶豪品位于海滨区，距离城区五十多公里。当他到达那里时，看到一辆跑车已经停在那里。

　　一个光鲜帅气的男生正倚坐在车前盖上，见他走过来，挥了挥手，似乎早料到会在这里遇见。

　　"便宜的衣服穿得还舒服吗？"他上下打量男生一圈，自己的几件便宜货在这小子身上竟然穿出了高端时装的感觉。

　　"穿着去发布会了呢，大概明天这一套又要风靡网络了呢。"陆铭熙笑着答道，"我的信用卡呢，用得很惬意吧？卡的额度一般人都会吓一跳呢。"

　　"哦，吓了一跳。"黎阳淡淡道，"陆氏地产的公子零花钱真是少得可怜。"

　　"你这个人真是……"陆铭熙咬牙，他怎么就不长记性呢，斗嘴这件事他又何时赢过他，却还总是跃跃欲试。

　　"了不起啊，你爸爸买下了江城最好的海岸，建造出了最昂贵的楼盘。"黎阳主动结束舌战，目光看向面前这些楼宇，忍不住感叹。

　　碧海白沙之畔，一片高低错落的楼宇犹如身在希腊圣托里尼岛般，统一的蓝白色调，欧洲圆顶建筑，梦幻美好到失真。

　　"那当然，这里每一块砖每一棵树……所有的一切以后都会是我的，所以你对我好一点儿，我会考虑送你一幢的。"

　　"你现在是在和无家可归的人比家世吗？"黎阳侧目。

　　陆铭熙顿时无言，收起了得意的表情，悻悻说道："那我们还是说正事吧。"

　　"钱爸爸这件事，你是怎么想的？"黎阳问道。

　　"六妹身后一定还有人。一个小女生就算住得起这里的楼，也一定达不到去这家私人医院的级别。"

　　黎阳轻笑，笑容中满是无奈："江城还真是卧虎藏龙，你猜这次又是针对谁？"

　　两个人都明白，钱爸爸在这里没什么朋友亲戚，这件事一定与他们二人有关。

　　"看来我们的弱点都太明显了，对手都懂得拿小芙和我们来谈条件。"陆铭熙说道，"不过可以肯定的是，这次不是黎耀荣了，因为他绝不会救人。"

## 第二章
### 逃离那个冰冷豪宅

黎阳淡笑："或许别的人会比他更可怕。先上去看看吧，这里安保森严，据说连只苍蝇都飞不进去，你应该有办法吧？"

"刷脸喽。"陆铭熙揽着黎阳肩膀大步向前走。

一幢独立的五层别墅小院中，草木茂盛，繁花绽放，院中小桥流水溪水潺潺，让人仿佛置身世外桃源。

推开院落里一扇厚重的乌木门，一个蓝色短发的女生正站在阳光满溢的客厅里，笑盈盈地看着他们。

"又见面了。"女生声音很是动听。

"果然是你，酒吧那日你爽约，却大费周折地在这里见面，总有什么原因吧？"黎阳没什么笑容，一脸淡漠。

陆铭熙的注意力此时却在别的地方，他不理不顾那两个人，在房子里乱窜着，满脸的惊叹表情——房子里全是昂贵又稀少的乌木家具，连摆饰都是清一色的象牙制品，原木色的地板在阳光下亮得耀眼，客厅中央铺着一张完整的虎皮地毯。

虽说见过不少豪宅，然而眼前这一座不论是气派还是品位，都是他所见之最。

"要带你去楼上看看吗？"女生见陆铭熙兴趣满满，贴心地问道。

"不必！也只是，一般般。"陆铭熙吞了吞口水，原来别人家的豪宅都长这样，看来他家也应该重新装修一下了。

黎阳目光深邃地看着女生："酒吧见面不就好了，为何这么大费周折地把我们引到这里来？"

"要咖啡吗？巴西带回来的好东西。"女生没有接话，撇了撇嘴，"不过这东西太苦，我是喝不惯。"她将咖啡放下，从冰箱里取出三罐可乐，一一扔给对面两个人。

"齐亚愉，不要兜圈子，钱爸爸人呢？"陆铭熙的思维终于回到正轨。

"动作够快啊，看来查到我不少东西。"她笑着走到陆铭熙面前，"调查清楚了我的名字还有住所，觉得很得意吧？"

两个人沉默，不知道她意欲何为。

"有没有想过，你们能查到的一切，都是我特意让你们知道的。比如，从璀晶豪品到这家顶级私人医院，只是一条引你们前来的饵。而另外的一些东西，我不说，你们就是动用十个侦探也休想查到，比如，我的背后是谁？这家医院是谁的？而我又为什么会接近你们？"六妹抿唇，露出一个甜甜的笑容。

窗外暖风徐徐，陆铭熙此刻却觉得脊背发凉。

黎阳静静地看着眼前这个女生,他不敢想象如果她是敌人,那他们这一方的胜算有多少。

她是比Zoe更深不可测,更可怕的女生。起码Zoe有个软肋是陆铭熙,而她似乎是一个谜团,根本无懈可击。

见两个人都不说话了,六妹"扑哧"一声笑开,走到两个人中间,一手拍一人肩:"放轻松,如果真的是敌人就不会在这里见面了。"

陆铭熙真的呼了一口气,他发觉自己有些畏惧她,光是听到她的笑声他心里都发毛。

"随便什么,条件也好,底牌也罢,亮出来吧。"黎阳的声音里依然听不出什么情绪。

六妹摇摇头,走到房子一侧,将墙上一个银色的垂地丝帘"哗啦"拉开——里边是一间宽阔明亮的无菌手术室。

"喏,你们的钱爸爸,我的人正在一点点从死神的手上抢回他。"

里面医生和助手正在专心致志地做着手术,各种仪器都正常地运作着,液体和血液正缓缓地流入病人体内。

手术台上的钱爸爸双眼微合,一脸安详,置身在一场梦中。

"除了这里,没有医院救得了他。你们也应该清楚,他已经错过了手术的最佳时间。"六妹喝一口可乐,可乐中的气体让她打了个响亮的嗝。

这个嗝也完美地化解了双方紧张和猜忌的气氛。

陆铭熙和黎阳同时皱眉,她却爽朗地笑了起来,没有任何千金小姐的矜持和扭捏,反问道:"很奇怪吗?难道你们喝可乐不打嗝儿的吗?"

"齐伯去世后,是这间医院的主人一直资助你生活吧?"黎阳却不失任何机会想要摸清她的底牌。

"谁资助我有那么重要吗?重要的是我活下来了,拿着我爸留下的东西,在黎耀荣的步步紧逼下还能活下来,很厉害吧。"虽是笑着,她的眼底还是闪过一丝怨恨。

看来齐伯真的交给了她一些东西,而且黎耀荣也知道这事。

"酒吧那晚,为什么失约?"陆铭熙问道。

"在外面见面太惹眼了,会给大家都带来麻烦。"六妹换回一脸认真的表情,"而且事关重大,我觉得还需要了解你们的实力才能将东西交出来。"

"你的意思是黎耀荣一直在盯着你?"黎阳拧眉。

"从我们第一次见面到现在,可能我们的一举一动,他都看在眼里。所以不论我是不是交出东西,你们也一样重新踏入了危险的旋涡。"

黎阳和陆铭熙同时语塞,这个女生对黎耀荣竟然如此了解。

## 第二章
### 逃离那个冰冷豪宅

"黎阳，想办法带着黎佑晨和许真离开吧。陆铭熙，不要再想什么复仇的事，黎耀荣有他自己的归宿，都交给时间吧。"

"归宿？"黎阳听出这句话中的蹊跷，似乎在她身后有人在下一盘很大的棋。

"救出黎佑晨那天，你们就应该赶紧离开。现在，应该已经走不掉了。"

"什么意思？黎耀荣莫非还能控制海陆空吗？"陆铭熙不信。

"那尽管试试。控制不了海陆空，控制自己身边的两个孩子他还是有那个权利的。好了，说得够多了，手术已经进行了五个多小时，差不多要结束了，人还给你们。"

"齐亚愉……"黎阳伸手拦住她的去路，"下次见面，我们是敌，还是友？"

她眼睛微微眯起，唇角扬起一个甜甜的笑容："下次见面，叫我六妹吧。"她绕过他，推门走了出去。

"喂，什么意思？她不是本来就叫六妹吗？"陆铭熙呆呆地问。

"钱爸爸的手术当是见面礼，她想和我们一伙，只不过现在还不是时候。"

## Chapter 7

手术已经进入收尾步骤，主刀医生不知道何时已经离开了，助手正在做着缝合工作。仪器上，钱爸爸的一切体征正常，心脏正有力地一下又一下地搏动着。

"连缝线的助手都是高鼻子蓝眼睛的外国人，就不用猜主刀医生是什么级别了，后院还停着直升机……你猜这个见面礼值多少钱？"陆铭熙问道。

"比你的那张信用卡值钱。"黎阳淡淡答道。

陆铭熙翻着白眼："我在说很正经的事。"

"我也是。"黎阳瞥他一眼。

"江城的富商豪门也无外乎陆黎年三家，我爸爸还在养身体，现在连公司的事务都交给了董事们去做，更无暇做善事。黎耀荣更不可能，年天远是出了名的不管闲事，社交酒会都从不参加，别说救一个无关的人，况且，兰姨也一定不会让他知道钱爸爸的存在。"

"或者还有什么人是我们不知道的吧。外商，或港商。"黎阳也一样没有答案，"钱爸爸很快就会醒了，术后第一晚很重要，我留下来守着他。"

"一起吧。"陆铭熙揽住黎阳的肩，"我现在觉得人类很危险，和你在一起还是比较安全的。"

黎阳推远他："那你留下，我回去照顾佑晨。"

"那我就找小芙一起来。"陆铭熙说着拿出手机。

"想死吗？你打算怎么解释？钱爸爸为什么会在这里，手术又是怎么回事？"黎阳黑脸。

陆铭熙语塞。

"请你以后跟我在一起的时候，把脑子带出来好不好？带着你这个长得漂亮的白痴，我很累。"

"那总得让小芙见到爸爸啊。"陆铭熙顽强地表达了他的中心思想。

"等钱爸爸醒了吧，我们也需要知道他的意愿，他不是一直努力想让小芙和妈妈团聚吗？"

"……好吧。"陆铭熙再次被黎阳说服。

"我回去陪佑晨了，明天早上我来换你。"黎阳推门走出去。

陆铭熙看着门被打开，再合上，整个屋子终于只剩他自己，突然觉得心里空落落的。

他竟然已经这么依赖黎阳了吗？想起一年前他和他每每见面都是唇枪舌剑，而他从未赢过一次，那时恨不得这个人可以从世界上消失。

## 第二章
### 逃离那个冰冷豪宅

可是现在他已经习惯了有黎阳在的地方,就乖乖听他安排,受他指挥,可以愉快地关闭大脑,当个悠闲的笨蛋。

如果有一天,黎阳不在了呢?

他想起六妹刚刚劝告黎阳离开,他的心里忽地有些酸涩。

怔了许久后,他走向了术后恢复室。

宽大舒适的屋子里,护士正在给钱爸爸换药液。他在旁边坐下来,握住了钱爸爸的手,钱爸爸的手冰凉而粗糙。

他慢慢搓热那双手,心里复杂至极。

他真的很想立刻带小芙过来,已经几个月没见到爸爸,她一定想念至极。可是又要怎么解释这件事呢?他要将所有的事都讲给她听,虽然她已经知道了黎耀荣的残忍无情,也领教过Zoe颇深的心机,甚至也亲自参与了陆氏集团争权夺位战争……然而若从数年前讲起,每个人的另一副面孔便会昭然揭开,这其中的险恶会不会让钱小芙觉得难过和心寒?

他宁愿,欺骗她瞒过她,也不想她对这个世界心存阴影。

那么,团聚的日子就再等等吧。他会代替她,好好照顾钱爸爸的。

从海滨区返回市区,黎阳脑子里一直想着六妹的事,不知不觉就走错了路,回过神时,车子已经在黎宅的镂金铁门外。

原来大脑的意识才最真实,还将这里默认为家吧。他无奈地笑笑,正打算转向离开,大门徐徐打开,一辆黑色的高档车驶出。

前车窗上贴着海屿医院的通行证,让他不禁留意了车里的人。

擦身而过的瞬间,他看到了后排坐着一位穿银灰色西装的中年男子,五十多岁,戴着一副眼镜,样子斯文。

任旭东?他不禁蹙眉,黎家的专用医生,他来这里,莫非是黎耀荣身体出了问题?

管家在铁门前目送着客人走远,黎阳正想下车去问问,却看到了铁门上方的监控器,若他这么冒失地出现,又要引起黎耀荣的疑心了吧。

这个阶段,他还是少惹事为妙。

他重新启动车子,缓缓驶离,心里再一次告诉自己:这所宅子里的事,已经与他再无关联了。

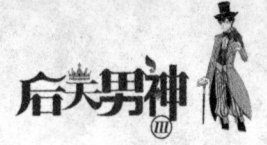

黎宅。

黎耀荣一页页翻看着任旭东送来的体检报告,看到最后一页时,他的嘴角轻微颤动了一下。

卢羽一直小心地留意着他的表情,见他表情猛地凝重,他也看向了报告——病人心肌衰竭,需卧床休养,若情绪不稳定或过度劳累,随时有猝死可能。

"你怕我死吗?"他还正看着,黎耀荣突然出声。

"医生总是喜欢夸大其词,老爷子您一定没事的。"男子低头应道,脸上不见一丝慌乱。

"任医生是不会夸大的,我倒相信这份报告是他轻描淡写了。"黎耀荣淡淡道。

"还是不要太操劳了。"

"不碍事。"黎耀荣将体检报告递给卢羽,看着他那张处变不惊的脸,露出一丝欣赏的表情,"倒是你,很像我从前身边的一个人。"

卢羽将报告一张张地塞进碎纸机,背对着黎耀荣,道:"我不会背叛您的。"

"你猜到我说的背叛我的人了吧?"黎耀荣赞赏的表情愈深。

卢羽转回身:"或许人各有志吧。"

"你的志向呢?"黎耀荣对这个年轻人有着很深的好奇,他不知道在他身上发生了什么,能让他年纪轻轻就处事从容淡定。

"并无大志,不提也罢了。"卢羽脸上是恭敬的表情,却也回绝得利落。

黎耀荣也不再问下去:"他们最近有什么异常吗?"

"没有异常,黎阳似乎打算带着黎佑晨离开。"他顿一下,"要我做什么吗?"

黎耀荣目光静了一瞬,半晌后沉沉道:"什么都不用做。"

"好。"卢羽应道,看来黎耀荣是真心打算放他们姐弟俩离开了,"任医生为您换了新药,叮嘱一定要按时服用,我去拿进来。"

卢羽走了出去,门轻轻带上,黎耀荣目光黯淡,他并不忧虑自己哪一天会猝死,只是担心在他死前,黎氏这个巨大的商业帝国还没有人能接手。

如果那小子肯回来低头……他沉沉一叹,应该是不可能了。

年宅。

转眼到了月末,月考成绩发布,钱小芙位列年级前十。年雪凝的学校也举行了月考,她的成绩是年级倒数第十,年雪凝坐在客厅沙发上,盯着面前的两张成绩单,从晚饭到现在一直都没有吭声。

# 第二章
## 逃离那个冰冷豪宅

墙上的时钟指向九点。

钱小芙走过去揉揉雪凝的脸,将成绩单收起来,说道:"好了,不过是一次小考成绩而已,不要太在意了。"

"你们学霸当然不会在意了!"年雪凝嗓门儿莫名地大。

小芙无奈地笑笑,起身去厨房切水果。

"钱小芙。"年雪凝很认真地追过去,戳在她身后。

"嗯?"钱小芙切了一块苹果喂进年雪凝嘴里,这才正视她,"怎么了?"

"你是上辈子拯救银河系了吧?"钱小芙刚想说话,就被年雪凝打断,"不要否认,这样我会平衡一些!"

钱小芙"扑哧"一笑,刮刮她的鼻子:"没错,不仅拯救了银河系,还救出了中了咒语的青蛙王子。"她知道年雪凝下一个话题一定会扯上陆铭熙,干脆自己先招认了。

"对吧对吧?不是因为我笨,更不是因为我差劲!你是理所应当拥有好成绩,还拥有陆铭熙,还有黎阳那样男神级别的好朋友……"年雪凝说着停了一下,"喂,我说,你拥有的是不是太多了?"

再聊下去年雪凝一定要发飙了吧,钱小芙将更大块的苹果塞进她嘴里,之后很夸张地打了个哈欠:"好困啊,明天还要早起,我先上去睡了。"

"早起什么啊,明天周末啊。"

周末?钱小芙转回身,时间过得好快啊,算一算她已经有半个月没见过陆铭熙了吧,也不知道他在忙什么。

她摸出手机正犹豫要不要打给他,就听年雪凝在厨房里喊着:"男神,明天有没有空啊,小芙约你去郊游啊!"

"喂!"钱小芙赶紧冲过去抢下她的手机,连声解释道,"不要听雪凝乱说,喂,喂?"

"欢迎拨打某某热线,中文服务请按1……"手机里传出电子女声。

"年雪凝!"钱小芙猛地回身,只见雪凝已经在沙发上笑得缩成了一团,"你真是……"她莫名被她捉弄,还白紧张了一场。

"哎哟,陆铭熙而已嘛,约他用得着那么慌张吗?"年雪凝坐起来,一手搭在钱小芙肩上,"不过,我真的想去郊游,周边有个大象谷听说很好玩,晚上可以露营,我们去玩嘛。"

"大象谷?"一个男声从门外传来,"我也听说不错,想去吗?"

"哥!"年雪凝一个箭步冲过去,"你真的带我去吗?"

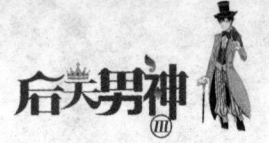

"哦,难得你想体验野外生活,不做温室小花了。带着小芙一起,陆铭熙呢,要不要叫他一起?"

"Zoe姐呢?也叫她来嘛。"年雪凝赖在哥哥身上。

年宥泰看向钱小芙,目光有些复杂。

"好久没有联系铭熙,他应该有事去不了,我明天也有别的安排了,你们去玩吧。"想到她、铭熙和Zoe三个人在一起的场景,钱小芙觉得呼吸都不畅了。况且她刚见过Zoe,似乎Zoe也并不想再见她。

"喂,男神啊,明天我和小芙要去大象谷郊游,露营一晚,你要不要参加?"年雪凝又一次拿起了手机。

"还来?这次死也不会信你,我先上去睡了。"钱小芙摇摇头,年雪凝的激情还真是永不停歇。

走上二楼,却正巧与从健身房走出来的尹美兰撞见,钱小芙赶紧避到一边,让路给她。尹美兰没有任何表情地从她身边走过去,回了房间。

钱小芙轻呼口气,从她被绑架回来后,年夫人对她一直视而不见,那个热情又温柔的阿姨好像一夜之间消失不见了。

她渐渐也习惯了这样的年夫人,只是在家里见面时才微笑,平常从不去打扰她。

房门关上,她听到了年雪凝在楼下尖叫欢呼。

她躺在床上拿起手机,手指停在陆铭熙的号码上。

这个时间,他在哪里呢?有没有想过她呢?

# 第三章

## 大象谷的离别告白

## Chapter 1

周六清早钱小芙很早起床,帮奇婶做好一家人的早餐,去喊年雪凝起床。

敲了几次房门都没有人应。她推门走了进去,床上地上满满当当,连落脚的地方都没有,衣服和书本扔得满地狼藉。

房间主人却不见踪影。

她刚想帮忙收拾房间,又觉得有些不妥,就又退了出来。

"小芙,起这么早。"中年男子沉稳的声音在身后响起。

"年叔叔早。"钱小芙换上笑容,"我来叫雪凝吃早餐,不过她好像起得更早。"

"雪凝和美兰一起去商场了,说是要购置户外野营的用品。"年天远刚健身回来,穿着一身深色的运动衣,整个人看上去精神奕奕。

"哦。"

"我晨跑的时候看到你了,你也喜欢跑步吗?"年天远难得与她多说了几句。

"也是这几天刚开始的,觉得院子里环境好,空气也清新,跑步很舒服。"钱小芙搔搔头,"以前住在渔村里,路很泥泞,也就从来没晨跑过。"

"以后一起吧。"年天远淡淡笑,"还有美兰,我们三个一起。"

"好,好啊。"钱小芙声音莫名低沉,"阿姨好像有点儿不喜欢我。"

年天远微怔,伸手抚小芙的肩膀:"可能是些别的原因吧。"

这一次轮到钱小芙怔忡。

"我也是猜的,不过我看得出她喜欢你的,只是这段时间对人有些冷落,或许时间能给我们答案吧。"

年天远语意深长,钱小芙更加犯迷糊了。

"爸,你今天很清闲吗?大早晨拉着小芙聊天儿。"年宥泰睡眼惺忪地从一边的房间里走出来。

"吵醒你了吗?"钱小芙正要道歉,年宥泰的大手就覆在她头顶,一通乱揉,"喂,不要啦!"钱小芙头发乱成一团,抗议着。

"恭喜你小女孩,虽然你吵醒了我,但是刚才的对话代表我爸爸也很喜欢你。"

年天远浅笑,对两个人说道:"下去吃早餐吧。"之后便先下了楼。

"你干吗这样说啊,多不好意思啊。"钱小芙嘟嘴。

年宥泰一手搭在钱小芙肩上:"你知道年氏董事长的账户每分钟进账多少钱吗?刚才他和你说话的时间折成现金,够买一艘游艇了。"

"哼,我和你说话的时间,生命都被浪费了!"钱小芙甩开他飞快地跑下楼。

## 第三章
## 大象谷的离别告白

年宥泰看着钱小芙的背影，又回头看了看爸爸的书房。

昨晚他听到爸爸和别人通话时，说到了钱小芙三个字，他开始以为自己听错了，可现在他隐约明白了什么。

向来不参加任何应酬的年天远，也从不喜欢和人搭话，而刚才他却破天荒地和钱小芙聊天儿。爸爸到底想在钱小芙身上找出什么？他在怀疑她什么？年宥泰的表情不觉地凝重了。

年雪凝在一个小时后回来，大包小包拎了好几个，好像是把百货公司都买空了。

"小芙，快去收拾东西，我们十点出发！"年雪凝风风火火地冲到餐桌前吃早餐。

"我有别的安排了，就不去了。"钱小芙把水果沙拉推给她，"慢点儿吃，现在才九点钟。"

"我要化妆，还要做头发，一个小时哪够啊！对了，我想拍一组自然又清新的生活照发到微博上，我要你帮我拍！"

"你找宥泰帮你拍，我看他房间里好多相机，拍照的技术一定比我强。"钱小芙婉拒着。

"Zoe说身体不舒服不去了。"年宥泰走下楼，坐到餐桌边，拿起面包咬了一口，"你们女生很麻烦，雪凝尤其麻烦，拍照的事我做不来，还是交给你吧。"

"可是我……"钱小芙还在犹豫着，年雪凝圈住她的胳膊，"亲爱的小芙，我之前的相片都是时尚类型的，每次贴在网上，网友都说是过度修饰过的。我这次就想放几张生活照证明我是天生丽质，你帮帮我嘛！"

看着雪凝诚心恳求的脸，钱小芙的心软了，犹豫了半晌，点头答应了。

"太好了！我吃好了，我先上去洗脸，你待会儿上来帮我选衣服啊！"年雪凝将一杯果汁一口气喝完，一阵风似的离开了。

"我也吃好了，我去院子里等你们。"年宥泰因为Zoe不能同去也没什么胃口，吃了几口就出去了。

钱小芙起身收拾餐桌，身后响起轻盈的脚步声："放着让奇婶收拾吧，你不是和他们出去吗？"

是尹美兰。

钱小芙赶紧站到了一边："我没什么可准备的，我来就好了。汤好像凉了，我去帮您热一下吧。"

"小芙，"尹美兰伸手轻轻握住了她的手，"这些活不必你来做，你过来。"

钱小芙看着尹美兰，她的脸不似前些日子那般冰冷，甚至还有些许笑意。

她顺从地走回她面前。

尹美兰将一个大大的袋子推到了她面前："之前看到你的运动衣有些旧了，刚才就顺手帮你买了一套。"

"给……给我的吗？"钱小芙惊喜得说话都不利落了，这一瞬间那个温柔的阿姨好像又回来了。

"听说要在外面过夜，多注意安全。"尹美兰目光也柔和了许多。

"好，谢谢阿姨。"钱小芙嘴巴甜甜地咧开。平日里她是不会随意接受别人礼物的，可是这份礼物她却真的不想拒绝。这是尹美兰送她的第一份礼物，在她心中对尹美兰一直有种别样的感觉，每次见到她都觉得仿若亲人一般。

"上去试试，看看合不合身。"

"合身！"钱小芙利落地答道。

看着她像小孩子一样开心的模样，尹美兰的心揪痛了一下，说道："不要舍不得穿，也不要藏在柜子里，今天穿这套出去吧，以后缺什么我都会买给你的。"

钱小芙微怔，她是真的打算把这套衣服好好地珍藏起来的，竟然被看穿了，她不好意思地笑笑："郊游一定很累也很脏，还是不穿了，万一弄破了会心疼的……"

尹美兰的心仿佛被什么狠狠戳痛，在她过着养尊处优的生活时，她的女儿却连一身新的运动衣都舍不得穿，这些年她到底过着怎样的生活？

一阵酸涩从她心底涌上来，眼角不禁就湿了。

"阿……阿姨……"钱小芙看到尹美兰哭了，顿时不知所措，"我知道了，我穿，我现在就去换上，您不要难过啊。"她伸手去为尹美兰揩掉脸颊的泪水。

小芙，是妈妈对不起你，妈妈没有兑现承诺，让你受了那么多的苦。尹美兰心里一遍遍地道歉，眼泪越来越多地涌出来。

看着尹美兰哭，钱小芙的心里也莫名地难过起来，仿佛眼泪会传染一般，她的鼻子也酸涩难当，泪水在眼眶中打着转，她喃喃说道："阿姨，你想到什么人了吗？还是我惹你难过了，为什么哭得这么伤心啊……"

小芙，我善良的女儿，对普通的阿姨都这么怜惜，如果对自己的妈妈会是怎样的疼爱。我错过了你成长的每一天，是不是这一生都无法享受到你的爱了……尹美兰咬着嘴唇，死死压抑着哭声，她多想立刻将小芙拉进怀中，抱一抱她，亲一亲她，可是年夫人的这个名号像一座大山一般压着她，让她分毫动弹不得。

楼梯上传来了脚步声，尹美兰猛地回过神，赶忙将脸转到一边，揩掉了眼泪。

年天远似乎什么都没有察觉，走到餐桌前，坐下，像往常一样翻开了报纸。

"我去热汤。"尹美兰泪渍未干，匆匆走进厨房。

钱小芙吸了吸鼻涕，红着眼抱着袋子打算上楼。

"想家了吗？"年天远的声音缓缓响起。

钱小芙怔了一下，这才想起自己脸上的泪水，连忙用袖子抹干："是啊，好久没有见到爸爸了，很想念他。"

"听雪凝说你爸爸在美国治病，等他回来了，请他来做客吧。"年天远扭头看向钱小芙，浅笑。

"哐当"，厨房里猛地传来什么东西摔碎的声音。

年天远快步走了进去，尹美兰的手指划伤了，血飞快地流下来，地上是汤盆七零八落的残骸。

"我去拿医药箱。"钱小芙跑出去。

"怎么这么不小心，还有没有伤到别的地方？"年天远检查着尹美兰的伤口，一脸心疼。

"对不起，让你担心了……"尹美兰声音有些虚，她知道年天远一定是看出什么了，才会对钱小芙说那样的话。

然而他依然不来问她一句，只是等着她主动坦白。

"那就不要做对不起我的事，也不要做让我担心的事。"年天远握着她的手指在水龙头下轻轻冲洗。

尹美兰看着年天远的脸，满腔的话卡在喉咙口，几经挣扎，她终于还是开了口。

"发生过的事，不可能再回头……"水流哗哗声中，尹美兰声音低到快听不到。

"不要做让你我同时陷入困境的事，现在的一切我都很满意，你和这个家，维持原样就好。"年天远轻轻道。

尹美兰心中一震，他既然这样说，就代表他已经大概知道了一切，他在婉转地表达着他的意愿。

他希望她依然是年太太，他希望这个家里有她。

"天远……"更多的愧意涌上她的心头，她的眼泪再次落下来。

"我没有你想的那么复杂和精明，也什么都没有做，只能说有时候男人的直觉也很奇妙。"年天远慢慢抬起头，目光与她直对，"如果你愿意退一步，我也一样。"

尹美兰一颗心如压了大石，沉入了深不见底的黑暗中。

他在等她做决断。

年夫人和女儿之间，她终究是要做出取舍了。

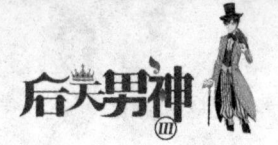

## Chapter 2

江城郊外七十公里外，大象谷。

钱小芙终于还是穿了尹美兰送的运动衣，清纯又淑女的浅粉色，尺码大小刚刚好。和运动服一起装在袋子里的，还有一双白色的运动鞋和银色的镶满亮片的鸭舌帽。

钱小芙穿着这一身站在大象谷的入口处时，年雪凝的嘴巴都噘上天了。

"兰姨偏心！"

"兰姨坏！"

"我要让爸爸和兰姨离婚！"

从下车到现在，她的嘴巴里反复嘟囔着这几句，钱小芙将鸭舌帽摘下来扣到了她头上："这样你的心情会不会好一些？明明你的衣服更好看啊。"

"不好！心情不好！"年雪凝把帽子还给她，嘴巴还噘着，"钱小芙我不要和你做朋友了，我讨厌所有长得比我漂亮，穿衣服比我好看的女生！"

"那么那边那位呢？"年宥泰指了指一个正朝这边走来的女生，穿着一条短得不能再短的花裙子，上身穿件白色的T恤，目测个子有一米八以上，双腿修长笔直，腰肢纤细，脸看不清，可就是让人觉得有种说不出的别扭。

钱小芙此时也看到了那个女生，完美的身材比例，黑色披肩长发加白皙的皮肤，明明都是美女的配置，怎么就有种说不上的怪异。

女生明显是冲着他们走过来的，距离越近，她的姿势也越婀娜，终于在腰都要扭断的时候，来到了三个人面前。

"陆铭熙！"年雪凝尖叫。

"铭熙！"钱小芙眼睛都直了。

"我肯定是瞎了。"年宥泰一副不想活下去的表情。

"喂！小点儿声啊！"陆铭熙冲年雪凝翻了一记白眼，"我精心乔装了一早上，差点儿被你喊穿帮。"

年雪凝一副生无可恋的表情，心里对陆铭熙那深刻的情意突然间烟消云散了。

"你怎么会来？还穿成这样？是不是哪里不舒服？"钱小芙一脸紧张地抚上陆铭熙的额头，"觉得头晕吗？认得我吗？"

"喂……"陆铭熙拨了下假发，擦拭着脖子上的汗，"我听说是你邀请我来的，我也是为了可以和你尽情地玩耍，不被外人打扰才这么残害自己的。"

"我邀请你？"钱小芙想起了年雪凝昨晚的欢呼与尖叫声，原来她打的第二个电话是真的！她猛地看向年雪凝。

## 第三章
### 大象谷的离别告白

"对啊，是我打的电话啊，你没有阻止便是默许啊。不过此时此刻我却真的有点儿后悔打那通电话了。"年雪凝目光扫过陆铭熙，眼底尽是绝望。

"那你可以走了。"陆铭熙推开年雪凝，凑到了钱小芙身边，手臂圈住她的脖子："小芙，我们进去吧！"

钱小芙原本是受年雪凝拜托才来，对于野营这件事并没有什么兴致，可是此时有陆铭熙的加入，她的心情莫名地好。但姿态还是很骄傲，她甩开陆铭熙的手，学着年雪凝的声调说道："你太丑了，我不要和你做朋友了，我讨厌所有长得丑的妖怪。"

妖怪？陆铭熙扭着屁股追上去，扯住了她的马尾。

"还不松开！"钱小芙嚷道。

"你说我丑吗？"陆铭熙佯怒。

"自己感受不到吗？"钱小芙撇眉。

"可是你好美。"陆铭熙换回认真的表情，打心底赞赏道。

钱小芙顿时失声，脸一下子红到了脖子，心里仿佛打翻了一罐蜜糖，满满的甜蜜。

"还不快走，要等别人都认出你吗？"钱小芙声调都飘了，在前面大步走起来。

陆铭熙追上去，再次将她圈进了臂弯里。

年家兄妹俩无精打采地跟在他们身后，年雪凝一脸嫌弃地说道："哥，我给我男神创造了约会机会，是不是？"

年宥泰点头。

"原本以为一起郊游可以让陆铭熙了解我，喜欢上我，哪怕只是一点点，我是在做梦对不对？"

年宥泰点头。

"看来今天你我注定要当电灯泡了……哥，你会一直陪着我，对吧？"年雪凝觉得自己连走路的力气都没有了。

年宥泰刚想继续点头，手机突然响了一声，是一条短信。

"回身。"是Zoe发来的。

年宥泰愣了一下，接着飞快转身。

五米外，Zoe笑盈盈地站在那里，穿着一身修身运动衣，长发垂落，阳光披洒在身上，仿佛全身都散发着光芒。

"你怎么会……"年宥泰惊喜得说不出话。

"你向我走了九千九百九十九步，我怎么也要迈出一步吧。"Zoe走过来，很自然地挽上了他的手臂。

年宥泰低头轻笑，脸上幸福感昭然，他握起Zoe的手向前走去。

"哥……哥等下！"年雪凝伸出手想要抓住年宥泰，却抓了个空，怒火在她心中熊熊燃烧着。

她大喊一声："你们这些忘恩负义的坏人！都忘了野营是谁提出的了吗？"

"不喜欢可以回去呀。"年宥泰冲后面回道。

年雪凝委屈得眼泪都快流出来了，她大步追上去，像树懒一样挂在了哥哥身上，突然想起钱小芙和陆铭熙也在。

他们三个人见了面，这样会不会很尴尬？年雪凝猛地拉住了哥哥："哥，我们要不然换个地方玩吧？今天人太多了！"

"来都来了，没关系的。"有了Zoe陪同，就算是刀山火海年宥泰都不会退缩。

"可是……"年雪凝狂使着眼色，提醒着哥哥。

"铭熙也在吧。"Zoe一语戳中，脸上挂着淡淡的笑意，"好久没有见到他了。"

"嗯，还有小芙。"年宥泰答得坦荡荡。

"猜到了。"Zoe挤出一抹笑容，"人多比较热闹。"

"Zoe姐……"年雪凝怔了怔，"你真的没关系吗？"

Zoe揽紧年宥泰的手臂，摇头，露出一脸甜美的笑容："听说今天能看到刚出生的小象，好期待。"

年雪凝轻呼一口气，看来是她多虑了。

陆铭熙和钱小芙此时已经坐着缆车前往山顶。

两个人从最高处的观景台向下望，整个江城都变成了一个小点。

"这里好漂亮啊！"钱小芙第一次来到象山山顶，云雾缭绕，群山青翠，远方还有望不到边际的蔚蓝的海水，让她忍不住惊叹。

"是啊，真的好美，好激动啊！"山风很大，陆铭熙的裙子被不停地吹起，他只好不停地用手压着，却也不忘应和钱小芙。

"你看起来不像激动哦。"钱小芙瞪着陆铭熙，"你在忙什么啊？"

陆铭熙用双腿夹住裙子，把吹歪的假发摆正，又把刘海儿从眼前撩开，这才看向钱小芙，一脸"我在忙什么你看不出来吗"的表情。

钱小芙"扑哧"一声笑了出来，她摘下陆铭熙的假发，把自己的帽舌帽扣在他头上："这样会不会轻松一点儿？"

"还有裙子……"陆铭熙一脸苦不堪言，"总是飞起来，怎么办？"

## 第三章
### 大象谷的离别告白

"你这身衣服是哪里来的啊?"

"跟医院的护士大姐借的……"陆铭熙如实答道,"大姐穿着明明是到膝盖的长裙,还蛮好看的,可我刚才在车里换上才发现这么短……"

"你对自己的身高不了解吗?不过有谁住院了吗?"钱小芙问道。

糟糕!他差点儿把钱爸爸在医院的事说漏了,这段时间他除了在片场就是在医院陪床,根本没有时间回家换衣服。昨晚临时收到年雪凝的邀请,手头又没有别的衣服可以乔装,就只能借了护士大姐的衣服。

他清了清嗓子,道:"是谢阿吉,他昨天吃坏了肚子住院了,不过现在已经没事了。"

"真的吗?"钱小芙眯眼,总觉得陆铭熙结结巴巴没好事。

"你可以打给他问问啊。"陆铭熙将手机递过去。

钱小芙撇撇嘴:"信你了。"

"走吧,我们去看大象表演。"陆铭熙从观景台拿了一张景区地图,"跟我来。"

"不等等雪凝他们吗?我给她打个电话吧。"她停下来,打电话。几秒钟后,她眉头轻拧起来:"怎么办?没有信号。"

"放心,那丫头比我们会玩,开心着呢。况且她现在也有些名气了,聚在一起会引人注意的,我们先走吧。"陆铭熙牵起了她的手。

两个人在大象谷里玩了一整天,看了大象洗澡,象群踢球,还亲手喂了刚出生的小象。第一次在公开场合这么肆无忌惮地牵手玩耍,陆铭熙和钱小芙的心情都无比惬意。

夕阳西下,两个人坐在大象谷的露天餐厅里吃着晚餐。

一只只大象摇晃着巨大的身躯从餐厅外走过,小象跟在后面顽皮地甩着鼻子,逗得钱小芙哈哈大笑。

"要不要认养一只小象?"陆铭熙见钱小芙如此喜欢小象,问道。

"可以认养?"钱小芙面露惊喜。

"当然了,每年捐一点儿钱,就可以认养一只小象,给它起个名字,还能从网上看到它每一天的生活。"

"好啊!"钱小芙眼睛放着光芒,"但是会不会很贵?"

"这是你应该操心的事吗?"陆铭熙摆出一个帅气的姿势,"你好像还没有意识到你和一个什么样的人物在一起。"

"意识到了啊。"钱小芙坏坏笑道,"一个很丑的妖怪。"

陆铭熙咬牙,挪坐到了钱小芙身边,手指扳住她的下巴:"再说一次?"

"很……丑的妖怪……"钱小芙望着陆铭熙的脸,突然心就漏跳一拍。

即便穿着怪异,即便为了配合装扮还特意抹了些口红,即便头发被鸭舌帽压得毫无造型……

却依然不可否认,这张惊为天人的绝世帅颜。

夕阳最后一抹光晕柔柔洒在他的脸上,他的睫毛仿佛染了金色的光,一张脸立体而俊朗,一双眼正静静地望着她。

"我们,要不要复合?"陆铭熙一字一句说道,"虽然现在也能见到你,可是我总是害怕,会有别的人抢走你,你不在身边的每一分每一秒我都忍不住担心。钱小芙,我不怕被你抛弃,一次两次,一辈子两辈子,我都不怕。我只是怕见不到你,怕真的会失去你。"

"铭熙……"钱小芙的心中仿若地震般,地动山摇。这不是陆铭熙第一次表白,也不是他说过的最深情的话,可是她却比以往更加能感受到他的爱和不舍。

他真的,满心满脑全是她。

"如果复合,你就会退出娱乐圈对吧?"钱小芙小心翼翼地问。

"当个普通人不是也很好吗?"陆铭熙轻握住她的手,细细摩挲着。

"你看着我,铭熙,你真的想当普通人陆铭熙吗?放弃星路,放弃如日中天的演艺事业,放弃爱你那么多年的粉丝?"

陆铭熙目光沉了一下,看向远方的山峦,静了片刻,他才回过头,点点头。

"我拒绝。"钱小芙又怎么能不懂他的心。一旦冲动地放弃了事业,没有人能保证在他后悔的时候还能东山再起,到那时,她的心会比他还要痛。

"为什么拒绝?你心里有别人了吗?"陆铭熙一副受伤的表情。

钱小芙伸手用力掐住他的脸:"你的脑子里装满了言情剧吗!拒绝你的理由就一定是移情别恋吗!"

"那就复合啊!"陆铭熙像撒泼的孩子,大喊起来,引得左右游客频频回头。

"我不要!"钱小芙声音也提高。

"钱小芙你个薄情寡义的女生!"陆铭熙自尊心严重受伤。

"陆……"钱小芙差一点儿就要把他的名字脱口而出,幸好及时停下,她咬牙切齿地看着他,"你这个蠢蛋!"

"蠢蛋?"陆铭熙一脸要崩溃的表情,长这么大有人叫他宝贝,也有人叫他心肝,后来人们都叫他帅哥,叫他男神……却是破天荒地第一次有人叫他蠢蛋,"钱小芙,你完蛋了!"陆铭熙作势挽起袖子要报复。

# 第三章
## 大象谷的离别告白

"喂,脱离大部队,你们俩就是为了在这演偶像剧吗?"年雪凝突然从身后冒出来,一脸嫌弃的表情。

她下缆车后就跟哥哥走散了,给大家挨个儿打电话,可偏偏手机没有信号。她只能一个人蔫蔫地参观完了所有项目,直到肚子饿了,来到餐厅才看到了打情骂俏的这一对。

"你闪开,小心我刀剑无情!"陆铭熙拿起一只勺子冲着钱小芙戳过去。他又怎么会不明白钱小芙的苦心,只是提议复合,也是他想了很久才做的决定,并非一时的冲动。

他知道,事业和钱小芙,两者只能选一。

他也早猜到钱小芙的选择,宁可狠心地拒绝他,也不想他为她牺牲事业。

如果……如果他们俩都能自私一点儿,或许就会是另一番结局了吧。

钱小芙拿起一个碟子做盾牌,灵巧地挡住陆铭熙戳过来的勺子,两个人玩得不亦乐乎。

几分钟前的剑拔弩张完全不见踪影。

年雪凝在一边坐下来,静静地看着这两个长得貌美如花的男女,玩着低智商的游戏不知疲倦。

原本以为他们吵架了,还打算乘虚而入一下,如此看来,两个人之间早已心心相印,连一根针都插不进去了。

点的菜品依次上了桌,年雪凝把旁边人当成了空气,拿起刀叉自顾自地吃了起来,吃到一半觉得这一天过得真是窝囊,便喊来服务生,要开一瓶红酒。

陆铭熙和钱小芙同时看向吃得腮帮鼓鼓的年雪凝。

"年家破产了吗?你很久没有吃过饭了吗?"陆铭熙看着桌上所剩无几的饭菜不满地嚷道。

"哦,破产了。"年雪凝将一块鸡排塞进嘴巴里。

陆铭熙连忙将所有的菜品都拉到了钱小芙这一边,说道:"小芙快吃,这个饭桶快要把盘子都吃进去了。"

钱小芙撞了陆铭熙一下,示意他对年雪凝温柔一点儿,之后说道:"雪凝,我手机没有信号,一直联系不到你,宥泰呢,他帮你拍照了吗?"

"我哥死了。"年雪凝依然埋头在食物里,一副除了吃别的都不关心的样子。

"死了?"陆铭熙大笑起来,"这真是个悲伤的故事。"

"我死了你有那么开心吗?"真是说曹操曹操就到,年宥泰和Zoe无声无息地来到了三个人面前。

"啊,吓我一跳!"陆铭熙差点儿从椅子上跳起来,捂着胸口嚷道,"我说你们年

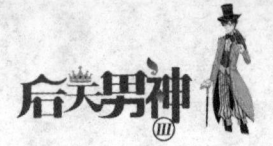

家兄妹都是游魂吗？就喜欢突然这样蹿出来吗？"

"那我呢？也是游魂吗？"一边的Zoe浅浅笑道。

陆铭熙这才看到Zoe，表情僵了一下："你也来了。"

钱小芙也愣了一下，没想到Zoe还是赶来了，说道："都坐吧。"钱小芙往里挪了两个位置，扯了扯陆铭熙。

"咦？小芙你和Zoe姐的运动服好像一模一样啊！哦！果然是同一个牌子呢！"年雪凝先前只觉得Zoe的衣服有些眼熟，想不到两个人竟然这么巧撞衫了。

"好巧，小芙穿着很好看。"Zoe坐下来，笑盈盈地说道。

"好像Zoe穿着更好看呢！"年雪凝没头没脑地说了一句。

钱小芙一时有些窘迫，同样的衣服，Zoe穿着像是拍画报的名模，而她应该更像是出来健身的普通女生吧。

"你家破产了，你的眼光也跟着破产了吗？明明是小芙好看。"陆铭熙公然站在小芙这边。

钱小芙从桌子下面掐了一下他的手，示意他闭嘴。

"掐死我也是你好看。"陆铭熙看起来是要宁死挺她到底。

桌上一阵尴尬。

"再点几个菜吧。"年宥泰打破了尴尬，挥手叫来了服务生，"菲力牛排再来一份，要七成熟。"

"哥，你不是不吃牛肉吗？"年雪凝提问。

"是为我点的。"Zoe笑道，目光感激地看向年宥泰，所有她说过的做过的事，只需一次，他都会牢牢记住。

"水果沙冰来一份，多放草莓。"陆铭熙抢过菜单说道，"这是我们小芙爱吃的。"

"现在是秀恩爱比赛吗？你们是逼我跳悬崖吗？"年雪凝将叉子重重放到桌上。

"你倒是也找个男朋友啊！"陆铭熙说道。

"那你要快点儿忘记钱小芙啊！"年雪凝反驳。

陆铭熙摇头，一边翻着菜单道："这辈子，不是，下辈子都别等我了，你不是我喜欢的那款。"

"喂！"钱小芙和年宥泰同时抗议。

"就要拒绝得够彻底，她才能更快地找到自己的幸福啊！"陆铭熙把网剧里的对白原样搬来。

## 第三章
### 大象谷的离别告白

"也是这样对我的呢。"在一边始终安静的Zoe开了口，目光中有一丝似有若无的怨念。

陆铭熙猛地失声，不再言语，脸埋在菜单里。

气氛再次尴尬。

"啊，对了，晚上我们露营的地方选好了吗？在山下吗？"钱小芙绞尽脑汁寻找着话题。

然而其他四个人都各怀心事，无人应答。

钱小芙搓了搓手指，也安静了。

一餐饭吃得无比压抑，饭菜剩了不少，一瓶红酒却被大家分得精光。

天黑时大家伴着月光下山，缆车里五个人促膝而坐，远方传来象群的叫声，山风猛烈，绳索不断地晃动，钱小芙联想到上一次的摩天轮事故，不禁有些害怕，悄悄握住了陆铭熙的衣角。

缆车行至山涧，一阵横风吹来，缆车猛烈一晃，五个人同时惊呼，Zoe身子一个不稳，从座椅上滑落下来。

缆车中的电灯闪了一下，灭掉了。

黑暗中有两只手同一时间伸向了Zoe，在滑落的瞬间她下意识地握住了其中一只。

几秒钟后缆车恢复了平衡，电灯重新亮起的一瞬间，所有人都关切地看向Zoe。

却见年宥泰的手空落落地停在半空中。

Zoe与陆铭熙的手紧紧地握在一起。

钱小芙的心狠狠痛了一下，与年宥泰的手一样落空的，还有她的手。就在刚才缆车晃动的时候，她下意识去抓陆铭熙，才发现他的身子移开了，她握了一个空。

原来……

"没事了。"陆铭熙看到Zoe安然无恙后，松开了她的手，想要坐回去，可Zoe却并没松手。

她看着陆铭熙，眼里是满满的痴恋和不舍。

"Zoe……"年宥泰轻唤了她一声。

陆铭熙被她紧握着，甩也不是，不甩却更难堪。

"Zoe姐……"年雪凝握住了她的手腕，虽明白她此时的心情，却还是示意她放手。

钱小芙坐在那里，看着窄小空间里那两只握在一起的手，全身仿佛一节节被封冻，双手慢慢握紧，却还是觉得冷。

最终陆铭熙用力推开了Zoe，将手收了回来，目光看向窗外。

钱小芙看着缆车窗上他的影子，他的喉结上下滚动，目光闪动，一双眼仿佛坠入深

不见底的海水中。

这样努力压抑着自己，却还是控制不住陷入旧情的陆铭熙，她真的不想看到。

钱小芙轻轻闭上了双眼，一行泪从眼角轻轻滑落。

陆铭熙，如果刚才那一刻是生死瞬间，那么在你伸出手的瞬间，可能就已经失去我了。

这……这才是你最本能最发自心底的选择吧。

陆铭熙此时快要被悔恨淹没，就因为黑暗中Zoe的一声惊呼，他竟然就将一切都抛到了脑后，伸手去救她。

那一刻，他竟然还以为自己是十六岁在海边摆好玫瑰，单膝跪地的少年。

他忘了，她曾带给她的那些苦与痛。

难道在他意识深处，她早已是他生命的一部分吗？

陆铭熙的心乱了，茫茫夜色中他不敢与钱小芙对视，手掌伸开又合上，却始终不敢去重新握她的手。

她的心一定痛死了吧。

陆铭熙指甲深陷进掌心，一遍遍地咒骂着自己，陆铭熙你这个彻头彻尾的蠢蛋……

Zoe的目光却从那一刻再也没有离开陆铭熙。

他在多年后，再一次伸手向她，她心中的悸动仿佛整个宇宙在她面前炸开。

她曾对钱小芙说过，她已经决定放手，未来的日子也不要让她有可乘之机，否则她一定会回来。

可是现在，Zoe终于看到了陆铭熙的真心。

或许现在，不是她该放手的时候。

五个人在沉默无言中搭好了帐篷，点燃了篝火，之后围坐成一圈，谁都不说话。

有小贩过来售卖啤酒，问了一圈，也没人回应。

"给我来一瓶。"钱小芙突然开了口，小贩乐颠颠地送酒过来。

"我也要。"Zoe也开口。

"两瓶！"年雪凝伸手说道。

"把你车里的都搬来吧。"年宥泰从钱包里取出一叠钱，数也不数就交给了小贩，"看来今晚每个人都想醉了。"

是度数很低的清啤，可是每个人都还是喝得很尽兴。

不一会儿，酒瓶就堆成一座小山。

钱小芙看着篝火堆，只觉得眼前仿佛有十几座火山在燃烧，她用力摇了摇头，眼前的错觉依旧在。

"雪凝,火是不是太大了,要不要报警?"钱小芙拍了拍身边的年雪凝。

"哪里有火啊?"年雪凝被她轻轻一推就倒在了地上,"明明是灯,很大很大的一盏灯,不信你问Zoe……"

"我什么都看不到,只能看他……"Zoe脸红通通的,身子也有些晃,眼睛却一眨不眨地看着篝火对面的陆铭熙。

陆铭熙面前摆着一瓶打开的酒,他却一滴都没有喝。见三个女生都醉倒在地,他站起来,冲年宥泰招了招手。

"你看好小芙吧。"年宥泰画出了界限,Zoe和妹妹都是他的。

陆铭熙默许,走到钱小芙面前,扶着她站起来。

"哦,陆铭熙?"钱小芙头垂在胸前,呵呵地傻笑起来,"你这个蠢蛋,你敢面对我了吗?"

陆铭熙将她的一只手绕过自己脖子,扶她走进帐篷,在地垫上躺好。

钱小芙扑闪着长睫毛看着他,嘴巴里一直嘀嘀咕咕地不知道说些什么。几分钟后,她眼皮轻轻垂落,睡着了。

## Chapter 4

陆铭熙轻呼一口气,走出了帐篷,在篝火边坐下。

年宥泰安顿完了两个女生,这时也走了出来,挨着他坐下。

"我不是故意的。"陆铭熙说道。

年宥泰笑了一声:"所以才更让人生气。"

"很想打我吧?"

"哦,不过更想打自己,好像用尽了全身的力气,还是没办法走到她心里。"年宥泰瞳孔里映着熊熊燃烧的篝火。

陆铭熙也笑开:"我好像是相反的,只用了一秒钟,就从小芙心里走出去了。"

"小芙会懂的,她和别的女生不同,是太会为别人着想的人。"

"怕她不原谅我,那样我会难过。却更怕她原谅我,那就证明所有的委屈她又自己吞下去了。"陆铭熙声音中满是怜惜。

"你这优柔寡断的毛病也改一改吧,总会有人受伤的。"年宥泰侧目看他,他相信陆铭熙的心里依然是钱小芙最重,可是偏偏他长了一副柔肠,好像全天下和他交往过的女生,他都要负责到底才行。

"就是说啊,我还以为自己改了呢。好像Zoe车祸之后,这病更严重了,总觉得欠她很多。"陆铭熙苦笑道。

"她找回记忆了。"年宥泰说道。

"猜到了。"陆铭熙淡淡道,从刚才Zoe看他的眼神,他就已经猜到了。

"可是,你好像又唤起Zoe的求胜心了。"年宥泰声音落寞,"昨天约她来的时候,本想借着机会看看她对你的反应,前半场我原本还欣慰着,后半场却让你搞砸了。"

"我会和她说清楚。"陆铭熙握握年宥泰的肩膀,"总之我自己闯的祸自己去解决。"

"保证不再优柔寡断了吗?"

"保证。"陆铭熙浅笑。

年宥泰起身,反手握住陆铭熙的肩膀:"总之不论结果是什么,我这辈子就认定Zoe了,比起什么专情什么至死不渝,我宁愿信命,或许她命中注定的人不是我,可我却锁定她了。"

陆铭熙目送着年宥泰进了帐篷,在草坪上慢慢躺下,星光满天,山风清爽,让他的脑子也清醒了。

躺了许久,他拿出手机打给Zoe。他知道如果今天不说清楚,以Zoe的性格一定又会

## 第三章
### 大象谷的离别告白

酝酿出一套计划，那时又将会两败俱伤。

手机响了几声，对方挂断了。身后的帐篷里，Zoe裹着一条毛毯走出来。

陆铭熙起身，将篝火拨得更旺一些，招呼她坐下。

"没睡吗？"看着Zoe一副淡然的样子，完全不像是被吵醒。

"睡不着，喝了酒好像回忆更重了。"Zoe裹紧了毛毯，额头抵在膝盖上轻轻说道。

"那也只是回忆。"陆铭熙拨弄着篝火，"都过去很久很久了。"

"铭熙，你看着我。"

陆铭熙转过脸，一脸认真地看着她。

"你心里还有我，就算是残存的情分，也比对钱小芙的感情要深。你自己是明白的，可你为什么不能接受我？"

"我承认心里有你，也承认有残存的情分……"陆铭熙目光深垂，斟酌了许久又重新扬起脸，"可是这些都远远不及对钱小芙的喜欢。"

"不会的，刚才你握住我的一瞬间，已经证明了我在你心里的重量。"

"那是因为你遇到了意外，换作雪凝，我也一样会出手的。"

"不是的不是的，你一定是还记恨着从前的事。铭熙，只要你能接受我，我还可以重新做回云若溪，我们一定可以回去的！"Zoe眼底泛了红。

"可我不再是从前的陆铭熙了，真的回不去了。"陆铭熙直视着Zoe，"你也看看自己的心吧，那里边是不是真的还有我。"

Zoe还想继续争取，脑海里却猛地闪过一个男生的脸，让她自己都惊了。

怎么会这样……原本没有见到陆铭熙的时候，她选择年宥泰只因为需要安慰和寄托，可如今陆铭熙就在眼前，她为什么会想到他？

见她沉默了，陆铭熙轻呼了一口气，这也代表年宥泰已经存在于她心中，只是她过于执着，自己没有发觉。

"守护你的人，才更值得你珍惜。"陆铭熙语重心长道，"希望我都说明白了，也希望以后我们之间都清楚了。"

Zoe的心乱了，她想要挽回陆铭熙，可是年宥泰的脸却仿佛咒语般困住了她的心。

"铭熙，我们真的，走到尽头了吗？"陆铭熙起身走了几步，听到Zoe幽幽地问道。

"作为朋友，会有新的开始。"

"可以教教我吗？"Zoe慢慢站起来走到他的身后，"那些年被我抛弃的日子，你是怎么走过来的？"

"交给时间吧，它可以治愈一切。"陆铭熙始终背对着她。

"这么多年……"Zoe的眼泪慢慢滑落,"你的名字已经烙印在我的生命中,每一天睁眼,呼吸,想你,恨你,就这样度过了我全数的青春,可是我从来没有想过要放开你的手。多希望只是一场梦,再次醒来的时候,我还是海滩上接受你求婚的云若溪,而你还是那个爱我如生命的少年。铭熙,时光如若重来,我会接受你的花,你的戒指,你的心,千金不换……"Zoe已是一片哽咽。

陆铭熙沉沉地闭上双眼,如若时光重来,他宁愿没有遇见过她,那样的话,她还是渔村里跟着父亲卖鱼的少女,生活贫苦却无忧无虑,不会遇见黎耀荣,不会卷入这肮脏的世界,她会拥有更多男生的爱和仰慕,会在阳光下度过每一天。

如果,不曾遇见他。

陆铭熙的眼泪也悄然滑落,这样狠心地与她划清界限,将她抛弃在他的生命之外,到底是对,还是错。

如果,他的幸福是钱小芙。可是她的幸福,却只是他。

"铭熙,我可以再抱抱你吗?"Zoe在他身后问道,已哽咽得说不出话。

陆铭熙没有动,心痛得几乎无法喘息。

Zoe慢慢走上前,伸开双手将他拥住,泪水浸湿他的衣服。

"铭熙,我放手了……"

陆铭熙的眼泪终于铺天盖地地落下来,他死死压抑着哭声,肩膀上下颤动着。他终于听到她说放手,终于可以从对她无尽的愧疚和自责中走出来了。

"保重。"Zoe慢慢松开了他,转身走开了。

天空由漆黑渐渐变成了乌青色,风卷云舒,天边泛出一片红光,地上的篝火也燃尽了最后一簇火焰。

风起。

陆铭熙低垂着头站在苍茫的山脚下,无声哭泣。

身后的帐篷里,钱小芙看着陆铭熙,他的头发被风吹乱,她的心里也涌出了相似的痛。

陆铭熙,在你心里Zoe与我到底哪一个更重,其实你也无法回答吧。

Zoe占据的那些年的青春岁月,任是谁都无法取代的。

爱过她,等过她,被她伤过,也恨过她。

然而她依然是他心上的一块伤疤,虽已结了痂,长出了新肉,可还是留存着一道细细的痕迹。

如若没有我的存在,你们会重新在一起吧。

## 第三章
### 大象谷的离别告白

可是铭熙，明知是这样，我却也不愿放手。不愿将你拱手相让，不想余生没有你。

这样不善良的钱小芙，你还会喜欢吗。

大象谷的野营活动在那日清晨就被迫中断了。

年雪凝睡到日上三竿，等她醒来时，原本的五人行只剩她和钱小芙，而年家的司机已经等了一个多小时了。

她听钱小芙说了其他人的去向。

Zoe夜里受了风寒，天刚亮哥哥就送她回去了。而陆铭熙因为临时有行程，被谢阿吉叫去了。

"说好的野外烧烤呢？说好的午后垂钓呢？"年雪凝眼睛瞪大，一脸怒气。

"我陪你啊。"钱小芙揽住她，"我会烧烤，我也会垂钓。"

"不要！"年雪凝推开她，"我要我的男神……"

"喂，你这样很伤我心的。"钱小芙说道。

"伤你心？你长期非法占有着我男神的心，我都遍体鳞伤了好吗？"年雪凝将东西塞回包包里。

"既然你不愿意我陪，那我们的活动就正式结束了。"钱小芙也去收拾东西了。

"欸，我分明记得昨天陆铭熙好像惹了祸，应该有一场大战才对啊！难道没有爆发？还是我错过了什么？"年雪凝自言自语道。

陆铭熙早上接到黎阳的电话，说钱爸爸这边有事，他不敢对钱小芙说，只说是谢阿吉找他有事，便心急火燎地赶到了钱爸爸那里。

推门，钱爸爸站在窗边，黎阳坐在一边的沙发上，病房里气氛出奇地冷。

"怎么了？"陆铭熙走到黎阳身边，轻声问。

"出去说吧。"黎阳推着陆铭熙到了走廊里，这才继续说道，"护士说钱叔叔昨天早上到现在都没有吃饭，心事重重的样子。"黎阳低声答。

"这怎么行啊，是不是想小芙了？"陆铭熙眉头拧起来，钱爸爸身体虚弱，不吃饭怎么能养好啊。

黎阳点头："总在窗边一站就是一天，对着国立新高的方向。"

"要不要带小芙过来？"陆铭熙问。

"如果想见小芙，他一定会说的。大概是有他自己的打算吧。"黎阳说道。

"喂，我说，我们是在和钱爸爸谈恋爱吗？大家相互猜心思，直接问他不就好

了。"陆铭熙急性子发作。

"好啊,你去问。"黎阳拍拍他的肩,"我去买水果。"

黎阳说到做到,转身就走了。

陆铭熙撇嘴,私藏钱爸爸这件事总让他有种负罪感,总觉得对不起小芙,就算是昨天整天腻在一起,他都不敢提任何和钱爸爸有关的话题,生怕说漏了嘴。

如果哪天真的被她知道了,她一定会跟自己决裂吧。

他回到病房,来到钱爸爸身边,刚要张嘴,却看到钱爸爸用袖子抹了抹眼角。

是哭了吗?陆铭熙到了嘴边的话戛然而止。

见陆铭熙过来,钱爸爸长长地舒了一口气,道:"你来了。"

"我去带小芙过来吧。"陆铭熙开门见山道。钱爸爸从手术苏醒后,脸上就一直没什么笑容,总是一副无精打采的模样。

"带她过来,她一定不会再离开我了。可我现在还没精力照顾她,又怎么能给她好生活。"在这之前他选择离开小芙是因为自己有病在身,也觉得命不久矣。可如今他却有了更多的想法,他不想再让小芙跟着他过苦日子。让她继续留在年家,她可以多和尹美兰相处一些日子,或许尹美兰会最终心软与小芙相认。

"对于小芙来说,重要的是和亲人在一起。她很需要你,也一定很想念你。"

"可是她也同样需要妈妈。"钱爸爸叹息道,"跟着我有什么好?我什么都给不了她。"

"爱和安全感,这些都远远高于优渥的生活。你觉得那些住在别墅里的人一定比你们幸福吗?"

"可他们起码给孩子交得起学费,买得起漂亮的衣服,不必让孩子这么早体会生活的艰辛。"钱爸爸越说越坚定了想法,"还是继续瞒着她吧,就当我还在美国。我了解尹美兰,她不是铁石心肠的女人,她会动摇的。"

"钱叔叔……"陆铭熙明白他的苦心,可还是觉得这样对小芙太残忍,"如果动摇的代价是离开年家,不再当贵妇人,小芙也一样不可能当千金小姐。"

钱爸爸微怔,他并没有想到这一点。

"与妈妈相认的事再拖一拖吧,我这几天就带她来见你吧。"陆铭熙兀自做了决定。

钱爸爸没有再说话,沉默地看向了窗外。

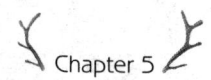

Chapter 5

几日后的早上，国立新高。

钱小芙清晨刚进校门就被一个衣服上印着"某某卫视"字样的阿姨拦了下来。

她下意识地打算溜走，可阿姨的身手更敏捷，立刻扯住了她的校服，说道："同学，等一下，接受我们采访吧，一分钟就可以。"

叫她同学……

看来这个阿姨并不认得她，她放松了一些。

"我是某某卫视的记者，我们想做个调查，可以配合吗？"

"是问幸福不幸福这样的话题吗？"钱小芙问道，手不自觉地捏了捏校服口袋，她现在口袋里只有几十块钱，午饭也吃得十分简单，她要答幸福还是不幸福？

"不是啦，是关于江以桐，他刚刚获得了亚洲拳王赛的冠军，正巧也是江城人，我们想为他做一期节目，选取不同年龄层的人做调查。但是这所学校的学生都好像很排外，我们在这里录了好几个小时，都没有人愿意配合。"记者阿姨一脸为难。

江以桐。

钱小芙恍惚了一下，不禁想起了几个月前那个下暴雨的夜晚。

"你可以帮我吗？几句话就好。"阿姨拜托道。

"好……"钱小芙好心病又发作了，明明自己也是一堆烦心事缠身，却还是答应下来。

"好，那我们采访开始了，请问你听说过江以桐吗？"阿姨的声音瞬间变得很正式，摄影师也在缓缓推进镜头。

钱小芙犹豫了一下，如果她说认识，后面会有排山倒海的问题追过来吧。她揉了揉鼻子，答："我在新闻上看到过。"

"那你觉得江以桐看起来是个什么样的男生？"

"他看起来……"钱小芙一见到镜头就感觉如履薄冰，所以每句话都答得很慢，加之镜头越来越近，她浑身都不自在起来，不禁向后退了几步，搓着脑门儿答，"挺高冷的吧。"

"高冷？网上有好多女粉丝都是这样评价江以桐的，但她们说他只是看着高冷，其实私底下是个阳光大男生。假设选男朋友的话，你会选择他吗？"

这位记者阿姨真的不是故意来整她的吗？怎么每个问题都像是陷阱。钱小芙手掌轻握，坚定地摇了摇头："不会。"

"原因呢？"记者阿姨立刻追问。

"不是……不是我喜欢的类型呢，谢谢。"钱小芙鞠了个躬，一溜烟跑了。

东京飞往江城的国际航班上,江以桐坐在头等舱正闭眼补眠,就被旁边一个女生猛地摇醒。

"喂喂,队长快醒醒,你女神上电视啦!"宁莫把iPad(苹果平板电脑)放在他面前,"电视台做关于你的调查访问,刚好问到她哎!"

江以桐缓缓睁眼,看向iPad屏幕。

穿着校服的钱小芙一脸紧张地出现在镜头前,每说一句话前都要想好久,手边的小动作不断,看得出评价他对她来说是多大的难题。

当他听到她的每一个回答,江以桐的眸子渐渐收紧。

高冷?他有对她冷过吗?暴雨夜的表白不够热烈吗?

还有不是喜欢的类型?这又是什么鬼话,他和陆铭熙从外形到身材不分上下,他应该比他更能够给女生安全感。

"你女神,好像对你完全没兴趣哦。"宁莫跟着一起看完采访后小声说道。

"宁莫……"江以桐瞥她一眼,"头等舱太舒适了吗?要不要以后都去坐经济舱?"

"你威胁我也没用啊,你看她的反应像是心里有你吗?可能连朋友都不算吧。"宁莫有些愤愤不平。被她视为大神般的江以桐却被一个平凡女生这样忽略,她实在是气不过。

江以桐嘴唇抿起来,目光看向了窗外的云雾。

"队长,你真的喜欢她,还是只是因为那个人也喜欢着她,你才好胜心发作?"

是好胜心吗?江以桐回想着与钱小芙相处的那些时间。不,或许他想要赢过那个人,想要得到他得不到的女生,但是打从心底他对钱小芙充满了好奇。

好奇她为什么得到他的爱,好奇她有什么与众不同,好奇她每天的生活,好奇她心里对他真正的看法。

他真的,从没有走入过她的心中吗?

江以桐淡淡地看向手机,在相册里只有三张相片。

一张是自己第一次获得金腰带的相片,一张是全家福,还有一张是个梳着马尾的女生坐在溪边的岩石上,静静地看着流水潺潺。

那一刻,她与云雾中的群山相映成辉,人美如画。

那一秒,他第一次对她产生好奇。

那一瞬,她如烙印印入他心。

飞机在半个小时后落地,成群的记者在VIP(贵宾)通道外挤得水泄不通,前来接机的工作人员也等候在那里。

# 第三章
## 大象谷的离别告白

然而时间一分一秒过去，VIP通道却始终无人经过。

机场另一边，一个穿着棕色风衣，戴着墨镜和口罩的男生从普通出口走出，在熙攘的人群中急速穿行着。

司机已经等候在机场外，帮他放好了行李，刚要上车，却被他轻巧地夺走了车钥匙。

"你先回去吧。"男生坐进驾驶座，车子一阵风似的驶离了机场。

"少爷，太太还在等您一起吃晚饭……"司机对着车子喊道。

一个小时后，车子在国立新高校门外停下，他看了看腕上的手表，自言自语道："正好赶得及。"

几秒钟后，放学的铃声响起。

他倚靠在车身上，双手在胸前交叉，看着学生如浪潮一般涌出来。

终于，他寻找的那个女生走出了教学楼，边走边将耳机塞进耳朵里，在三五成群的学生中，显得孤单而寂寥。

十米，五米，两米……

她从他面前走过时，他长腿一伸搭在了对面的墙上，将她截下。

钱小芙还沉浸在音乐中，对于凭空出现的这条长腿没有任何防备，她吓了一跳，猛地停下来。

"我有那么容易被忽视吗？"男生静静开口。

钱小芙还戴着耳机，只看到面前这个戴着墨镜的男生嘴巴动着，却听不到声音，可是他的这张脸却真的很眼熟。

男生伸出手轻轻取下她的耳机，又摘下了墨镜，刚要再开口，就听钱小芙一声尖叫。

"啊！我的妈呀！"钱小芙身子僵硬了，她是大白天见鬼了吗？早上刚接受了关于他的采访，傍晚竟然就见到了真人。

一定是幻觉，她用力地摇摇头，发觉面前的人依然存在。她随手拉住一个学生，问道："你好，你能看到这里有个男生吗？"

被拉住的女生先是迷茫地看着钱小芙，之后又看向那个男生，突然瞳孔就放大了，仿佛宇宙光波似的一声尖叫："我的妈呀！江以桐！我一定是在做梦吧，是江以桐！"

声音响起的一瞬间，校门口所有学生的目光同时看了过来，下一秒成百上千的人铺天盖地地拥了过来。

尖叫声此起彼伏，排山倒海。惊动了学校安保人员，他们全体出动来维持秩序。

围观学生被保安圈起的人墙隔开了距离，里面只剩尖叫的女生、钱小芙，还有江以桐三个人。

外围的欢呼声还在继续。

江以桐眯眼扭脸,用手指塞住了一边的耳孔,一副被打败的表情,对女生说道:"哦,是我,要签名吗?"

"可以合影吗?"女生这才从巨大的震惊中回过神,拿出了手机递给钱小芙:"你可以帮我们拍照吗?"

"欸?哦。"钱小芙刚举起手机,江以桐就伸手将手机没收了,淡淡道:"对不起,我不喜欢拍照。"江以桐在手机里快速输入了一个号码,递还给女生:"这是我助理的电话,下次拳赛会留前场的票给你。作为感谢你帮这个傻瓜认出我。"说傻瓜的时候,他的语气格外温柔。

围观女生的目光像一支支利箭"嗖嗖"地射向她,钱小芙只觉得后背一阵发凉。

"换个地方,聊几句吧。"江以桐轻握钱小芙的胳膊。

一定是为了她早上采访中说的话吧。钱小芙咬紧嘴唇,甩开他,向后退了一步:"不聊!"

江以桐看着自己握空的手,不禁低头轻笑起来:"不会吃了你的。"

"不去!"钱小芙双眼紧闭横下心说道,她得罪的这位可是亚洲拳王,他轻轻推她一下,她都会全身骨折吧。

"继续耗在这里是等记者来吗?你想上明天的头条吗?"江以桐倒也不急,任外围尖叫声震天,他依然声音缓缓。

钱小芙一怔,接着就用手掌猛拍一记自己脑袋,她这辈子是和这些名人犯克吗?刚出狼窝又入虎穴,头条这种东西她是真的怕了。

"那我就替你做主了。"江以桐重新握住她的手,将她塞进了车里,"别挣扎,会很痛的。"

钱小芙这时也乖了,坐在副驾驶座一动不动,头垂得低低的,防止有人拍照。

"早这样不就好了。"江以桐启动车子,慢慢驶离了国立新高。

"江以桐,江以桐……"身后的欢呼声渐渐消失,钱小芙这才抬头,深深地呼了一口气。

"很怕我吗?"车子平稳地行驶在街道上,江以桐声音淡淡的。

"有一点儿。"钱小芙如实回道,她害怕一切处于风口浪尖的人物,经历那么多事,她现在避之不及。

"在山林里救你的时候,你就不知道害怕我吗?"江以桐回将一军。

"知道会被你救,不如就让绑匪抓回去算了。"钱小芙嘴硬道。其实心里对他依然是感激，只是他的身份太耀眼。这段时间新闻、报纸上他的出镜率高过所有一线明星，甚至陆铭熙都不能比。

"放心，今天的事不会上新闻的，我的团队会自动处理掉那些与比赛无关的所有报道。"

她微怔，原来从来听不到有关他私生活的报道，都是团队所为，她稍稍松了一口气。

"接受采访的事，是怕给你和自己惹麻烦，才故意那么说的。"钱小芙主动坦白道。

"所有那些话都是假的？"江以桐的心情莫名好起来。

"也……也不都是假的。"钱小芙咕嘟道。

"高冷呢？"

"是真的。"

"不是喜欢的类型呢？"

钱小芙沉默了一下，江以桐这个男生应该是任何女生都会喜欢的吧。俊朗挺拔，眉宇之间有一股难以抵挡的英锐之气，加之沉默少言，简直是偶像剧的标配男主角。

像是梦境中才能遇见的完美男生，又怎么会，不喜欢。

"那么就是喜欢？"江以桐追问。

钱小芙沉了沉气息，答道："我有喜欢的人。"

"那不要紧，你儿时也有过很多喜欢的玩具，现在有的忘记了，有的丢弃了，以后也还会有更喜欢的出现。"

"陆铭熙不是玩具，他对我很重要。"钱小芙脱口而出，"是你这样玩世不恭的人，才把喜欢的人比喻成玩具吧。"

## Chapter 6

车子猛地一个急刹，停在了路中。身后的车子一辆接一辆地急刹，刺耳的声音一声接一声。

几秒钟后，身后响起一片抗议的车鸣。

钱小芙感觉车内正有一股寒潮涌出，她吞了吞口水，手指摸向了车门。

"不要试图下去，车门上锁了。"江以桐的声音冷不丁地响起来，钱小芙猛地打了一个寒战。

车鸣声继续，有司机上来敲车窗，满脸愤怒。

"你要怎么样嘛？又不开车，又不让我下车，还挡着后面的车。"钱小芙虚张声势地嚷道。

"还有心情关心别人吗？"江以桐把手从方向盘上拿开，摆出一个舒服的姿势靠在后背上，看样子是不准备走了。

声势浩大的车鸣声终于引来了交警，交警从路口探头看过来，之后朝这边走过来。

钱小芙心一紧，赶紧拍了拍身边的人："喂喂喂，开车啊，交警来了。"

"大不了被抓走，谁还没几个负面新闻。"江以桐一副要坐到地老天荒的样子。

"好！我错了，我收回！你不是玩世不恭的人，你喜欢的人也不是玩具！"钱小芙声音提高好几倍。

"哦，是吗？你这么快就对我改观了吗？"江以桐轻轻笑开，"那我还高冷吗？"

"不冷不冷，你最热！"钱小芙眼看着交警越来越近，她的语速也跟着加快。

"那我是不是你喜欢的类型呢？"江以桐笑容越来越暖。

"是是是！我从小就喜欢你这款！"钱小芙咬牙，瞪着江以桐。

"哦，这样啊。"江以桐从口袋里拿出手机，在她面前晃了晃，"录音为证，下次再说我坏话的时候，我会交给记者。《陆铭熙前女友移情别恋江以桐》，这个标题够我和陆铭熙上热门了。"

"你……"钱小芙觉得自己智商被他碾压成零。

"坐好了。"江以桐握回方向盘，猛踩下了油门，车子如闪电一般从交警面前擦过，消失在路口。

"你住哪里？送你回家。"得到了想要的答案，江以桐心情大好地问道。

"海岸别墅。"钱小芙蔫蔫答道。与他在一起不过半个小时，她的心脏大起大落了数次，此时只觉得全身无力。

"还住在年家吗？"江以桐问道。

## 第三章
### 大象谷的离别告白

"你怎么知道？"钱小芙坐直了身子。

"我知道的，远比你想象的多。"

不一会儿，车子抵达海岸别墅区，江以桐将车子靠边停下。

"回去吧，我还会找你的。"江以桐笑道。

"江以桐……"钱小芙走下车，又转回身看向车里的人，"很感谢你救过我，但是为了不给彼此带来困扰，我们不要再见了。欠你的人情，我以后会找机会补上的。"

江以桐目光沉了一下："什么意思？"生平第一次有女生对他说，不要再见面，说他给她带来了困扰。

"意思就是……"钱小芙横下心正视他，"你是让我觉得害怕的人，在你身边的每一秒都觉得提心吊胆，我们或许不适合当朋友。"

"我并没有想和你当朋友。"江以桐声音里仿佛覆了一层冰。

"别的，更不可能。"钱小芙并不傻，她知道江以桐想做什么，他的目光和言语已经让她浑身不安，"再见。"钱小芙转身跑开。

江以桐看着她的身影越来越远，沉默了片刻，唇角最终却出现了一抹笑容。

拒绝他的女生，她真的是第一个。

他拿起手机，回放着刚才和她的对话。

"好！我错了，我收回！你不是玩世不恭的人，你喜欢的人也不是玩具！"

"哦，是吗？你这么快就对我改观了吗？那我还高冷吗？"

"不冷不冷，你最热！"

"那我是不是你喜欢的类型呢？"

"是是是！我从小就喜欢你这款！"

他的笑容更深了。钱小芙，我好像认定你了。

钱小芙上气不接下气地跑回年宅，迎面就遇上了年雪凝。

她像门神一样双手叉着腰站在院子里，一脸愠怒："钱小芙，你从实招来，你放学去了哪里？"

"我……迷路了！"钱小芙还不住地向后望，生怕江以桐会跟来。

"迷路？是中了美男计吧！我去学校接你的时候，听说你和一个叫江以桐的男生走了，你老实交代，这是怎么回事？"

"是他突然冒出来的，我虎口脱险刚从他手中逃出来。"钱小芙在院子的藤椅上坐下来，将书包扔在一边，拍着胸口平顺呼吸。

"江以桐，不就是你上次说的那个救你的探险队队长吗？至于让你们国立新高的学生沸腾吗？我赶到的时候，校门口可是堵得水泄不通，好多媒体也都去了。"

"是吗？幸好跑得快，不然真的又要上头条了。"

年雪凝越听越觉得不对劲，拿出手机搜索了一下江以桐，几秒钟后她的眼睛瞪圆，尖叫起来："我的天，江以桐就是这几天最火爆的那个亚洲最年轻拳王吗？"年雪凝把手机举到钱小芙面前，"是他吗？真的是他？"

钱小芙硬着头皮应了一声。

"喂！我说你和他又是怎么回事啊？他真的是无意中救了你吗？不是你密谋已久的吧？怎么全天下的男神都能被你撞见！为什么被绑架的人不是我！"年雪凝仰天长叹。

"雪凝，你清醒点儿……"钱小芙看着她，"绑架这种事还是不要期待了。"

"钱小芙，你老实和我说，他是不是也喜欢你？"

"没……没啊。"钱小芙确实不能判定江以桐对她是开玩笑的，还是认真的。因为一切都发生得太突然了，就算是一见钟情，也还是觉得缥缈。

"算你还有人性。"年雪凝挨着她坐下来，"那我正式告知你，这个人归我了。"

"你都没有见过他……"钱小芙错愕。

"有这张脸就够了，细细看起来，真的是比陆铭熙还要帅气一丁点儿呢。"年雪凝看着手机上江以桐的相片，眼神快要融化了。打从钱小芙住进年家，她更真切地感受到了陆铭熙对钱小芙的痴心一片，对他的爱慕也就渐渐枯萎了。

可偏偏老天有眼，这么快就让她逮到了一见倾心的男生。

"那只能祝你好运了。别被他的外表骗了，他是个霸道得让人生畏的家伙。"钱小芙拎起书包，打算进屋做功课。

"等下……"年雪凝拦住了她，"我记得这块秘鲁蓝欧泊就是他送你的吧？你不喜欢他，干吗还戴在脖子上。"

糟糕，竟然忘记还给他。原本想着有一天遇见了就还给他才随身带着。钱小芙摘下蓝欧泊放进了书包里，说道："我会还给他的，感觉收了他的礼物心里更不安。"

"有那么吓人吗？不过男生霸道些才更让人着迷嘛。"年雪凝一脸痴情，"喂，你没和他闹翻吧，介绍我给他认识啊。"

"已经闹翻了，要我为了你去和他和好吗？"

"不要！"年雪凝翻了一记白眼，"你啊，离我新男神远一点儿。我算是发现了，有些女生不见得多漂亮，也不见得性格多么好，可就是命里犯男神！喂，你不要跑，说的就是你，你要记住我的话，离他远一点儿啊！"

## 第三章
### 大象谷的离别告白

"知道了！"钱小芙向后挥挥手，走远了。

一周后。

打从那天在校门口遇见江以桐，钱小芙每天放学都变得小心翼翼，左右观望半天才敢出校门。连续几天都没再见到他，钱小芙的心安定了一些。谁知在这天放学后，她的马尾就被人从后扯住。

"喂！"钱小芙愤怒地嚷道，"不是说了不要再见面吗？"

待她回过身才发现并不是江以桐，而是一个头上包花围巾的男生，脸裹得严实到只剩两只眼睛在骨碌碌地转。

"铭熙……"钱小芙立刻认出了他。

"这样也认得出？"陆铭熙原本对自己的伪装充满信心来着。

钱小芙垂眼："只有你自己认不出吧？"

"先离开这里。"陆铭熙怕形迹暴露匆忙带着钱小芙跑回车里。

"你怎么过来了？"钱小芙看着开车的陆铭熙，伸手帮他将围巾拿掉，"你的品位真是越来越差了，这种围巾连大妈去买菜都不会戴吧。"

"今天收工早，想见你就跑来了，车上只有这条谢阿吉从泰国带回来的围巾，只好用它了。"陆铭熙解释道。

"广告拍完了吗？"虽然这几天都没有见到陆铭熙，但是每天都能收到他的多条短信，他在一一汇报着自己的工作进程。

"正式收工。"陆铭熙露出一丝惬意的笑容，"不过你刚才以为我是谁，语气那么凶地说不再见面。"

"我……有吗？"钱小芙故意眨着眼睛，"是你听错了吧。"

听错了吗？陆铭熙抓了抓头发，校门口人多嘴杂，或许是吧。

"你这几天还好吧，那天早上我离开后雪凝向你发脾气了吗？"

钱小芙摇头，将雪凝的抱怨和江以桐的横空而降一笑略过。

"哦，对了！今天带你去见一个人！"陆铭熙这才想起来他此行的目的，他打算带钱小芙去见钱爸爸，给她一个大大的惊喜。

钱小芙一脸疑惑。

"等下你就知道了。"陆铭熙打算先不说，就在这时他的手机响了。

一条短信进来：铭熙，我走了，现在还不到和小芙见面的时候，拜托你和黎阳照顾她。我离开江城了，不要找我。

## Chapter 7

陆铭熙看着短信不禁傻眼。钱爸爸竟然趁着这会儿工夫偷偷离开了。

"出什么事了吗？"钱小芙见陆铭熙表情不对，关切地问道。

"没……没什么事。"陆铭熙脑子有点儿乱，他将车停到路边，下车避开钱小芙给黎阳打电话。

"你在医院吗？钱叔叔刚发来短信说离开江城了！"陆铭熙用手捂着嘴巴在街边说道。

"医院通知我了，我刚赶到。医生说钱叔叔的身体已经没问题了。既然这是他的选择，我们也就按他的意思办吧。"黎阳声音中也充满了无奈。

"唉，还想给小芙个惊喜呢……"陆铭熙有些惋惜，即便明白钱爸爸这么做的原因，却还是对父女俩不能团聚感到难过。

"先这样吧，佑晨有些咳嗽，我赶着去买药给她。"黎阳走向停车场。

"许真呢？怎么不让他去？"

"许真爸爸今天到江城，他去接站了。"

"知道了……"陆铭熙走回车前，却被一个穿着黑色风衣的女生不小心撞到，连声道歉都没有，女生就急匆匆跑远了。

"喂，怎么走路的啊？"陆铭熙不满地嚷道。

"出什么事了？"黎阳在手机那边问道。

"被撞到了……"陆铭熙整理着衣服，那女生的面孔却从他脑中一晃而过，他声音猛然一顿，"黎阳，撞到我的是黎佑晨！"

"佑晨？"黎阳也一惊。

"不会错！一定是她！我追上去看看，等下联系你！"陆铭熙从车里拉出钱小芙，跟着追了上去。

黎佑晨穿越天桥，径直走入了一家装潢典雅的私人会所，厅堂里一个穿着黑色皮衣的男子冲她招了招手。

男子二十岁上下，很短的寸头，左耳戴一只小小的银钉，身材颀长结实，五官很是漂亮，尤其一双眼，极亮且黑，距离很远都能感觉到他夺人的英气。

黎佑晨与男子说了几句话，之后一起向里走去。

陆铭熙和钱小芙被会所外的指纹门拦住，眼看着黎佑晨和男子没了踪影他们却束手无策。

"黎佑晨身体还没恢复吧？特意跑出来一定有什么重要的事。"钱小芙踮着脚向里张望着，"对了，你说带我见一个人就是她吗？"

## 第三章
### 大象谷的离别告白

"嗯……对！"陆铭熙赶紧转开话题,"这是什么地方,看着很高档的样子,怎么从来没听说过,这姐弟俩玩的地方都这么洋气吗?"

钱小芙白他一眼:"现在是关心这个的时候吗?"

"我就是在想办法进去啊,我问问谢阿吉。"他用手机拍了几张门面的相片,刚想转发给谢阿吉,一个强壮的黑影突然横在了他面前。

"删掉相片,这里不可以拍照。"一个像柔道选手的男人俯视他,穿着会所的保安服。

"我并没有拍照啊,我在自拍啊。"陆铭熙向来不敢惹这种身高体重超越自己几倍的人物,连忙将手机对准自己,做出甜美的表情自拍了一张。

显然对方并没有相信,依然虎视眈眈地看着他。

"我说,你真的不认识我是谁吗?我是那种来捣乱的人吗?"陆铭熙扬起脸让对方看清楚。

对方依然岿然不动。

"我说,你从来不看电视吗?那街边的广告牌呢?中心广场呢也没去过吗?"陆铭熙的自尊心再次受到了伤害。

"对不起对不起。"钱小芙急忙走过来,将手机里的相片删除掉,"其实我们有朋友在里面,我们是来找她的,可以进去吗?"

壮汉保安又向前一步,堵得更严实了,陆铭熙只觉得地板都颤了颤。

"离开这里,再多说一句话就把你们扔出去。"保安双手叉在腰上。

"看来就算我是美国总统都没用了。"陆铭熙拉着小芙悻悻转身。

"除非有什么人能带我们进去,也不知道黎佑晨会不会有事。"钱小芙忧心忡忡,"铭熙,你受到打击了吗?你这张脸原来也有行不通的地方。"

陆铭熙瞥她一眼:"在你这里也没有几次行得通。"

"怎么办,我眼皮直跳,总觉得刚才穿皮衣的人不像好人。"钱小芙一步三回头,打从被绑架之后,她对年轻又穿黑衣服的男子都疑心重重。

"我联系黎阳吧,让他现在赶过来。"

"啊!那个人……"钱小芙突然抓住陆铭熙的胳膊,像发现了新大陆般喊了一声。

会所门外一辆豪车刚刚停下,一个高个子的男生从车里走出,身后乌泱泱地跟着一堆人,犹如众星捧月般地走进去。

是那个会功夫的男生。陆铭熙认了出来,可是他怎么会在这里,还这么大的排场。

"跟着他就可以进去了!"钱小芙顿时重燃希望,挤进了人堆里。

江以桐刚要走进会所，突然一只手从后面扯住了他，他顿了一下，回身。

扯他的人已经被随从隔离到了一米开外的地方。

"你什么人？要干吗？"两个年轻人反锁钱小芙的手，质问她。

"我找江以桐，他认识我的！"钱小芙探着头努力喊道。

江以桐目光沉静，没有作声。

"喂喂喂，还不赶紧松开，她一个小女生能把这个会打架的怪物怎么样啊？"陆铭熙才挤进人群，就看到钱小芙被两个男生架着，他用力推开他们，将她扯到了身后。

"陆铭熙？"有人认出了他，紧接着所有人的目光都汇集到了他脸上。

"他们俩怎么还在一起？"有质疑的声音响起来。

"算了先走吧，黎阳已经在来的路上了，交给他吧。"陆铭熙贴近钱小芙耳边说道，生怕被媒体拍到，再给她带来什么麻烦。

"佑晨就在里边，如果真的有什么事，怎么和黎阳交代。"钱小芙咬唇，目光重新看向江以桐，道："我……我需要你帮忙。"她的表情有些僵硬，毕竟她前几天才跟他划清了界限。

江以桐眉头轻扬，双手在胸前叠放，依然不作声。

"我说你这个人，你是金鱼吗？记忆就七秒吗？刚过去一个月就忘得干干净净吗？"陆铭熙见他这副模样，气不打一处来。

"一个月前？呵，看来你们也并非无话不说。"江以桐终于开口了。

"喂！"钱小芙急忙阻止他继续说下去，她不想让陆铭熙知道前几天的事，忙说道，"对不起，之前的事是我的错。"

江以桐慢条斯理地从口袋里拿出了手机，"打算向我道歉的话，我会录下来的，那么你错在哪里？"

"我……"钱小芙咬唇支吾，她要怎么说，难道要说自己拒绝他的告白是不识抬举吗？可是眼前这个男生是真的让她觉得不安。

"哦，看来反省不够深刻，那就下次见喽。"江以桐作势要走进去。

"等下！"钱小芙喊住他，硬着头皮道，"是我恩将仇报。"

"好像是。"江以桐撇撇嘴，"还有呢？"

"是我行为鲁莽。"

"哦，也对。"江以桐的笑意渐浓，"还有更深刻的吗？"

"喂，你们到底在说什么？"陆铭熙一脸迷茫，但隐约觉得有什么事。

"算了……"钱小芙真的受不了他这种高高在上的口气，她拉起陆铭熙，"我们想

## 第三章
### 大象谷的离别告白

别的办法吧。"

她刚转身，江以桐身子前倾，一只手将她勾了回来，淡淡道："你我之间，你才更像金鱼吧。你的要求，我什么时候拒绝过。当日为了救你朋友，进匪窝我都没犹豫过。"

钱小芙微怔回头，陆铭熙则反应飞快地想要打开那只手。

"跟我来吧。"江以桐轻巧地躲开了陆铭熙，微笑着说道。

他的一双眼明亮清澈，笑容柔和。收起那副霸道不羁的面孔，他又回到了一个月前初见时的模样。

江以桐刷指纹打开了门，握起她的手向里走。

"喂喂喂！还不赶紧给我松开！"陆铭熙在后面嚷着。

等他追上来，江以桐已经松开了她："这里有很多包间，若是找人，怕不容易。"

"那就不用你操心了。"陆铭熙将钱小芙拉到身后，阻断了他看她的目光。

想当初就算是黎阳横空杀出，他都没有这么强烈的危机感。

这个江以桐，身上有一种说不清的魅力，像个耀眼的未知星体一般，让人无法直视，让人心生不安。

"谢谢。"钱小芙诚心道。

"你们要找谁？或许我还帮得上忙。"江以桐却没打算这么分开。

"不必了！"陆铭熙抢着说道。

"黎佑晨。"钱小芙索性都求助于他。

江以桐对旁边的服务生低声说了几句话，不一会儿那个人便回来报了一个包间的号。

钱小芙和陆铭熙目瞪口呆。能在这间连陆铭熙都进不来的全封闭的私人会所查到客人包间，这是要有什么样的背景？

"带他们过去吧。"江以桐吩咐道，目光看回钱小芙，"我今天都会在这里，有事就来找我。"

"喂，这没什么大不了的，不要故意做出一副谦虚的样子。"陆铭熙嚷道。

"让你觉得我在故意谦虚，看来这件事是很了不起。"江以桐带着人走进电梯。

"请跟我来吧。"服务生在前面带路。

"喂，你们俩怎么回事？有什么事是你知道，他知道，我却不知道的？"陆铭熙脸皱成了毛线团。

"什么都没有。"钱小芙不打算把她和江以桐的关系小题大做。

"你好像很信得过他。"陆铭熙一脸不爽。

钱小芙迟疑了一下。他说的没错,她虽然尽可能地避免和江以桐接触,但打心里却是信赖他的。

"因为他救过我啊。"下一秒,钱小芙就想到了合适的理由。

"难道我没有救过你吗?"

"你干吗和他比较啊?还有你这莫名的火气是怎么回事啊?"钱小芙的语气也变得不爽。

两个人在奢华的过道里边走边吵闹着,不知不觉就来到了一扇银色的门前。

"黎小姐在里边。"服务生颔首退下。

"我们的争吵可以先暂停吗?"钱小芙附耳在门缝处,"现在怎么办?要不要进去?"

"我们哪里有争吵,我们是在甜蜜地大声对话而已。"陆铭熙实在不想把醋意表现得那么明显,也就自觉地收了战局。

他也将耳朵贴到了门上,然而里边却很安静,仿佛根本无人存在。

两个人对视一眼,推开了门。

# 第四章

## 藏着真相的海屿医院

## Chapter 1

包间灯光柔暗，适才穿黑皮衣的年轻人已没了踪影，暗红色的皮质沙发上，黎佑晨双眼失神地坐在那里，手里握着一张纸，整个人仿佛陷入绝境。

陆铭熙赶紧上前问道："发生什么事了？"

"那个人呢？他欺负你了吗？"钱小芙紧张地问道。

"爸爸……"黎佑晨嘴唇发白，缓慢地吐出了两个字，眼泪便如破闸的洪水。

黎耀荣？陆铭熙接过她手中的纸，是医院的血液报告单，其中几项高出正常数值十几倍。

"上面的那些英文代表什么意思？"钱小芙问陆铭熙。

"我怎么知道啊？可能是老年人的高血压吧。"陆铭熙抓抓头。

"代表他血液中有抗抑郁药成分，"黎佑晨哽咽着，"原来……他并不是真的要我死，不是真的要害我们，是药物让他无法控制情绪。"

"你是说黎耀荣患有抑郁症？"陆铭熙觉得一定是自己耳朵坏了。

这时门被急急推开，黎阳走了进来。

"小阳……"黎佑晨仿佛看到救星般，飞扑过去。

"怎么回事？"黎阳看着沙发上的两个人。

陆铭熙将化验单递了过去："因为这个。"

几秒钟后，黎阳的脸色也变了，他推开黎佑晨，一脸严肃地问道："这是哪里来的？确定是爸爸的吗？"

"有人打电话给我，说拿到了爸爸的血液报告，想卖给我。我起初也不信，可是看到报告下面的医生签名，我知道一定不会有假。任旭东是跟了爸爸近二十年的私人医生……"

"竟然是他……"黎阳嘴唇紧闭，一双眼深不见底，他前不久见任旭东从黎宅出来，一般不是特别紧急的情况，黎耀荣不会轻易叫医生到家里。

莫非他的身体已经出现了不良反应？

"你们到底在说什么？"陆铭熙越听越急。

"黎耀荣有中枢性血清素综合征中素表现，说明他长期服用着抗抑郁药，而这种药正常人服用会产生暴力倾向，久而久之人会无法控制情绪，对所有人产生敌意，而他的血液数值代表着他已经服用药物十年以上……"

"你的意思是有人故意害他，而那个人就是私人医生？"陆铭熙震惊了，这个商界传说中的巨鳄竟然被人下毒。

## 第四章
### 藏着真相的海屿医院

"十年以上？那黎爸爸怎么会不知道？年年都会检查身体吧？"钱小芙问道。

"像黎耀荣和我爸爸这样的人，他们的身体情况是集团的顶级机密，因为关系到集团的股价以及诸多利益群体，所以他们一生都只用一个医生，并会签订十分严谨的保密合同。正因为日久天长对医生极度信任，所以就算身体有问题，而医生有意隐瞒，出示一份正常的体检报告，也不会遭到怀疑。"陆铭熙解释。

"能顺利给他换药方的人，只能是医生。只不过医生也只是拿钱办事，他的背后一定还有别人。"黎阳补充道。

别人……黎阳和陆铭熙同时陷入沉思，到底还会有谁想要看着黎耀荣疯癫至死。

黎阳突然抬头，看向陆铭熙。

"喂，我就知道你会这么想，我爸爸现在被黎耀荣害得还在休养中，没精力反击好吗？况且你也说了，这事足有十几年，我爸爸一生光明磊落不会背地里做这种事的！"

"对不起……"黎阳觉得是自己多虑又敏感了。黎耀荣一生嚣张跋扈，他的仇人一定多不胜数。而这种事也只需收买医生，无须很大的财力和权力。即便是多年前一个小小的仇敌都能办到。

"小阳，爸爸并不是真的要对我们赶尽杀绝，爸爸的本意不是这样的，他已经失控了……"黎佑晨望着黎阳，满脸泪水，"我们救救爸爸，好不好？"

这件事对黎阳来说，同样极为震撼，他在国外学过一些日子的医学，知道药物对人的精神有着多么致命的影响。

如果这一切都是真的，那么黎耀荣的千错万错，也都因为这件事而变得可以原谅。

"黎佑晨，千万不要犯糊涂了，你爸爸就算不吃错药，也是心狠手辣的人，想想你之前受的苦，再想想你们现在为什么会落到这个处境，你还不清醒吗？没准儿这个血液报告就是他故意给你们的烟幕弹，想骗你们回家！"陆铭熙深受其害，就算有一万种理由为黎耀荣开脱，他都不会相信。

"铭熙，之前爸爸千错万错我都可以替他道歉，可如果换作是你呢？如果今天被下药的是你的爸爸，你会怎么做？"黎佑晨问道。

陆铭熙顿时无言以对。

他明白了黎佑晨现在的心情，她想回到爸爸身边，她想再给爸爸一次机会。即便内心深信他爸爸原本暴戾残酷，却也宁愿相信是药物的作用。

在她心中，从没有一刻真正放弃过她的爸爸。

陆铭熙知道说什么都不能劝动黎佑晨，便将目光看向黎阳。他相信黎阳还能做出最冷静的判断。

黎阳始终沉静，过了许久才缓缓说道："佑晨，我们已经离开那个家了。这件事我们管不了。"

陆铭熙真想用力拥抱黎阳！

"可他到底是我爸爸啊！"黎佑晨情绪突然失控，她用力推开黎阳，"我知道你恨他，我知道你们没有血缘关系，但是我有！黎阳，你记恨你的，我也要做一个女儿该做的事！"黎佑晨抢回报告单，向外走。

"佑晨！"黎阳将她拉回来，"你打算怎么救？事到如今，不管那是他真性情也好，被药物控制了神智也好，你认为他会信你吗？你还能好端端地回来吗？"

"我的命是他给的，权当现在还给他，也不能任由别人这么害他！"黎佑晨咬牙道。

"一命换一命是吧？那么你爸爸害得我陆家险些家破人亡，这件事又怎么算？"陆铭熙加入劝导阵营。

"佑晨，你还是听黎阳的吧，大家都是为了你好。"钱小芙也劝道。

黎佑晨目光直视黎阳："我只问你一句，一起去，还是从此分道扬镳？"

看着她的眼，黎阳心脏生生揪痛了一下。

他从未见过佑晨这么执着又坚定的样子，虽然早知道她不是柔弱的女生，然而这一次她似乎铁了心。

"佑晨……"黎阳重重地吐了一口气。

陆铭熙心里"咯噔"一下，他下意识握紧黎阳的手："不要，不要黎阳！"

"不要……"钱小芙也觉察到了黎阳的变化。

"我答应你。"黎阳终于对黎佑晨妥协。

他知道倔强如她，即便他不帮她，她用尽最后一口气也会做完这件事。而他，如今生命的意义，也只剩她。

"黎阳！"陆铭熙和钱小芙同时喊。

"你疯了吗？黎耀荣当初把Zoe的事故嫁祸给你，之后让你车子失灵，差点儿丧命，这些你通通都忘了吗？"

"别说了！"黎阳大喝一声。

"什么……"黎佑晨猛地看向陆铭熙，"什么嫁祸，什么丧命……"

"我不能眼看着你这个大傻瓜去送命！黎耀荣做的这些事，我不仅要告诉佑晨，我还要告诉全世界，我要让你们这对瞎了眼的姐弟认清你们爸爸到底是人还是禽兽……"

"陆铭熙！够了！"眼见着陆铭熙的情绪要失控，怕他说出更多的事，黎阳挥拳重重地落在了他的脸上……

## 第四章
### 藏着真相的海屿医院

"铭熙！"钱小芙尖叫一声。

陆铭熙应声跌倒在地上，黎阳上前一步紧抓住他的衣领，眼底泛红，眉头紧紧拧起来，一字一句道："你再，说一句试试……"

"黎阳不要！"钱小芙几乎不敢相信眼前这一幕，她用力推开了黎阳，"你疯了吗！你知道自己在做什么吗？你看不出他是担心你吗？"

血慢慢从陆铭熙的嘴角流出来，他一双眼直直地看着黎阳，目光中是不舍、是责难，是痛惜，是不甘……

黎阳也看着他，两个人的目光撞在一起。

"黎阳，这是你的选择，对吧？"陆铭熙沉默了许久问道，喉咙收紧，声音都在颤抖。

黎阳手指捏紧他的领口，紧到指甲都发了白，此时一点点地松开了他，他直起了身子背对他，声音冷如冰。

"陆铭熙，一直都想告诉你，你管得太多了。"他喉结上下滑动，沉沉闭上了眼。

陆铭熙清冷一笑，慢慢起身，看着黎阳的背影，双眼涨得生疼却还在努力压抑着自己。"原来傻的人是我，"陆铭熙用手揩掉嘴角的血，哼笑着说，"原来我们从来都不是朋友啊。"

他拉开门，头也不回地离开。

"铭熙……"钱小芙的脑子嗡嗡作响，想劝黎阳，可又担心陆铭熙，最终还是撒腿追了出去。

门合上，包间重归昏暗。

黎佑晨看向黎阳，他背对着她，肩膀轻轻颤着。

她伸出手从后慢慢抱住了他："黎阳，也许有一天我会后悔今天的决定，但是原谅我，就算重来一万次，我还是会选择这么做。"

黎阳的身子颤得更厉害，压抑了许久的眼泪顺着脸颊滑落。

"那一拳，你是故意的吧。你不想让他卷进来，才会那么做的，对不对？"黎佑晨的泪也落下来，黎阳此时的痛她感同身受，因为在她心里也同样做了一个会让她悔恨终生的决定。

"如果全世界只剩我们两个，没有牵挂，我们活得会不会更自在一些。不论答案是对还是错，我们也已经在将全世界推开了……"

黎佑晨的声音空寂地回荡在包间的上空。

私人会所的监控室里,穿着黑色皮衣的年轻人静静地看着某个包间的监视屏幕,嘴角露出一个不明深意的笑容。

他关了监控,走向走廊深处的一个房间。

轻敲两声,房门被打开。灯光幽暗的房间中,莫扎特的钢琴曲弥漫在房间里,一个西装革履的中年男子双手平举,正在独自跳着交际舞。

直到曲终,皮衣男子才走上前,一脸恭敬道:"一切如您所愿。"

中年男子笑容隐现。

"我会继续按计划行事。"皮衣男子说完躬身退出去。

中年男子继续在房间中忘情地独舞,在他身后的整面墙上,是一个女子的巨幅画像。

女子容颜清秀,长发垂落,目光温柔地看着这世间万象。

从会所出来,已是傍晚。

陆铭熙在大街上漫无目的地走着,路灯一盏盏地亮起来,他在街中心停下来,木然地看着远方一簇簇的光。身后不断响起车鸣声,几个方向的司机们都探出头来指责他,整个世界变得嘈杂不堪。

他脑中不断回放的都是黎阳的声音。

"一直都想告诉你,你管得太多了……"

他苦笑着,以为共度了那么多艰难的时光,以为他是他生命中很重要的朋友,以为历经再多的劫难都不可能动摇的情义……

原来都只是他的一厢情愿啊。

他身上还穿着他的衣服、他的外套和鞋子,他生平第一次穿另一个男生的衣服,也只是他。

然而如今看起来却那么碍眼,他扔掉了外套,脱掉了鞋子,赤脚走在车水马龙之中。

钱小芙穿行了两条街,终于看到了陆铭熙的身影。她躲避着来往的车辆,努力追上了他。

"陆铭熙!你想死吗?你看不到旁边的车子吗?"钱小芙冲他大喊。

他迟缓地看着眼前的钱小芙,路灯的余光照亮她的脸,一张脸因为愠怒而变得红通通。

"你来了啊。"他露出一丝苦楚的笑容,"我觉得自己好像很失败。"

"你这个傻瓜,为什么要做让我担心的事,你知不知道这样很危险啊!"钱小芙嗓门依然很大。

## 第四章
### 藏着真相的海屿医院

"幸好……"他伸出手轻轻将她拉进了怀中,"还有你。"

钱小芙怔在了原地,人潮涌动的街口,路人如波浪般一层层地涌过来,有人驻足,有人拿出手机拍照,有人对着他们指手画脚,还有人喝起了彩。

"陆铭熙……"钱小芙这才明白,原来他把黎阳看得这么重,他的心受了伤,此刻正在将自己麻木,把一切都抛在了脑后。

可是她是清醒的,她知道这样下去又会惹起轩然大波,她拉着他逃离市区,将他带回了国立新高。

晚自习已经结束,学生们早已走完了,校园漆黑而寂静。

她和他并排坐在操场的看台上,沉默了许久,晚风吹过,陆铭熙的心慢慢静下来。

他轻轻地呼了一口气。

钱小芙看向他:"好些了吗?"

陆铭熙点头。

"我们都知道他不是故意的。"钱小芙握住陆铭熙的手,"我们都了解黎阳,对吧?"

陆铭熙侧脸看着她:"如果我和黎阳决裂,你会选择我吗?"

"你们不会决裂,我也不想选择,因为我相信你们都不会做让我伤心的事。"钱小芙满是信任地看着他,目光与他的交织在一起。

"我不恨他,更不怨他。"陆铭熙轻呼气,"是我要拿他当朋友的,就算是一厢情愿,也怪不得他。"

"你也同样是他的朋友,相信我。"钱小芙说道。

"希望吧。"陆铭熙无力地回答。

"饿了吗?要不要陪你去吃东西?"

陆铭熙摇头,目光看向远方:"也不知道最后会怎么样。"

"你在担心黎阳吗?"

陆铭熙没有回答,只是眼里的忧虑更深了。

钱小芙的心也沉甸甸的,重新回到黎家,他们姐弟这一次还能全身而退吗?

回到年宅后,她一个人在花园里坐了许久,一颗心始终忐忑不安。

刚才那样追着陆铭熙跑出去,黎阳一定也会伤心吧。

她拿出手机发了一条短信给黎阳:答应我,不论做了什么决定,都要平安健康地回到我们身边。

几秒钟后,短信显示已读,却迟迟没有等来他的一言半语。

钱小芙深吁了一口气,走进了宅子。她知道,黎阳一定会做到的。

她蹑手蹑脚刚要上楼,马尾被人从后扯住。

"被我抓到了。"年宥泰压低声音说道。

"男生怎么都喜欢用这种方式啊?"钱小芙转身。

"你的巨星也这样对你吗?他还真是没什么创意。"年宥泰打趣道。

"他不需要创意,对我的每个眼神,每个举动,在一起的每分钟里满满的都是诚意。"钱小芙反驳道。

"看来在彼此心中的位置依然坚不可摧。我是要恭喜,还是要同情?"年宥泰淡笑。

恭喜的是,他们心中有彼此。同情的是,两个人却不能在一起。

钱小芙撇嘴,现在的男生嘴巴都像鱼雷,她真是说不过他。

"这么晚还专程在客厅等我,是有什么事吧?"钱小芙岔开话题。

"要不要吃夜宵?"年宥泰径直走向厨房,"年氏祖传的鲜虾面吃不吃?"

"吃!"整晚都陪着陆铭熙,晚饭也没吃,此刻她的肚子正饿得咕咕叫。

年宥泰挽起袖子忙碌起来,油炸虾子,作料烹饪,热水煮面,全套程序井然有序,十分钟后,一碗鲜香四溢的面放在了钱小芙面前。

"就一碗吗?"钱小芙闻着香味口水都要流出来了,却还是把筷子递给年宥泰,"我其实不是很饿,你吃吧。"

年宥泰在她对面坐下来:"真的很善良啊,钱小芙,是专程做给你的,开动吧。"

钱小芙眯眼:"有求于我,对不对?"

"我和Zoe决定去法国,一周后的航班。"年宥泰静了一瞬,继续道,"再也不回来了。"

钱小芙眼睛瞪大:"为什么这么突然?家里知道吗?都同意吗?"

"应该不会同意吧。我是家里的长子,爸爸希望我继承公司。可这世上我想拥有的,却只有自由,还有她。"

私奔。钱小芙的脑子里蹦出了两个字。年宥泰真是全天下最痴情的男生了吧。

"需要我做什么吗?"钱小芙问道。

"我一直在犹豫,要不要告诉陆铭熙。"年宥泰终于说出口,"大象谷那天之后,我更加无法揣测她的真正心意了。我不知道在她心中是不是真的放下了陆铭熙,我不想带走她的人,却带不走她的心,那样不如索性给她自由。"

钱小芙嘴唇嚅动了下:"出国这种事,她应该会告诉陆铭熙吧。"

## 第四章
### 藏着真相的海屿医院

"我不知道。或许她也受了伤，想一走了之；又或许她害怕自己见了陆铭熙会动摇，毕竟他在她心中太重了。"

钱小芙的筷子在面里搅了又搅，一颗心沉了下去。

她知道，年宥泰在赌Zoe的真心。可是如果失手，他会失去Zoe，而她也会失去陆铭熙。

此生不再回来。这对两个曾经相爱的人来说，真的太难割舍。

她不确定Zoe是否真的死心，也不确定陆铭熙会不会改变心意，她想起了那个黎明时分她抱着他的画面……

见钱小芙不说话，年宥泰笑了，他拍拍她的头："别那么耷拉着头，快吃吧。刚才进门时就听到你肚子叫了，这不是求助面，是爱心面。"

"宥泰，你一定已经做好准备了是吗？"钱小芙抬头静静地看着他。

年宥泰目光沉静："如果她放不下，到了法国也始终还是会回来的，不如在国内就让她交出答案。"

"你希望我去通知陆铭熙。"

"你呢？你有顾虑吗？"

钱小芙迟疑了。

年宥泰微笑道："那就当我今晚没有说，我在国内还有几天时间，想吃面了，尽管找我。"说完，他上了楼。

钱小芙望着眼前这碗热气腾腾的面条，突然一点儿胃口也没有了。

钱小芙整夜没有睡好，直到凌晨才合了一会儿眼。原本想着是周末能多睡一会儿，谁料大清早就被年雪凝吵醒了。

"小芙小芙，今天网剧杀青，会来很多记者，你说我穿什么衣服好？"她手里提着好几件裙子站在她的床前。

"穿裙子不冷吗？"钱小芙揉着睡眼坐起来，"要不要搭个外套？"

"你见哪个女明星穿得厚鼓鼓的啊！越是冷越要清凉，这样才能夺版面啊！"年雪凝一脸说教的表情。

"谁教你的这套歪理？"

"陆铭熙喽。"

"他长衣长裤偏让你穿露着胳膊腿的，你还信他啊？"钱小芙强打起精神起床，"我帮你选一件大衣搭配吧。"

"不行!陆铭熙会笑话我的!"年雪凝拉着钱小芙来到衣帽间,说道,"我一定要穿裙子,我不怕冷。"

钱小芙垂眼:"陆铭熙是你心中的神吗?"

"男神。"年雪凝一脸认真。

"那就这件吧,看着厚一点儿。"钱小芙拿起一件白色的长绒裙。

"今天会很热闹的,你要不要和我一起去片场?假装是我助理,化化妆没人认得出你的。"

"我想睡觉。"钱小芙今天是真的不想见到陆铭熙,她心乱如麻,心里的两个小人争论了一夜。

要不要告诉陆铭熙,Zoe要离开的消息?

不说,她会自责。说了,她可能会失去他。

"喂,你是怎么当人家女朋友的,陆铭熙生平第一部网剧杀青,你去了他会很开心的。"

"前女朋友。"钱小芙纠正着。

"小芙……"年雪凝突然挨近她,"我问你个问题,你心里是不是有别人了?"

钱小芙露出疑问的表情。

"我觉得你对陆铭熙很冷淡,简直可以说漠不关心……你不是喜欢江以桐吧?"

"你别用激将法,我不会动摇的。"

"听说Zoe姐会去……"年雪凝在镜前试着衣服。

钱小芙立刻挺直了腰身:"我去换衣服!"一阵风似的跑回了房间。

如果是Zoe亲口对陆铭熙说这个消息,不如由她来说,她一定要赶在Zoe前面才行。

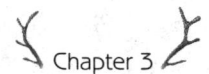

Chapter 3

影视城。

说是全剧杀青,其实大部分演员都已经提早拍完了,今天是年雪凝的杀青专场。

从早上到午后,陆铭熙压根儿连影子都没出现。倒是谢阿吉给全组送来了奢华便当。当看到钱小芙也在场,他的神色立刻紧张起来,脸无限近地贴过来问道:"你不知道今天有记者吗?我家孩子一会儿也会来,你还不赶紧消失!"

"我不会惹事的。"钱小芙安抚他。

"既然你在,我也想顺便了解一下,你和我家孩子现在是什么关系?"

"校友。"

"没了?"

"没了。"

"感谢祖宗庇佑!"谢阿吉恨不得即刻跪拜老天,他抽出一盒最大的便当递给钱小芙,"多吃一点儿,不准剩饭,最好吃成肥婆!"

钱小芙哭笑不得。

此时年雪凝也拍完了最后几个镜头,全剧宣布完美杀青,剧组所有工作人员都在喝彩欢呼。

年雪凝朝她跑来:"怎么样?我的妆花没花?我美不美?"

"美死了。"

"真的吗?哈哈哈,我好饿哦。一会儿还要拍照,我不想脸上冒油光,拿便当给我闻闻就好了。"年雪凝努力压抑着食欲。

"雪凝啊,你为什么这么努力想要当明星?"

"当初就是因为想站在陆铭熙身边啊。不能以女朋友的身份,那么就以最当红的女明星身份,名正言顺地站在他身边。只要能让我红,别说不吃饭,就是让我吃土我都愿意!"

执着,勇气。年雪凝有的这些,偏偏都是钱小芙最缺少的。

可是年雪凝失败了,就算不当明星,不攻学业,还有有钱的爸爸可以依靠。她若失败了呢,她要怎么生活,以后又怎么照顾爸爸?

"对了,没有看到Zoe啊。"钱小芙问道。

"对啊,因为是骗你的,唯一能体现出你心里有陆铭熙的,也只有这一点了。"

钱小芙一脸问号。

"嫉妒心。说真的,你其实对自己很没信心吧,觉得比不上Zoe姐是吧?"

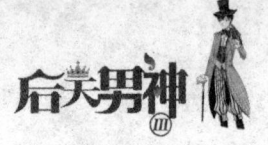

钱小芙被一语戳中。

"可是你手里有必胜的王牌，只是你自己不知道。"年雪凝一脸惆怅。

"王牌？"

"陆铭熙的心，整颗真心。"年雪凝拿起钱小芙的手，"就在你手里。你笑一笑，他就灿烂。你沉默无语，他就揪心。这是再完美的女生都赢不过你的王牌。Zoe姐她更明白。"

这时，一辆跑车从远处飞驰而来，记者们扔下便当一窝蜂跑过去，现场一下子热闹起来，从清早就来探班的粉丝团也拥了过去。

不用猜，陆铭熙来了。

"我过去了。"年雪凝提着裙摆跑回主创队列中。

钱小芙将帽子压低了一些，陆铭熙在人群的包围下，从她面前走了过去。

她站在人群外层，看着他面无表情地走上台，却还是赢得了所有女生的尖叫和欢呼，她的一颗心再次纷乱。

这个犹如阳光般闪耀的巨星，再次在她面前展现出他非凡的魅力。台上的陆铭熙惜字如金，却每一次开口都能引起海啸般的尖叫。

她真的犹豫了。如果得知Zoe这一走，此生不再回来，他会怎么样？

她害怕他会动摇，害怕他会挽留Zoe，她怕某一天某一刻她会真的失去他。只是想象他身边换了别的女生，她都沉重得难以喘息。

原来，她的心里从没有一分一秒将他放下，即便分手即便陌路即便说过那么多次的离别，她的心里一直都是他，一直只有他。

她在台下怔怔地看着他，看他接受采访，看他和粉丝互动，看他和主创合影。她的眼里全是他。

活动结束，记者离场。

钱小芙跟年雪凝去化妆室换衣服，等她们出来时，陆铭熙已经不见了。

年雪凝叹息："还说和他吃顿散伙饭呢，竟然就跑了。"

钱小芙淡淡笑道："你不是都决定移情江以桐了吗？"

"喜欢了那么多年的人，连眼神都习惯了寻找他，哪这么容易放下啊。"年雪凝淡淡道。

一句话，让钱小芙更加不安了。

## 第四章
### 藏着真相的海屿医院

"你有什么事吗？今天一整天都心不在焉的。"雪凝边卸妆边问道。

"没事，你想吃什么，我陪你吃。"可能是思虑过度，钱小芙觉得全身虚脱，急切需要饭菜来补充能量。

"鱼脑怎么样？"一个声音从化妆室门后传出来。

两个女生吓了一跳，惊恐地转身。

陆铭熙一脸嫌弃地看着两个人："见鬼了吗？"

"你怎么在这里？"钱小芙脸上惊吓的表情顷刻变成了惊喜。

"这个眼神我喜欢。"陆铭熙手臂搭在她肩上，"看来还是当偶像陆铭熙更能招你喜欢啊。"

"你们这么公然打情骂俏，是当我死了吗？"年雪凝撇嘴。

"怎么想起吃鱼脑？"钱小芙声音柔柔地问道。

"钱小芙你有些不对劲啊！你不是又打算和我划清界限吧，这软绵绵的口气是什么重磅炸弹的前奏吗？"陆铭熙听着全身有点儿发毛。

"你有受虐待的爱好吗？"钱小芙呛他。

"对，这种声调才正常嘛。"他依然箍着她，目光看向年雪凝，"我们要去吃回忆套餐，你要当电灯泡吗？"

"我听说你们已经分手了！"年雪凝咬牙道。

"对啊，我们现在是纯洁的友谊啊！"陆铭熙斜靠在钱小芙身上，"这种关系多自在啊，我可是随时都会找女朋友的。"

"你就会嘴巴逞强。"年雪凝拎过化妆包，"我不要当电灯泡，我要回家了！"

"再见！"陆铭熙挥手送别她。

"你说的，是真的吗？"钱小芙抬着眼问道。

"什么？"

"算了，去吃饭吧。"钱小芙绕开他，在前面走起来。

陆铭熙快走几步拦下了她："我是开玩笑的啊，我收回好不好？"

"不是因为那句话……"钱小芙否认着，心里却再次打鼓。

对啊，她和他现在没有任何关系，他随时可以找女朋友，也代表着他随时可以和Zoe复合。

完美如Zoe那样的女生，她真的不敢冒险。

"确定没事吗？我给你一分钟哦，如果不说，以后也就没机会了。"陆铭熙煞有介事地看着手表，倒数起来。

这一分钟不说,以后真的就可以不用说了吗?可以当作没有收到年宥泰的请求,当作不知道这回事……

真的,可以吗?钱小芙也有私心。

"3,2,1……"陆铭熙倒数完,说道,"钱小芙,你没有机会了!哈哈哈你一定又准备了什么不要再见面,不要再联系之类的话吧,我竟然完美躲过了!"

他开心地走在前面,钱小芙不自觉放慢脚步。

那么我呢,是不是也可以当作完美躲过了……钱小芙心虚地想道。

为避开人群,两个人去了一家比较冷门的海鲜小店。

陆铭熙将一条红烧鱼大卸八块,成功夹出了一小块鱼脑,用手掌护着小心翼翼地送到了钱小芙嘴边。

"啊——"他示意她张嘴。

"铭熙……"钱小芙眼神沉沉地看着他。

"不论你想说什么,你都已经没有机会了!"陆铭熙另一只手在她脸颊轻轻一捏,她的嘴巴机械地打开,他将鱼脑送了进去。

"很好吃对不对?"陆铭熙一脸陶醉,仿佛吃到美味的是自己。

"嗯……"钱小芙轻应,鱼脑在舌尖上慢慢融化,她看着他的眼神也仿佛要将他融化。

"吃完鱼头我们去看歌剧吧?是你最喜欢的夏炽!今天他巡回演出到江城,我买了整排的票,不会有人打扰我们的!"

钱小芙抬起脸。

"喂,别骂我啊,原本以我的风格是要包下整个剧场的,可就是怕你说我是土鳖,这才减少到了只买了一排……"

"好。"钱小芙轻轻地应道。

这样贴心又温暖的陆铭熙,她真的不敢想象,失去他的生活。

就让她当一次不善良的女生吧。她将这件事压回了心里,决定抛开所有忧虑。

这时陆铭熙的手机响了。

"哎,许真这小子真是破坏气氛啊。"他接通。

许真的声音很急切地传过来:"小陆总,你和黎阳在一起吗?佑晨今早给我打电话说分手,我赶去他们租住的房子,他们已经退租了!到底发生了什么事?"

陆铭熙的脸色一下子凝重,看来他们姐弟俩已经开始行动了,他握着筷子的手慢慢收紧。

# 第四章
## 藏着真相的海屿医院

"出什么事了？"钱小芙看出他的表情不对。

陆铭熙沉默着，脑子里飞快地做着决定。帮忙？还是放任不理？

"小陆总，你说话啊！"许真声音更急了。

"我几分钟后联系你，先挂了。"陆铭熙终于做了决定，他紧接着拨给年雪凝："让你的侦探朋友帮我查黎阳现在的位置，立刻！"

很快黎阳的坐标图发送过来，海屿医院。陆铭熙将图转发给许真，约定一起赶往。

"黎阳和佑晨那边有事，我过去一下。小芙你自己回家，我稍后联系你。"陆铭熙匆匆起身。

钱小芙拉住了他的衣角："我也要去！黎阳的事我不能坐视不理。"

"你等我消息，如果我们都出了事，总要有人接应才行。"

"可是……"钱小芙有些迟疑，从刚才陆铭熙接到电话，她的心就一直怦怦跳个不停，感觉会出什么事，"我真的很担心你们。"

"不会有事的，我的信用卡还在黎阳那小子手里，我得要回来才行啊。"陆铭熙答得轻松。

"上次的事，你已经不记恨他了吗？"

"他们姐弟推开全世界的人，就是为了自己跳火坑。是我反应慢了，今早才想明白。"陆铭熙反握她的手，"我走了，等我消息。"

他一阵风似的离开了，钱小芙看着他的背影，一面担心着两个男生，一面却有种异样的情绪在心间流动。

陆铭熙真的变了，变成了有担当又理智的大男生。现在的他，全身都散发着让她无法阻挡的魅力和吸引力。

这样的他，让她如何能够放手？


海屿医院十九层，专属贵宾楼层。

趁着午后医生轮值，黎阳和黎佑晨乔装成医务人员混了进去。

要想帮黎耀荣，他们首先要拿到他的原始体检报告书，一来可以证明不是他们的诡计，二来也有了有力证据让他信服。

两个人小心翼翼地走向医师办公区，当看到门口任旭东的标牌时，交换了一下眼神。黎佑晨拉过旁边的推车假装整理东西，掩护黎阳用特制的钥匙开门。

门锁"咔嗒"一声打开，两个人溜了进去。

陆铭熙和许真也将目标锁定在了十九层。

电梯里，旁边一个护工大姐正推着一车的无菌服，见他们按下了十九层，不禁多看了他们几眼。

"那个是贵宾楼层，普通人是不能去的。没有这张卡片，就算到达楼层，也不会停的。"电梯上升中，大姐挥了挥脖子上的感应卡。

"真的吗？"陆铭熙佯装无知，"那姐姐你岂不是能见到很多明星和传闻中的富商了？"说完，他给许真一个眼神。

"听说贵宾楼层连端茶倒水的女生都是世界名模的水准呢，姐姐你竟然是特级护工，一定是顶级颜值了。"

护工大姐这辈子也没听过这么夸张的赞赏，加之对方是两个年轻帅气的小青年，不禁脸上泛了红，一手轻捧着脸颊，羞涩地问道："我的美有那么张扬吗？"

"当然！"两个人异口同声，"非常张扬！"

"哎，你们这些小孩子嘴巴这么甜，眼光却又这么好。说吧，你们去贵宾楼层做什么？"

许真看向陆铭熙，冲他眨眨眼。

"我们是一个富商的私生子，听说他生命垂危，可他的原配不让我们见他。就算我们的身份不能得到这个世界认同，可我们也想来送爸爸最后一程，不然这辈子会有遗憾……"陆铭熙眼看着就要掉泪了。

虽说是严峻又紧急的情况，可许真还是忍不住笑场，他赶紧上前抱住了陆铭熙，将头戳在他怀中，死咬着嘴唇，肩膀一下下地颤抖着。

"孩子，不要哭！私生子有什么错吗？这都是大人作的孽啊！"大姐一脸正义，"这事包在我身上，我带你们进去。"

"真的吗？"陆铭熙没想到幸福来得这么容易。

大姐用手里的一根挑杆挡住了角落里的监控头，丢给他们两件无菌服："快换上，一会儿一起出去。"

两个人脸上同时露出了崇拜的眼神，大姐分明是做特工的料啊。

一分钟后，电梯门开。大姐推着车向左走，两个男子向右走。

两个人全身被浅蓝色的无菌服包裹，只露出两双眼睛，有说有笑地走向了办公区，所经之处，护士都会友好地问好。

没人看出端倪，医院里一切正常，仿佛什么都没有发生。

"黎阳他们为什么会来这里?"许真小声问道。

"应该是要找原始体检报告书。"陆铭熙觉得自己一定能拿准黎阳的心。

"小陆总,你看这个。"许真突然停了下来,指着走廊里的一台医生公用电脑,"电脑上有报警装置。"

"你是说……"陆铭熙的心一下子提起来。

走廊的电脑都装有防盗用的报警装置,更何况是办公区里的医生电脑。两个人同时加快了步伐,希望黎阳他们不要轻举妄动触发警报。

从一间间办公室中穿梭过去,终于看到"任旭东"三个字,陆铭熙心下一喜,刚要掩护许真开门,走廊里突然间响起了警报声。

声音就从面前这扇门里传出来。

"一定是他们!"许真刚说完,门猛地打开,黎阳和黎佑晨从里边跑了出来。

四个人相见,各自一怔。

"快离开!三十秒内这层楼会封锁,两分钟内整个医院会全部封锁!"黎阳低吼一声,带着三个人跑向安全通道。

一路狂奔到了三层,猛地听到了一队人向上的脚步声,四个人赶忙躲进了旁边的备品间里。

门外,十多个保安正对楼层进行着地毯式搜查。

"怎么办?"黎佑晨在黑暗中想抓黎阳的手腕,却不想与许真正伸过来的手握个正着。

掌心相扣,她心中一颤。

恋人间的神奇感应,根本不必看清面孔,凭感觉都识别得出。

"为什么要分手?"许真低低地问道。

"你受的苦够多了。"黎佑晨想抽回手,被他更紧地握住。

"喂……"陆铭熙和黎阳同时抗议。

"请问我们现在是在拍韩剧吗?"陆铭熙撇嘴,"许真你还不赶紧想办法,你们俩想殉情,我可不想。"

"我也不想。"黎阳淡淡道。

"四点钟方向有个通道,通向露天平台!我们可以翻窗走。"许真进医院时扫了眼医院平面图,多年的特种兵习惯让他对路线特别敏感。

"真是!我一个偶像巨星知道你的四点钟方向是哪里啊?"陆铭熙咬牙切齿。

"跟我走!"黎阳轻轻拉开门,趁着保安搜查病房的空隙,带着三个人溜了出去。

许真的记忆力果真不是吹的,在这座富丽堂皇的医院中,竟然真的有一条昏暗的狭小通道。

四个人翻过一扇铁窗,到达了露天平台。

天台的风吹得人有些站不稳,陆铭熙向下望望,十几米的高度让他有些头晕目眩。

"我说,现在除非会飞才能逃出去吧。"他光是站在这儿,都觉得腿要抽筋了。

"七点钟方向,是医院的附属楼,和我们这座建筑楼间距很近,可以跳跃过去,高度大概降低五米。之后九点钟方向紧邻医院的供电站,中间大概有两米楼间距,按我们的身体状况可以跳过去,高度再次降低三米左右,最后距离地面七米,我们可以利用人墙方式搭手下滑……"

"我才不要去!换个方案!"陆铭熙光是想象那画面心都颤。

"那只有直接跳楼了。"许真摊手。

"你的方案和跳楼有什么差别?"陆铭熙叫道。

"有,区别是你从这里跳,不死也是残,而我的方案,最多是残。"许真答得很认真。

"我觉得可行。"黎阳看了看地势,完全认同许真。

"万一摔断胳膊腿,你们养我啊?"陆铭熙对着前面三个人的背影喊。

"为什么分手?"许真还在追问。

"我刚才说过了……"黎佑晨答道。

陆铭熙的问题没人回应,他也只好悻悻地跟在他们后面,却突然听到一个声音响起。

"不要受伤,不要让我更愧疚,拜托了。"黎阳走在他前面,没有回头,声音传过来。

这个人……

陆铭熙心紧了一下,脚下步子都乱了,这个人要是真的全力追钱小芙,他陆铭熙一定被秒杀到渣都不剩吧。

说什么愧疚,什么拜托,这些催泪的词从黎阳那张嘴巴里连着说出来,就是他一个大男人都快要芳心大动了。

他快走了几步,追上了黎阳。

四个人像是接受某种特殊训练的特工,在一座又一座楼宇上急速奔跑,翻转跳跃……

陆铭熙真后悔没带个摄像师过来,不吊威亚拍这些危险动作,他的身价一定又能涨一个零了吧。

最后一站,许真带头轻松跃过,在对面供电站的楼板上完美地蜷身翻转,稳稳起身。

黎佑晨也是大胆的女生,心一横跳了过去。

## 第四章
### 藏着真相的海屿医院

轮到黎阳，陆铭熙拉住了他的衣角："喂，我先，事实证明跟在你后面总没好事。"

黎阳默许，让开位置。

陆铭熙深呼吸，向后退了几步，助跑前进，身子飞了出去……耳后传来了一片喊声。

"他们在前面，不要让他们跑了！"一队保安追了过来。

陆铭熙踉跄地落到了供电站楼顶，回头时，保安已逼近黎阳。

"快跳啊！"三个人同时大喊。

黎阳拧眉沉思，如果现在跳过去，四个人一定都跑不掉了。

"黎阳你发什么呆啊，你想死啊！"陆铭熙拼命地喊。

黎阳放弃了逃跑，拿出一个信封在手中晃了晃，对保安说："不用再追了，你们要找的东西在我身上。"

"那是原始体检报告书吗？"许真问道。

"现在还管什么报告，先逃命啊！黎阳，你犯什么蠢，快点儿跳过来啊！"

"那是一些无关紧要的资料，原始报告在我这里。"黎佑晨已经猜到黎阳要干什么，一双眼里充满了绝望。

"带佑晨走！"黎阳冲后面大喊了一声，之后他将信封高高地举起来，看着保安："如果我松手，这里的秘密就会泄露出去，所以你们最好不要轻举妄动！"

"听黎阳的，我们先走！他们不敢对黎阳怎么样的，如果我们都被抓了事情会更麻烦。"许真强拉起黎佑晨。

"你们走，我去找院长！"陆铭熙相信自己的名气总能有些帮助。

黎阳看到陆铭熙他们都跑远了，才将信封丢到了保安脚下："物归原主，可以了吗？"

"可是我要的不是资料呢，我收到的命令内容只有你而已，黎大少爷……"为首的一个保安慢慢逼近他，将他逼到了天台边沿。

"命令？谁的命令？"黎阳小心翼翼地站立着，想要问出更多的线索，或许与黎耀荣的事有所关联。

"可惜你没有机会知道了。"保安手按在黎阳肩上，用力渐重，"现在祈祷吧，还来得及……"

"祈祷什么？"黎阳看着空落落的身后，心跳骤然加快，掌心满是汗水。

"祈祷下辈子别再当私生子了……"

黎耀荣。想要他死的人，怎么会是他……

黎宅。

黎耀荣接过管家熬好的药汤,刚抿了一口,突然胸口刺痛难当,药碗被扔到地上,褐色的药汤洒了一地。

"老爷……"管家见他紧捂着胸口,赶紧按下了墙上的应急铃。

几乎是同时书房的门推开,任旭东急匆匆走入,取出听诊器放置在他的胸口。

"我新配的药老爷子按时吃了吗?"任旭东问管家。

"这几天没有吃,老爷说胸口不舒服,总觉得喘不上气,就给他停了几天……"管家答道。

"你真是胆大,竟敢给老爷子停药,你知不知道这样会送命的!快去把药拿来。"任旭东大声喝道。

"是是是……"管家惶恐地跑出去。

任旭东从包里拿出了一支针管,将配好的药液灌入,利落地刺入黎耀荣的血管。

几秒钟后,黎耀荣慢慢睁开了眼睛,长长地吸气。

"老爷子,好些了吗?"

"幸好你来得及时。"黎耀荣的脸上难得有了温和的表情。

"我出去开会路过这里,正巧遇上了。"任旭东扶他慢慢躺下,"还有哪里不舒服吗?"

黎耀荣轻叹口气:"好多了。"对于任旭东,黎耀荣向来是尊敬和信赖的,二十多年来,任医生的医术始终精湛,口碑也甚好,是黎耀荣敢交付性命的人,加之两个人岁数差不多,也便成了他唯一能推心置腹的人。

"不要那么劳累了,把公司交给下面的人去做吧。"任旭东靠近他坐下来。

"我又能交给谁?"黎耀荣的胸口又隐隐作痛了,"还是不提了。"

"看来你是对黎阳还有期待啊,你希望他继承公司吗?"任旭东也不兜圈子,问得直接。

黎耀荣沉默了片刻,无奈一笑:"到底是老了,竟然为了那小子心软了。"

任旭东低头淡笑,眼底却闪过一丝不被察觉的冷。

"对了,这次换的新药是有什么副作用吗?我总觉得心脏绞痛,之前用的药为什么换掉?"

"之前的药是有些问题,不过问题不在我这里,而是出在你这里……算了,还是不提了。"任旭东欲言又止。

黎耀荣的脸顷刻间封冻,他慢慢坐起来,变回了那个令人发寒的老爷子,问道:

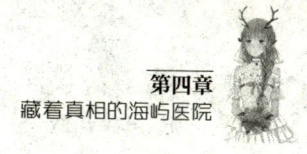

## 第四章
藏着真相的海屿医院

"怎么回事?"

"药被人调包了。"任旭东一脸为难。

"调包?"黎耀荣一张脸冷得快要结冰。

任旭东从包里拿出了一张药物检验报告:"你之前身体状况一直不错,我也只是为你开了一些养神健体的药,但是我几个月前偶然发现药被换了,就赶紧给你停了药,并且瞒着你做了化验,结果在药物里发现了可以致使心脏麻痹的成分。"

"心脏麻痹……"

"没错,那个药物药力强劲,若不是发现得早,恐怕你已经……"

黎耀荣一掌拍在桌上,震得桌上的花瓶落了地,碎成几片。

## Chapter 5

"管家！给我查近半年家里的监控，看看谁去过我房间！"黎耀荣气得全身颤抖。

"其实，你也心知肚明这件事是谁做的……"任旭东说了一半突然收住，赶忙换上了一脸抱歉的表情，"是我多言了。"

"你怀疑黎阳？"虽然适才脑子里黎阳的影子一闪而过，但黎耀荣确实没有怀疑他。

"是我瞎猜的，算算时间，半年前他差不多就知道自己的身世了。"任旭东含糊其词，实则却在引导着黎耀荣。

"不是他。"黎耀荣矢口否认，"那小子不是那样的人。"

"是我多疑了。"任旭东连连点头。

"不过你一定还有别的原因才会怀疑他吧？"黎耀荣也了解任旭东的为人，他不是信口胡说的人。

"我刚才进门前，接到医院的电话，说黎阳和佑晨潜入我办公室偷走了你历年的体检报告……"

黎耀荣手掌握紧："他为什么要这么做？"他分明已经给他们一条生路，他们怎么可能还会与他宣战。

"我想，黎阳是不甘心吧，如果将你的体检报告公之于众，你心脏衰竭这件事会让黎氏股价大跌，董事会应该也会倒戈，以现在的情势，我们不能公布黎阳的真实身份，他会成为名正言顺的黎氏继承人，大概是为此吧……"

黎耀荣久久地沉默，书房的门几分钟后被敲响。

保安拿着电脑胆怯地走进来，声音颤抖着："老爷，我们在监控里发现了一些疑点，想给您看看。"

黎耀荣示意他播放。

电脑画面是在黎耀荣的卧室，深夜里，只有床头灯发出暗暗的光，一个清瘦的男生轻轻地走到了床畔，将手伸向了床柜上的药瓶……

"竟然真的是黎阳……"任旭东声音里满是惊诧。

"混账！"黎耀荣将电脑一把推开，"这个混账现在在哪里？"

"应该还在医院，要与院长通话吗？"任旭东像是预备好一般将手机递上前。

"我要他死！"黎耀荣手掌紧紧捏起，指甲深陷掌心，眼底一片猩红，已不见任何理智。

心底为黎阳留的最后一线生机，也终于在这个傍晚被全数摧毁。

海屿医院某幢建筑的楼顶。

# 第四章
## 藏着真相的海屿医院

一个人形的物体像飘零的叶子般下坠，下坠……

陆铭熙刚从供电站跑出来，正要去找院长，就听到身后传来沉闷的一声，似是什么东西落下。他的头皮瞬间炸开，整个人仿佛被封冻一般，极度的恐惧从脚下一点点地蔓延至头顶……

黎阳，不会的，一定不是他！

下一秒，他像是疯了一样往巷子里跑，爬过一座又一座煤堆，终于看到了一个人。

那个人四仰八叉地躺在煤堆上，头发被穿巷而过的风一下下地吹散，又吹拢，身子却一动不动……

"黎阳……"陆铭熙全身力气像被抽空一般，跌跌撞撞连滚带爬地来到了黎阳面前。陆铭熙一双眼瞪得大大的，呼吸已停滞，看着眼前的黎阳，胸口痛得快要死去，嘴巴努力地张开，想要喊出声却发觉自己根本发不出声音……

他用力抱住了黎阳，头抵在他身上，眼泪像是奔腾不止的洪水，喉咙仿佛被人掐住，喘不过气。

黎佑晨和许真这时也跑了过来，站在几米开外的地方，两个人不可置信地看着眼前的一切。

"小阳！"黎佑晨突然发出一声痛彻心扉的吼声，接着就飞扑过来，疯了一般地推开陆铭熙，将黎阳抱在了怀里。

"醒醒啊，小阳，不要吓我啊！"黎佑晨死命地摇晃着黎阳，拼了命地大喊着。

"佑晨，佑晨，你放开他，让我看看！"许真此时还保持着冷静，这里虽然距楼顶有十几米高，可是下面是煤堆，或许不会致命。

然而黎佑晨已经完全失去了理智，抱着黎阳死活不肯松手。

"都在这里等死吗？"一个声音冷冷地从三个人的身后传过来。

许真和陆铭熙同时扭头，一个穿着一身黑衣，戴着压低的鸭舌帽的年轻男子正站在平地上，冲他们扬扬下巴："带着他，跟我走。"

陆铭熙此时也清醒过来，不论黎阳是死是活，此地确实不能久留，他从黎佑晨怀里抢夺着黎阳，可佑晨却在号啕大哭中不松手。

"佑晨，对不起！"许真话音落时，手肘就已经撞向黎佑晨的后脑，黎佑晨顷刻软软倒地。

"小陆总，走。"许真背着黎佑晨跑向黑衣男子。

陆铭熙将黎阳扛在肩上，追了上去。

四个人上了一辆银灰色的商务车，一路飞驰驶出城区。

"他死不了,煤堆减缓了落地的冲击力,除非他体质不如虚弱的老人才会撑不住,现在带他去看医生。"车子驶在出城的隧道中,漆黑中男子的声音缓缓响起,清冷,却有着镇定人心的作用。

陆铭熙这时才想起趴在黎阳胸前去听心跳,果然心跳微弱,却依然搏动着。

"活着,他,他还活着……"陆铭熙几乎要哭了。

车上的黑衣人望着后视镜露出一个不屑的表情,与此同时摘下了帽子。

"是你?"车子驶出隧道,阳光洒在男子脸上,后排的陆铭熙和许真同时惊呼。

"你也认识他?"许真看向陆铭熙。

"佑晨上次去会所就是见了他!"

男子耸肩,不否认。

"老爷子现在身边的心腹就是他!"

男子依然不否认。

"那你当初为什么不把血液报告直接交给老爷子,却要交给黎佑晨?"陆铭熙一脸疑惑。

"因为他真正的主人,并不是老爷子。"许真看着他的侧脸,一字一句说道。

"你也有过相似的经历吧,班长。"男子嘴角弯起来,露出一个笑容。

"班长?"陆铭熙看向许真。

"他是卢羽,我曾经的部下。"许真一脸严肃。

"部下?特种兵?"陆铭熙有一连串的疑问。

"可惜只当了你三个月的部下,你就主动退伍了,都没有来得及和你比身手。"卢羽将一颗口香糖丢进嘴里,嚼了几下。

"你为谁做事?"许真无心与他开玩笑。

"你知道的吧,一旦有了主子,我们的嘴是到死都撬不开的……我只能透露一点,把黎阳送上死路的,是黎耀荣。"

这时,躺在后排的黎阳突然身子弓了一下,剧烈一咳,一口血喷出来。

"是内脏出血。"许真和卢羽的声音同时响起,两个人对视一眼,许真赶紧去摸黎阳的脉搏,卢羽则将油门踩到了底,同时用免提拨出一个号码:"医生到了吗?病人危险!"

"全部到位,就等着你们了。"那边一个女声传出来。

陆铭熙和许真猛地抬头,那个女声是……

江城在身后越来越小,车子飞驰向海滨区。

## 第四章
### 藏着真相的海屿医院

陆铭熙和许真已经猜到了他们目的地是哪里。

车子停在璀晶豪品地下车库，车子刚停，几个穿着白大褂的医生就用担架车带走了黎阳。

一行人进入了那座奢华的宅子，陆铭熙和许真本想跟着进手术室，卢羽双手展开将两个人截在了门外。

"我们能做的已经做了，剩下的，交给医生和上帝吧。"他慢条斯理地嚼着口香糖。

"你的主子到底是谁？"许真皱眉。

"何苦一直问，既然是能救你们命的人，心怀感激就好了。"卢羽淡淡道。

这句话把陆铭熙和许真的嘴都堵上了，此时手术室上方亮起了红灯，代表手术进行中。

两个人虽是满脑袋疑问，此时却也安静下来了。

钱爸爸当时就是在这里进行的手术，他们也见识过这里的医疗水平，既然交给了他们，黎阳的命算是保住了。

"站着不累吗？"身后的木门被轻轻推开，一个蓝色头发的女生徐徐走进来，"卢羽，你是怎么待客的？"

两个人回身，是六妹。早在刚才那通电话里，他们便已经听出了她的声音，此时也不惊讶了。

"你知道，待客寒暄我不擅长，还是在沉默中动手我更在行，交给你了。"卢羽迈着长腿出去。

"这到底是怎么回事？为什么你们也会卷进来？"许真问道。

"卷？"六妹笑声爽朗，"你还不明白吗？我们才是导演，卷进来的是你们。"

陆铭熙眉头拧紧："你是说，从那份血液报告书送到黎佑晨手上，到今天此刻发生的一切，都是你们操纵的？"

六妹笑。

"原因呢？你们让黎阳参与进来，又害他遭遇不测，现在还在大张旗鼓地救他？到底为什么？"

"为了让黎阳死心。"许真刚想明白了这一切，"让他与黎耀荣彼此彻底切断情分，从此成仇。"

六妹竖起一个大拇指，一脸赞赏。

"他们翻脸，对你们有什么好处？"陆铭熙还是想不明白，"难道是阻止黎阳继承黎氏？可黎耀荣根本不会给他啊。"

"你们怎么了解膝下无子又心脏日渐衰竭的黎耀荣,黎氏商业帝国不交给黎阳,难道要捐了做慈善吗?黎阳在他心中,总比外人强。"六妹说道。

"所以你们的主子是黎氏的另一拨势力,让黎阳父子水火不容,你们想从中窃取继承权?"陆铭熙推断着。

六妹眉毛挑了挑:"对了一半吧。"

许真始终沉默着,静静地看着六妹,直觉告诉他事情并没有这么简单,他了解黎氏集团的几方势力代表,有这般脑力策划这一切的人,一个都没有。

他心中已经有了一个人的轮廓,他坚信这个人现在就站在某个房间里,注视着他们的一举一动。

但是若要黎阳和佑晨安宁地生活下去,他就不能说破。

"一半?"陆铭熙还想继续追问,被许真握住了手臂。

"小陆总,看样子我们是问不出来的,或许这后面水深得吓人。虽然目前看来是黎阳受了伤,但我想这是最后一次了。"如果对方的目的就是让黎阳父子从此成仇敌,那么目的已经达到,黎阳的劫难也就结束了。

许真边说边冲陆铭熙摇了摇头,陆铭熙瞬间懂了,不再问了。

手术还在进行,三个人似乎拥有了某种默契,都不再言语,安静地坐下来等着手术结束。

旁边的休息室里黎佑晨从昏迷中醒来,枕边的手机不停地振动着。

上面显示着"管家马伯"。

她迷糊间将手机贴在耳边,就听马伯的声音小心翼翼地传过来:"小姐,带着少爷快跑,老爷要下毒手了……"

她还来不及说话,对方就匆匆挂断了。

黎佑晨猛地坐了起来。难道说,医院里的事就是爸爸所为?爸爸为什么这么做?

小阳……小阳现在怎么样了?她现在又是在哪里?

她顾不得穿鞋子就往屋外跑,开门,身子撞进一个男生怀里。

黎佑晨抬起头,看着眼前的人,目光瞬间凝滞。

"是你……"

黎佑晨警惕地向后退了一步，问道："你不是在会所给我爸爸体检报告的人吗？你为什么会在这里？"

卢羽柔和地笑，绕过她，在沙发上坐下来，道："猜猜看。"

"我没空猜测你的身份，小阳呢？我去找他！"黎佑晨刚想夺门而出，手腕被他从后扯住。

"他没有大碍，外伤导致脾破裂，造成失血性休克。"卢羽拿起桌上的一个控制器，冲着墙上的电视轻摁一下，屏幕上出现了一个手术室，几个医生围在手术床边忙碌着，开刀的部位看不到，镜头只拍到黎阳的脸。

一边的仪器有节奏地轻响着，各项指标一切正常，他躺在那里仿佛睡熟了一般。

"对这里的医生来说，这个手术简直是小儿科。"卢羽轻轻道。

黎佑晨的一颗心这才放松了一些，目光依然紧盯着电视屏幕，说道："救我们的是什么人？"

卢羽浅笑："不是你们，我的主子要救的只是黎阳一个人。"

黎佑晨转脸看他："主子？带我去见他。"她隐约觉得整件事背后一定有蹊跷。

"他可不想见你，他千万百计地守护黎阳，却因为你的一意孤行，差点儿让黎阳丢了性命，他现在恐怕恨你入骨了。"

黎佑晨怔在原地。他说得没错，若不是她要救爸爸，小阳又怎么会遭遇这样的事。

"还是多担心你自己吧，黎耀荣杀念已起，想必以后你没什么好日子过了。"卢羽耸肩。

"爸爸？"黎佑晨的声音不禁提高，道，"是医院保安将小阳推下楼，和爸爸有什么关系？"

"保安？"卢羽笑起来，"无冤无仇，只是对待一个闯入医院偷资料的人而已，保安为什么要下狠手？"

黎佑晨无言以对，不禁联想起了刚才管家的那通电话。

"可他为什么要这么做……"黎佑晨的脑子乱了，这段日子以来他分明已经放过他们了啊。

"我想，是因为这个吧。"卢羽将手机里的一段音频打开，推到黎佑晨面前。

录音里有嘈杂的噪声，好像是在人很杂乱的地方，依稀还能听到有广播声。黎佑晨聚精会神地听着，起先还满脸疑惑，直到一个熟悉的男声响起。

"你和佑晨先走，有什么事我帮你办。老爷子实在刁难的话，虽然没了保险箱，但

是你们忘记了,我才是活证据,之前所有的事只要我做证……"

是许真!

黎佑晨错愕地捂上了嘴。

那日在医院许真说了这段话,竟然被别人录了下来。

"设想下,这段录音被黎耀荣听到时,他的反应……"卢羽关掉了声音,偏头看向黎佑晨。

他将黎耀荣的下手动机完美地转移到了许真身上,关于几小时前黎耀荣怀疑黎阳换药的事只字不提。只有他心知肚明,黎耀荣自始至终都没有听到过许真的这段录音。

兜兜转转做了这么多事,他的真正计划,此时终于正式启动。

"可是许真什么都没有说,关于爸爸的事,他没有说过一个字!"黎佑晨惊慌失声。

卢羽摊手:"谁知道?又有谁在乎他到底说了没有?只是有这种心思,黎耀荣都不会留下他吧。还有你们姐弟,天天和许真在一起,也同时被列为要除掉的对象,谁又能保证你们不会将那些见不得人的秘密公布于众?"

"如果我们想指认爸爸,早就那么做了,又怎么会去医院找原始病历,就是因为想要救他啊。"

"黎耀荣不会这么想,他会认为你们拿他的病历是另有所图。"卢羽正色道。

"怎么会……"黎佑晨跌坐在沙发上,"我去和爸爸解释清楚,他一定会听我说的……"

"对黎阳下手前,他好像并没有给你们解释的机会,你觉得他现在还会信你的话吗?"

卢羽的话像一根根利箭刺中她,周身不禁一阵寒冷,她将身子缩成了一团。

"我不怕死,也不怕成为爸爸泄愤的工具,可是小阳,他这一生真的太苦了,我不能看着他继续受到伤害……"黎佑晨慢慢地看向卢羽,"既然来见我,又在这里遇见你,你是站在小阳这边的吧。那么你也一定有对策了吧?"

卢羽嘴唇轻弯,点头。

"而这个对策是只有我才能做到的,对吧?"

卢羽笑。

"说吧,我会照做的。只要,小阳能平安地活下去。"在这一瞬间,黎佑晨已经打算舍弃自己了。

总要有人为这一切付出代价吧,如果事情的导火线是许真,那么后果也只有她和许真来背。

# 第四章
## 藏着真相的海屿医院

她的目光重新看向电视屏幕，心中默默道：小阳，如果我的存在只会给你带来威胁……

那么，我消失，就可以结束这一切了吧……

和陆铭熙分开后，钱小芙去了附近的书店。

原本想买些参考书，可一进书店就看到了橱窗上贴的巨幅新书宣传海报——《拳击界的男神》。

海报上方是吸引人的宣传语，中间印着一个身穿拳击服的男生，眉眼浓黑，五官俊美得有些不真实。

江以桐。

钱小芙不禁驻足。

原来他的成长经历已经被写成了书，登上了每月热销榜。

"印在海报上的我更招你喜欢吗？"一个声音响起，猝不及防。

钱小芙错愕回头，一身休闲装扮的江以桐不知何时来到她身后，唇角自然地勾起一抹浅笑。

见钱小芙惊呆的表情，他的笑意更浓了："怎么，被真人迷倒了吗？"

钱小芙回神，转头走向一排书架，声音轻小道："并没有。"

还在躲着他啊。江以桐低头笑笑，好脾气地跟在她身后，穿过了一排排书架。

她停，他停。他走，她走。她取一本书翻翻，他便凑上去一起看，遭到她嫌弃的白眼，他也一副无所谓的表情，继续跟着。

"喂……"一个小时后钱小芙终于忍不住了，回头问他，"你很闲吗？"

"哦，休假中。"

"那去找朋友玩啊。"

他摇头，一脸兴趣索然的样子，道："更喜欢你……"

钱小芙表情一滞。

"更喜欢和你在一起。"江以桐补充道。

"喂，江以桐……"

"这么招摇地叫我名字，可能会被围堵的。"江以桐提醒道。

钱小芙咬唇，真诚地说道："真的很感谢你为我做的事，以后有什么需要我帮忙的，我一定义无反顾。但是……像这样的见面，真的会让我不自在，我不知道如何和你相处。"

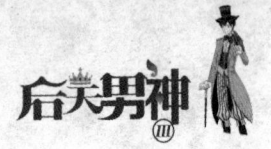

"纠正两点。第一我们不是见面,是偶遇。第二你也不需要知道如何和我相处,静静待着,让我能看到你就好了。"

"你确定你真的……真的喜欢我吗?你身边应该有很多女生啊。"钱小芙始终觉得这份心意来得太不真实。

"我也正在确认中,确认是不是真的,确认为什么是你。"江以桐一脸无辜,仿佛身不由己。

钱小芙长吁一口气:"我来帮你确认吧,这样或许了结得更快一些。"说罢,她把手掌放在了他的胸口,目光看向他,"心跳加快吗?觉得心动吗?"

他配合着她的测试,目光灼灼,不回答。

起先钱小芙还镇定自若,几秒钟后她的面色明显变得慌张,眼神晃了又晃,她不可置信地看着他的眼,怎么会……

江以桐抬起手,叠在她的手上,浅浅一笑,道:"测试结果可以公布了吗?"

钱小芙连忙抽回手背到了身后,满脸慌乱。他的心跳竟然如鼓般摆动,如果不是喜欢她,又怎么会……难道说,从一开始他对她就是认真的?

"喂……"江以桐声音拖得长长的,"我在等答案。"

"我们不可能。"钱小芙语速飞快地答道。

"哪里不可能?"

"我心里有别人。"

"可你们已经分手了。"

"分手是因为……不得已的理由。"

"若是他也同样看重你,他会为你披荆斩棘,会为你放弃全世界。可目前来看,他似乎什么都没有做。"江以桐淡淡道。

"你错了,喜欢一个人,是成全,而不是同归于尽。我和陆铭熙之所以分手,是因为我们都选择了成全。"

"哦?你好像并不是在说服我,倒更像是在说服自己。"江以桐眸子中闪过一丝怀疑,"你们之间有别的问题存在吧,我所了解的钱小芙虽然看起来柔弱,内心却无比强大,如果是她认定的事,就算粉身碎骨都会做下去。所以,那个让你无法奋不顾身的理由是什么?"

钱小芙忽地语塞。无法奋不顾身的理由,她的眼前猛地闪过了Zoe的脸。她想起曾对年雪凝说自己还不够勇敢,不够强大,所以无法到陆铭熙身边去。

可是她不畏惧被记者扒得底朝天,不畏惧和陆铭熙一起站在闪光灯下,不畏惧身后

## 第四章
### 藏着真相的海屿医院

多少流言蜚语……她一心想着不要成为陆铭熙的软肋，不要妨碍他的事业……

可原来，她害怕他的善良和不坚定。

她害怕的是Zoe，和他们共同的那段铭心刻骨的初恋记忆。

连她自己都从未正视过的心底事，竟然被这个只见过几面的男生一语道破。钱小芙的心震动了。

"不关你的事。"钱小芙心虚地说道，转身快步走出了书店。

江以桐刚想跟出去，手机突然响了起来，他随手接通，目光却还跟随着橱窗外的钱小芙。

几秒钟后，他脸色突变，快步出去拉住了钱小芙。

"放开我。"钱小芙不敢与他对视，他已经看透她的心，让她越发生畏。

"这一次是为了你。"江以桐握紧她的手，任她胡乱挣扎，还是强行将她拉到街边。

"再不放开，我就……"钱小芙拼尽全力想要挣脱。

"黎阳出事了，危在旦夕。"江以桐声音一片清冷。

钱小芙猛地抬起了头，停止了挣扎，问道："什么……"

一辆黑色的豪车此时在两个人面前停下，江以桐带着钱小芙上了车，车子飞驰而去。

与此同时，钱小芙的手机也在书包里响起来。

是陆铭熙。

她犹豫要不要接时，江以桐从她手中夺过手机，接通了。

"小芙，你在哪儿？黎阳不行了，快来……"

"在路上了。"江以桐答道。

"你是谁？小芙呢？"陆铭熙刚发问，江以桐就将手机挂断了，将手机还给了钱小芙。

"到底怎么回事？"钱小芙一脸惊慌地看着江以桐，不由得握住了他的胳膊。

江以桐推开她的手，拿出手机拨了一个号码，一脸严肃地问道："还能撑多久？"

"最多半个小时。"对方答道。

"江城的血库全都联系过了吗？"

"他这是Rh阴性血，血库根本就没有，临时找血是来不及了，江少，这件事一直是你负责的，万一真的有什么闪失，怎么办？"对方也是声音急切。

"到底怎么回事？黎阳怎么了？血库又是怎么回事？"钱小芙急得嘴唇轻颤。

江以桐看着钱小芙，将手机拿远些，问道："黎阳如果死了，我是说如果死在我的地盘上，你会怎么样？"

"什么……意思？"钱小芙怔怔地看着他，从他的瞳孔里她仿佛看到了濒死的黎

阳。眼泪就在那一瞬间毫无预兆地落下来，她声音轻颤着，一字一顿地问道："你说的……是什么鬼话，黎阳到底怎么了……"

江以桐看着她急急落下的泪，心脏猛地痛了一下，仿佛被什么狠狠砸中。

他的手指缓缓搓动，犹豫了几秒钟，重新拿起了手机，说道："通知……老爷。"

"是。"对方挂断了电话。

江以桐沉沉闭上双眼。

"江以桐……"钱小芙用力扯着他的袖子，"说话啊，江以桐，告诉我到底是怎么回事？"

"不会有事的。"江以桐缓缓睁眼，侧脸看向钱小芙，苦涩地笑。

那笑容仿佛带着行走在刀尖上的痛楚，让钱小芙忽地静下来，呆呆地看着他。

"你赢了，你的几颗眼泪竟然就让我放弃了十几年来对一个人的仇视。"

"你到底，在说什么？"钱小芙眼中的泪水犹在，一脸懵懂。

他伸手轻轻帮她揩掉泪水，说道："是你救了黎阳一命。"

江城被远远甩在身后，车子如离弦的箭一般驶向海滨区。

# 第四章
## 藏着真相的海屿医院

Chapter 7

手术室中，黎阳的心跳微弱，血压急速下降，仪器发出一声声急促的警报声。

"老爷还有多久到？"主刀医生问着助手。

不等回答，手术室的门开了，一个穿着无菌服的中年男子大步走了进来。

"老爷……"医生们仿佛见到了救星般围了上去。

"开始吧。"中年男子躺在了旁边的手术床上。尖锐的针头扎入他的胳膊，一股鲜红的血液从管中流入了黎阳身体。

一分钟过后。

"血压在恢复……"

"心跳在恢复……"

"血氧浓度在恢复……"

助手激动地汇报着。

"手术继续。"主刀医生定了定心神，重新接过手术刀。

手术室外陆铭熙额头紧贴在墙上，从刚才警报声响起到现在，始终不敢回身看。

适才手术进行到一半，突然有护士跑出来，说术中碰到了主动脉引起大出血，而黎阳的血型是罕见的Rh阴性血，急需调血袋过来。

六妹立刻拿起手机走了出去，陆铭熙和许真也动用了所有的资源，四处找血源。

然而得到的答案是全江城都没有此种血的库存。

陆铭熙第一次感觉到无能为力，一颗心提在喉咙口，脑中甚至不敢去回想黎阳的脸。

六妹在十几分钟后重新回来，跟在一个西装革履的中年人身后，后面还有几个模样精干的年轻人，从那个人的举手投足间看得出是位位高权重的人。

中年人换了衣服直奔手术室，距离此时已经过去了五六分钟，也不知道里面情况如何。

警报声此时戛然而止。

许真和六妹猛地从沙发上弹了起来，陆铭熙只觉得腿一软，"扑通"一下坐到了地上。

黎阳他，死了吗？陆铭熙坐在地上，呼吸都快要停滞。

"怎么回事？"六妹抓住一个从手术室出来的护士。

"病人生命体征恢复，手术继续，不会有生命危险了。"护士答完便匆匆离开。

所有人都舒了一口气。陆铭熙身子软下去，这几分钟里他的整个人都是麻木的，直到此刻才重新有了知觉。

"小陆总,没事了,快起来吧。"许真这才注意到陆铭熙坐在地上,赶紧去扶起他。

陆铭熙只觉得口干舌燥,好像刚刚从死亡线上逃回来的是自己一般,他喃喃道:"谢天谢地,谢天谢地……"

"终于可以放下心了。我去把这个消息告诉佑晨。"许真走开了。

陆铭熙坐在沙发上,刚定了定神,就听到身后响起了"嗒嗒嗒"的脚步声,钱小芙正冲着这边飞快地跑来。

"黎阳呢?他怎么样了,到底发生了什么事?"钱小芙跌跌撞撞地停在了他面前。

"危险已经过去了。"陆铭熙握住了她的肩安抚道。

"不是说到医院拿病历吗?怎么会发生意外?"钱小芙脑子乱极了。

"我们被医院的保安发现了,黎阳为了掩护大家,从楼顶……"陆铭熙说不下去了。

"你是说,他从楼顶掉下来了吗?"钱小芙不敢置信地捂住了嘴巴。

"怪我没有照顾好他,都怪我。"陆铭熙懊恼地敲着脑袋。

这时,江以桐也走了进来,径直停在了六妹面前,一脸担忧地问道:"老爷呢?"

"在里面。"六妹指向手术室,"幸好来得及时,黎阳有惊无险。"

江以桐从玻璃窗看向手术室,那位被称为"老爷"的中年人正躺在另一张病床上,手掌松松合合,血液源源不断输入黎阳体内。

江以桐目光淡然地看了许久,半晌后转身离开。

"江少,你不等老爷出来吗?"六妹在身后问道。

"不必告诉他我来过。"江以桐头也不回说道。

"打拳的……"陆铭熙上前一步拦下江以桐,问道,"你怎么会和小芙在一起?"

"现在是关心这个的时候吗?"江以桐的声音没什么温度。

"她的事,任何时候都是首位。"陆铭熙的表情冷漠。即便从现在的情形,他已经看出江以桐与这所医院,与六妹都有着某种联系,或者说今天出手救黎阳的,根本就是他。但是救黎阳是一回事,他可以以任何条件报答他,可亲近钱小芙,他不能忍受。

"在书店偶然遇到的。"钱小芙握住了陆铭熙的胳膊,怕他生事。

江以桐淡淡回眸,说道:"并不是偶遇,除去第一次在象山遇见她,其余的每一次见面都是我刻意去找她的。"

陆铭熙拳头握起来,竟然敢说什么每一次见面,这小子的意图也太明显了吧。可他脸上却还是露出一抹不屑的笑容:"看你现在的表情,也应该被她拒绝过很多次了吧?还不放弃吗?"

江以桐低头浅笑,目光转向钱小芙:"很快,你就知道我今天为了你舍弃了什么,

# 第四章
## 藏着真相的海屿医院

你会感激涕零的。不过受他的启发，从今天起你的事也将成为我的首位。"

钱小芙不明白他话的意思，但隐约间可以确定黎阳现在平安无事，与他有直接关系。

"还有你……"他重新看向陆铭熙，说道，"不要为难她，万事皆是我主动。有能耐的话，就来找我。"

"你想太多了，我不是小气的人。如果你爱慕她，追求她，只要光明正大，我都无权阻止你，因为小芙是个会发光的女生，这一点我深信不疑。但如果你是因为别的什么目的而接近她，我保证不会放过你。"陆铭熙一脸的坚定。

江以桐撇嘴笑笑，似乎在说大家走着瞧，嘴上却什么都没有再说，转身离开了。

钱小芙没有心思听他们争论，跑到手术室的窗边，手术似乎快要结束了，主刀医生挪到了旁边，助手帮忙缝合。

黎阳的脸色有些苍白，心脏却有力地跳动着，钱小芙心里痛楚难忍，眼泪悄然滑落。几个月前，他还特意跑来学校与她告别，如果那时知道他会经历这样的危险，她一定会不惜一切拦着他。

他是黎阳啊，是宠爱着她，视她如生命一般的黎阳……

他从来都像亲哥哥一样温暖而贴心，他的存在早已刻进她的生命，他怎么能扔下她，躺在那张冰冷的病床上。

陆铭熙走过去，轻轻揽住了她的肩，说道："他一定会好起来的。"

钱小芙的泪水止不住地掉落，带着哭腔道："不论你们在做什么，可以到此为止吗？这一次是黎阳，下一次又会是谁……"她慢慢回眸，"铭熙，我真的不想失去你们俩，不论哪一个出事，我都会活不下去的……"

"不会再有事了，所有人都会平安无事的，我保证。"陆铭熙目光深深地看向里边的黎阳。

许真推开旁边病房的门，黎佑晨坐在床上，目光空洞地看着地板。

"醒了？"许真快步走过去，"我下手有点儿重，觉得哪里不舒服……"

"许真，我们离开吧。"黎佑晨打断了他的话。

"黎阳现在的情况还不能走，要等他恢复一段时间……"

"只是你和我。"黎佑晨的声音有些发颤。

"出了什么事？"许真从刚才就觉得她有些不对劲，以她的性格，清醒后一定会第一时间去看黎阳，不会呆呆地坐在这里。

"是我连累了小阳，所有的事都是因我而起，我想离开……"黎佑晨情绪很失控。

145

"只是意外,佑晨,你不要这么想。"许真将她揽进怀中,"你不要胡思乱想,不要把过错都揽在自己身上。"

"我是认真的,我们俩离开好不好?我想我们走后,一定会有人照顾小阳,他也会比现在安全。"黎佑晨恳求着。

"有什么人来过吗?"许真越听越觉得蹊跷。黎阳是她最亲的人,她又怎么会在这个时候抛下他?

"不要问了,我求你!我不想待在江城,不想想起任何和过去有关的事,我真的快要撑不住了。"黎佑晨推开了许真,"如果你不愿意走,那么我自己走。"

"你明知道我不会离开你,但我也要知道发生了什么事才行啊。"许真知道一定有什么人什么事左右了她的决定。

"许真,什么都不要再问了,听我的,我们走,好不好?"黎佑晨的脸深深地埋下去。

许真内心挣扎着,一边是黎阳,一边是佑晨,现在两个人都处于险境,他一分钟都不敢放手。但是看着佑晨这么痛苦,他最终还是点了头:"好,我们明天离开,我去订机票。"

"我刚才试过了,我们的所有证件都失效了。"黎佑晨绝望地说道,"我们要想别的办法离开了。"

证件失效……许真的眉头拧了起来。他知道自己担心的事终于还是发生了,虽然不知道原因是什么,可他已经看到了结果。

有人想要将黎阳保护起来,却又怕他拒绝,只好派人来说服黎佑晨,逼她离开。

而这个人不论是敌是友,他的目的终于达到了。

他和佑晨沦为了弃子,在黎耀荣那里全无生机,在这里也一样走投无路。

危机四伏之中,他们只能独自求生了。

"不用担心,我们会想到办法离开的。"许真对着黎佑晨笑道,心里却莫名涌出了一阵阵的寒意。

他知道,是时候做最坏的打算了。

# 第五章

## 阴象环生

## Chapter 1

手术结束,黎阳被送往恢复室,医生交代二十四小时内禁止任何人探视。

六妹带着人守在恢复室门外,像人墙一般把所有人挡在了外面。

"我们保证看他一眼就立刻出来!"钱小芙哀求着。

六妹摇头。

"你怎么这么不通情理,手术都做完了,看一眼又有什么问题?"陆铭熙帮着腔。

六妹笑道:"是老爷的命令,在这里没人敢违抗,所以都请回吧。"

"老爷是指刚才输血的那个中年人吗?这所医院也是他的吗?"陆铭熙的脑子此时才恢复了功能,开始思考这整件事。

六妹浅笑,不做回应。

看来是猜对了。陆铭熙努力回忆着那个人的模样,他也和爸爸参加过商界的一些聚会,可对这个人却全无印象。

他不禁想到了许真,他刚才说的一席话仿佛知道了什么真相。

"小芙,跟我来,我们去找许真。"

"可是我想见黎阳。"钱小芙坚持不离开。

当着六妹的面,陆铭熙也不好说什么,只好附在钱小芙耳边轻声说:"这个老爷既然肯献血给黎阳,就证明黎阳不会有危险了。现在更要紧的是,我们要弄清老爷的身份,才能知道接下来怎么办。"

钱小芙与他对视一眼,跟着他走向了病房区。

"铭熙,你实话对我说,你们是招惹什么人了吗?保安无故怎么会把黎阳推下楼?"病房区内钱小芙拉住了他,低声问道。

这时许真走了过来,顺势答道:"惹上是非的人不是我们,而是黎耀荣。有人在从中挑拨他和黎阳的关系,逼迫他对黎阳下狠手。"

"你已经知道这个人是谁了吗?"陆铭熙问道。

许真目光深深地看向手术室的方向。

"你是说那个人?"陆铭熙面色一怔,"他挑拨黎耀荣在医院对黎阳下狠手,又劳师动众地派卢羽把黎阳救回来?还输血给他,这说得通吗?"

"要是这个办法可以让黎阳甘心认祖归宗,就说得通了吧。"许真道。

"那个输血的中年人,是江津恒?"钱小芙飞快地捂住了嘴巴。

"我真是太笨了,拥有着一样稀有血液的,当然是至亲。"陆铭熙猛地一拍脑门儿,"这里除了黎阳,他们几个都没有见过江津恒本人,所以才会忽略掉这个细节。之前黎阳一

## 第五章 险象环生

直抵触着江津恒，如果得知他从黎耀荣手中救了自己的命，他的态度一定会软化。

"那么江以桐……"钱小芙这时才想起在车上江以桐对她说的话，他说为了她，放弃了十几年的仇视。

江以桐，江津恒。

三个人的眼睛同时亮起，他们竟然从来没有将这两个人的姓氏联系起来。

"黎阳是江以桐同父异母的哥哥，江津恒一直想认回黎阳，所以江以桐才会排斥他。"钱小芙分析着。

"谜题解开了。"陆铭熙的眉头缓缓展开，"黎阳有江津恒的保护，黎耀荣不会再有可乘之机了。"

"江津恒这一步，走得好险。如果成功了，黎阳会从此与黎耀荣为敌，甘心归入江家。可如果这招离间计有一点儿差错，黎阳就会送命了。"许真叹道。

"江津恒为了认回黎阳，也是费了苦心。但既然他的初衷是想要父子团圆，我们还是不要对黎阳说什么了。离开黎家后，他与佑晨孤苦无依，如今有了江津恒这个靠山，也就安心了。"陆铭熙淡淡道。

"可是他要的只是自己的儿子而已。"许真一脸惆怅，"我猜刚才有人去找了佑晨，说服她离开。她自己对这件事也深感自责，执意要走。"

"你们要离开？"钱小芙和陆铭熙一起问道。

"我想，也是时候开始我们自己的生活了，江城的一切也让我厌倦了。"许真目光深深地看着陆铭熙，"小陆总，最后请求你一件事。"

陆铭熙看向他。

"帮我们离开这里。"

手术第一夜，黎阳安然度过。

其他人都在沙发上守了整夜，直到清早护士打开了恢复室的门，他们才一窝蜂地拥了过去。

经过一夜安睡的黎阳，脸上有了些许红润，正在护士的帮助下慢慢坐起来。

听到动静，他扭脸看向门口站着的四个人，虚弱地笑了。

"只有我一个人受伤，我就安心了。"他声音虚弱地说道。

"小阳……"黎佑晨终于按捺不住飞快地跑了过去，埋首在他怀中。

"黎阳……"钱小芙紧跟着走进来，不等说话，泪水夺眶。

"喂，他活得好好的，你们的眼泪都收一收，想让他术后抑郁吗？"陆铭熙倚在墙

上说道。看到黎阳恢复得这么好，他比任何人都开心，生怕两个女生的眼泪影响黎阳的情绪。

"你怎么能失约呢？你忘了怎么承诺我的吗？"钱小芙泪水涟涟地说道，明明在努力控制情绪，可眼泪还是失控。

"这不是……好好的吗？"黎阳的身体虚弱，说几个字中间就要停顿一下。

"这叫好好的吗？从头到脚都是瘀青，医生说大小关节扭伤十几处，你到底哪里好啊？"钱小芙越哭越凶。

"从十几米的高处摔下来都没死，已经是奇迹了。"许真的目光转向黎阳，接着说道，"我看到那些保安和你说话了，内容你还记得吗？"

他一直想不通让黎耀荣下狠手的理由是什么，若单单因为偷取体检报告，这实在说不过去。

"许真，别再问了。"黎佑晨猛地开腔制止他。她不想让人知道事情的根源是许真说的那番话，不希望他也陷入自责和愧疚之中。

"是我失足，自己掉下来……"黎阳已经打算将责任一肩扛下。他不想任何人因为他受到牵连，也不能允许再有牺牲。

他宁可白白受罪，忍气吞声。

钱小芙怔怔地看着他："你不是这么不小心的人，一定有什么事发生……"

"我……有些累了。"黎阳的睫毛无力地覆下来，"我想休息一会儿。"他没有力气应对他们的追问，只好下了逐客令。

"出去吧小芙，让他睡一会儿。"陆铭熙看出了黎阳的心思，拉着钱小芙出去了。

"许真，你也出去吧，我想多陪小阳一会儿。"黎佑晨在床边没动。

许真走出去，带上了门。

黎阳缓缓睁眼，虚弱地笑道："就算是你也一样问不出答案的。佑晨，都过去了。"

"小阳……"黎佑晨轻轻地帮他整理着额前的碎发，"你可以答应我一个请求吗？"

黎阳静静聆听。

"救你的人是江津恒。是他带你来这所医院，请了最好的医生，还亲自为你输了血，我想从此以后你都留在他身边。"

江津恒。

黎阳心中一震，他怎么之前没有想到他，江城有实力建造这种顶级私人医院的，还有一个隐形富豪，就是江津恒。如果是这样一切就说得通了。江津恒为了得到他的心，先是救了钱爸爸，之后又从死神手里救回了他。

但是，他与佑晨之前说好了要一起生活，她为什么会提这样的请求？黎阳的眉宇轻轻拧起来。

"佑晨，你做了什么决定吗？"他问道。

黎佑晨摇头："我只是觉得江津恒为你做的一切，值得你信赖和依靠。看得出来，他很疼爱你，给他一个照顾你的机会吧。"黎佑晨握住他的手。

"可是你才是我内心认定的家人，我不会离开你的。"黎阳真诚地说道。

黎佑晨的心狠狠痛了一下，她不可以成为他的牵绊，不可以拉着他过无依无靠的日子。

她想要离开的心，更加坚定了。

"我先出去了，你睡一会儿吧。"黎佑晨起身。

"你有空选个地方吧，随便哪个国家哪个城市，等我好了就一起去。"黎阳说道。

"知道了。"黎佑晨走到门口，手指握着门板顿了几秒，道，"小阳，你能叫我一声姐姐吗？你一直都没有叫过。"

"我喜欢叫佑晨，比叫姐姐更好听。"黎阳莞尔笑道。

"好吧……那我走了。"黎佑晨走了出去，门关上的一瞬间，双眼模糊，眼泪簌簌而落。

小阳，回到你应有的生活中去吧，从此我们天各一方，姐弟情缘了断。黎佑晨顺着白色的墙壁缓缓滑坐到地上，眼泪汹涌而出。

许真将她揽进了怀中，心中也是一阵叹息。他轻声安慰着她："你的心意他会懂的。"

她倒进他怀中，死死压抑着哭声，颤抖的身子如萧瑟落叶。

"没有我，他会更好的，对不对？"她一遍遍地问许真。

他点头，再点头，她的眼泪让他的心也尽是痛楚。

"许真，我怕我会后悔……"黎佑晨用力攥着他的衣角，指尖发白，"他是我的弟弟，我唯一的弟弟啊，我怎么能忍心抛下他……"

"你没有抛下他，你是在成全他，佑晨，你是天底下最好的姐姐，他永远都不会忘记你的。"许真说道。

"可是……"她轻轻抬头，"在刚才的梦中，我梦到了所有人，甚至梦到了死去的妈妈，可是那么多人中却唯独没有他。许真，我会不会再也见不到他……"

许真闭上眼，将她更用力地拥在了怀中。

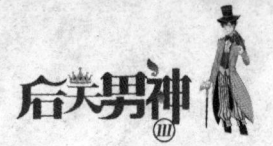

他任何事都可以对她许诺,都可以为她兑现,然而这件事他却真的无法承诺。

今天之后,他想给她不再胆战心惊的生活,想和她在阳光下牵手,想和她像所有情侣一样约会。

这座充满了泪水和悲伤的江城,他们永不再回来了。

黎阳,陆铭熙,钱小芙……他们都会是永存记忆中的人。

此后,只愿时光善待他们,愿天涯海角各自珍重。

Chapter 2

当晚，黎佑晨和许真搭乘一艘货船离开江城。

陆铭熙让谢阿吉帮忙找到了货船主，先到云南景洪，之后过境老挝，抵达泰国清盛，许真的战友会在那边接应。

临行前，她交给钱小芙厚厚一沓信，叮嘱如果黎阳问起她，就把这些信隔几天给他看一封。

他就会安心了。

钱小芙看着那些信封上的日期，眼泪不受控制地掉下来。

佑晨从离开这天开始算起，每推后七八天就写一封，足足写够了未来一年。

"保重。"陆铭熙用力地抱住许真，眼角一阵酸涩。

"小陆总，你也要保重！你对我的恩德，我下辈子再报！"

"呸！说什么下辈子！你小子难道这辈子就不打算见我了吗？"陆铭熙给了他一小拳，"臭小子，我随时等着你回来，像上次一样突然出现也没关系，只是不要再下跪了，我也不是佛祖，下次回来就直接拥抱我吧。"

许真的眼泪哗哗而落，没有人知道他心中有多么在意陆铭熙，从当他司机那一刻，从他的忠心从黎耀荣那里叛离的那一刻，从和他通宵坐在彩票站里刮奖的那一刻，从在相机里删掉Zoe的相片那一刻，从在工地中打算独自为陆铭熙扛下劫难那一刻……

他早已不当他是主子，而是一生一世的兄弟。

鞠躬尽瘁，两肋插刀。

"对不起，小陆总，不能陪在你身边了。"许真用力地握住陆铭熙的肩膀，泪水中尽是不舍。

"知道了知道了！虽然我也很难过，但我也不能和你过一辈子啊，你要对佑晨好，不然我会替黎阳打死你的！"陆铭熙心里也难过，却还是努力化解悲伤的气氛。

"小芙，帮我照顾黎阳。这世上，他最信的，最珍视的就是你了。"黎佑晨叮嘱着钱小芙。

"我会的。"钱小芙重重点头，"我会永远和他站在一起，任何人都不能取代他。"

陆铭熙揽着许真的肩膀，目光却朝这边瞥了一眼，心里涌了一股酸水。

船夫出来催促了，许真和黎佑晨登上了船。

四个人挥手告别，直到船从视线中慢慢消失。

"这一分别，不知道多久才能再重逢。"钱小芙拿着黎佑晨写给黎阳的一沓信，每

一封都落满了泪痕。想起她上船时那双红肿的眼,她的心里更难过了。

"或许分开才是对的吧。如果在一起要从此颠沛流离,过着提心吊胆的日子,那么不如分开,起码黎阳还能回到爸爸的身边。黎佑晨那么爱着黎阳,她一定会这么选择。"

"我们真的不告诉黎阳吗?"钱小芙心里有点儿不忍。

"佑晨让我们先瞒着,就听她的吧。黎阳现在身体还虚弱,怎么也要休养一段时间,别让他分心了。等瞒不住的时候,就把这些信交给黎阳,他自然会安心的。"

"希望如此吧。"钱小芙叹息道。

海风袭来,带着一股潮腥的凉意,陆铭熙脱下外套裹在了钱小芙身上:"要回去吗?"

钱小芙嘴唇冻得有些僵,却还是摇头:"看着他们走更远一点儿吧。"

"跟我来。"陆铭熙拉起她的手,带她到码头边的一座灯塔下。两个人在漆黑中爬上了蜿蜒曲折的楼梯,来到了塔顶的瞭望口。

海边的夜色尽收眼底,数艘船只像散落的星辰般荡漾在海面上,许真所乘的那艘船已经驶出了很远,变成了一个小小的光点,在海浪中摇摇曳曳仿佛置身一场醒不来的美梦中。

"你怎么总能找到这种地方?"钱小芙一脸惊喜。

"你这是在夸我还是骂我啊?"陆铭熙问道。

"夸你啊,天生会讨女生欢心。摩天轮、缆车、灯塔,还有什么别的隐藏招数吗?"钱小芙不满地撇嘴。

"并没有多特别,只是彼此心动,才会觉得是惊喜。"陆铭熙目光看着远方,轻声说道。

"连情话都越发动人了。陆铭熙,你是背着我报什么恋爱技巧速成班了吗?"

"那我这种资质绝对可以当老师了。"陆铭熙一脸得意。

钱小芙嘟着嘴,用力拧了他一下,他立刻惨叫一声:"干吗?不觉得这个动作和现在的气氛很不吻合吗?"

"能吻合气氛的动作我是不会,我只是怕你膨胀上了天,才及时用暴力唤醒你。"钱小芙双手在胸前交叉说道。

"小芙……"陆铭熙突然转身面对她,双手捧住了她的脸。

钱小芙下意识地用手掌捂住了嘴巴,眼睛瞪得圆溜溜,声音闷闷地从嘴里发出来:"警告你,别再来什么手指吻哦,小心我踢你下海!"

## 第五章
### 险象环生

"我们复合吧。"陆铭熙满眼的认真。

"又来……"钱小芙呼一口气,"不是说过这个话题了吗?"

"可是你看,连亲人最后都难免要分离,万一有天我们也迫不得已要分离,我怕我会后悔。"

"后悔什么?"

"后悔没有多牵你的手,没有多对着你笑,没有一起好好看场电影,没有两个人一起去旅行,没有每一分每一秒都守在你旁边……已经错过了你生命的十七年,我不想再错过你未来的每一刻。早知道会这么舍不得你,当初就算刀山火海,万劫不复,我也绝对不要放开你的手。"

钱小芙怔怔地看着他,他的表白她早已听过千遍万遍,可是每一次面对他的脸,看着他的眼,听着他的声音,她的心脏还是会怦怦跳个不停。

这一刻,她真的很想答应他。

她也不想再为了他而内心忐忑,不想忧心他再为别的女生动心,不敢想象他终有一天离开她的生活。

可是……心里似乎总有越不过去的坎,让她不能点头。

"钱小芙,你是石头做的吗?你到底哪里不满意我啊?"

"我……"钱小芙支吾着,"哪里都满意啊。"

"那到底是为什么啊?"陆铭熙手肘撑在瞭望台上,一双眼紧盯着她,"难道是因为那个打拳的吗?"

"陆铭熙!"原本钱小芙还为自己的踌躇自责,可一听他这句话,她的自责立刻消失无踪,"你怎么总怀疑我和别的男生啊?我在你心里就是那么随便的女生吗?"

"对!很随便!"陆铭熙声调提高好几度,"随便用那张漂亮的脸对别人笑,随便用甜美的声音和别人说话,随便动用自己的魅力去亲近别人!还随随便便就把我这个国民男神变成了痴情的傻瓜!"

"你,是在夸我吗?"钱小芙听着听着,"扑哧"一声笑了出来。

"休想用笑容来讨好我!我现在觉得自己很没面子,被你一次又一次拒绝。"陆铭熙将脸扭到一边。

"所以呢?"钱小芙戳戳他的后背,"你打算怎么办呢?"

"打算加大力度,一天一次求复合!"陆铭熙扭回脸,掷地有声地答道。

"铭熙……"钱小芙垒砌的心墙终于被他的真心打动,决定和他坦诚相见,她定了定神,问道,"你心里,还有Zoe吗?"

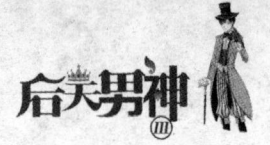

"Zoe……"陆铭熙目光暗了一下,"为什么提起她?"

"露营那天清早的事,我看到了。"钱小芙终于将这些天压在心里的话说了出来。

陆铭熙目色一淡,将脸转向了海面。

"算了。"钱小芙将外套裹紧,"很晚了,走吧。"

"那是告别。"陆铭熙的声音在她身后响起来,声音响起的同时,他的手握住了她的手腕,"我欠她的太多了,虽然她也做过很多伤害我和我家人的事,但一切皆由我而起,我始终不能像拒绝别人一样,残忍地拒绝她。"

钱小芙慢慢回过身,见他长睫低垂,一脸伤感。

终究Zoe还是她与他之间不可以言说的心结。钱小芙轻推开他的手,强撑笑脸道:"真的很冷,再待下去恐怕要感冒了。"

"但是这一次真的结束了。"陆铭熙重新拉回钱小芙,"我能想象到,你看到那一幕会很难过,但是那什么都不代表。她,不在我心里了。"

钱小芙心中一震,这是他第一次给她答案,之前每一次他都迟疑又最终沉默。

"Zoe过几天就要和年宥泰去法国,不会再回来。"钱小芙终于还是将瞒了很久的话说出来,面对陆铭熙的坦诚,她觉得应该告诉他,让他自己去选择。

她终于还是要走了,陆铭熙眼眸暗了一瞬。

"她应该希望你去送行。"钱小芙低声说道。

"不用担心,我没什么不能面对的。与她有过那样的过往,也纠缠了许多年。如果这辈子不再见面了,送别是应该的。"陆铭熙说道。

看着他一脸坦荡,钱小芙的心落了下来。

"要一起去吗?"陆铭熙还邀请起她来,"你和年宥泰相处得好像也不错呢。"

钱小芙摇头:"我想这几天多陪陪黎阳。"那种分别的场面,她还是不要参与更好吧。

## Chapter 3

黎阳这一夜睡得很不安稳,他梦到自己站在一个陌生的街头,周遭行人匆匆,车辆穿梭如光,他迷失了方向,孤独无助之际,黎佑晨出现在街的另一边。她穿着一袭鲜红的裙子,赤着脚,站在人群中微笑着冲他招手。

他开心地想要跑过去,可是双腿却像失去知觉一动都不能动,他大声地喊她,让她等着他。

然而她的身后突然出现了一个巨大的旋涡,将她吞噬……

"佑晨!"黎阳猛地惊醒,睁开了眼。

窗外幽黑,病房内只有一盏地灯发出橘色的光。幸好,只是梦。他沉沉地吁口气。

"哪里不舒服吗?要不要叫医生?"一个女生鞋子都来不及穿好,跑到了床前。

"你在啊。"黎阳看着女生吓得苍白的脸,微微一笑,"被我吓醒了吗?"

见他没事,钱小芙这才在床畔坐下,轻轻握住他的手:"我没事。你呢,梦到什么了吗?"

"梦到佑晨被奇怪的旋涡卷了进去。"黎阳轻笑,"我竟然被这种虚无的梦惊醒了。"

钱小芙呆了一下,难道他感觉到什么了吗?还是说真的有亲人间的感应这回事?

"怎么不说话了?对了,你怎么留下了,别的人呢?"

"他们啊……我把他们都赶回家了,是我非要留下来的。"钱小芙有些不敢看黎阳的脸。

"佑晨还好吗?早上她有些怪怪的,好像有什么话想要说。"

"很……很好啊!这个时间她应该早睡了。对了我倒水给你喝吧。"钱小芙忙不迭地起身。

黎阳的眉头微微拧起,握住了她的胳膊,问道:"出什么事了?"

"没有啊。"钱小芙佯装镇定地与黎阳对视,眼睛睁得圆圆的,一副真诚的表情。

"你和陆铭熙吵架了?"黎阳追问。

"哦,不算吵架,他想复合,我拒绝了。"钱小芙顺势将话题引到了自己身上。

"你们俩还真是麻烦啊,这种事我是管不了了。"黎阳松开她,"我肩很酸,帮我揉揉吧。"

"好啊!"钱小芙乖巧地坐在床畔,把黎阳挪到自己怀中,手指有节奏地按捏着。

"按摩的手艺真差啊,钱小芙。"黎阳笑着评价。

"却无比真诚呢。"钱小芙嘟嘴,"也请你用心享受啊。"

"有时候真的很羡慕那小子啊。没头没脑的，却拥有了全世界的好运气。"黎阳淡淡道。

"哪个小子？"钱小芙的心里惦记着佑晨离开的事，反应不禁有点儿迟缓。

"你最近身边男生很多吗？"黎阳反问。

"没有啊！"钱小芙赶紧否认。

"江以桐是怎么回事？在象山救你那天，我就觉得他对你很不一样。"

"江以桐？你不知道吗？他是你弟弟啊。"钱小芙以为聪明如黎阳，早已察觉出来。

谁知黎阳猛地摁住了她的手，一脸凝重地看向她："什么意思？"

"救你的是江叔叔，而江以桐是他儿子，这么算起来你们是异母兄弟啊。"钱小芙解释道。

黎阳的心"咯噔"一下。江以桐，江津恒，他竟然从来没有将他联系在一起。

他忽地想起之前在电话里问过江津恒是否再婚有妻儿，而他也给出了肯定的答案。

那时他是抱有一线希望的，如若江津恒痴情于妈妈单身至今，他或许会尽份儿子的孝义，到他身边侍奉他终老。

然而江津恒却没有他所想的那般情深义重，从那一刻起他决定此生不与江家人纠缠在一起。

却不想，他们原来已经有过交集了。

老天真是弄人，他不仅有个同母的姐姐，现在竟然又有了同父的弟弟。想到这里，黎阳不禁苦涩一笑。

"黎阳，虽然我不知道你和黎耀荣之间到底发生了什么事，但是你之后的处境一定很危险，我看江叔叔对你很在意，你就留在他身边吧，我真的很怕你再出什么意外。"

黎阳目光淡淡的："若只是我自己，我就随遇而安了。可现在有佑晨，我的确不能带着她一起冒险，或许依靠江津恒是对的，希望他也能接受佑晨。"经过这一劫，黎阳的心也动摇了。如果能给佑晨一个安定的家，他可以将心结暂时抛开，接受江津恒。

"佑晨有许真啊，爱情的幸福感有时是会超越亲情的。"钱小芙壮着胆子说道。

黎阳侧目，说道："爱情超越亲情？啧啧，这可不像钱小芙说出来的话，那么陆铭熙和钱爸爸同时掉水里，你救谁？"

"我……"钱小芙语塞了，"他们为什么一起落水啊？"

"我是说假设。"

"呸呸呸！不要用这种不吉利的假设。"钱小芙打算装聋作哑地混过去。

黎阳浅笑，手指轻轻在她的额头弹了一下："好了傻姑娘，很晚了，快去睡吧。"

## 第五章
### 险象环生

"那你也不许再做噩梦喽。"钱小芙嘴上念念有词地说了一串听不懂的话,然后手掌压在黎阳额头上,仿佛烙上封印。

"这是什么?"黎阳不解。

"魔法。"钱小芙一本正经地说道,"放心睡吧,我的无边法力会庇佑你的。"

她甜美的笑脸,仿佛漆黑深夜中一道璀璨星光。黎阳的心神晃了晃,一股温暖洋溢在心间,他真的很想将她拉到怀中,抱一抱她。

他的手臂抬起来,顿了顿,却又还是放下了。

他不得不告诉自己,这个让他疼爱不已的她,是别人的女孩。

在医生的悉心照顾下,黎阳的身体恢复得很快。

关于黎佑晨的去向,大家统一口径:许真的爸爸在乡下生了病,她和许真赶回去照顾。

黎阳打过几次佑晨的手机,始终关机,正担心着,钱小芙就送来了佑晨的一封信。

佑晨说自己在乡下一切都好,怕被人监视,她和许真都关闭了手机。她说让他好好休养,过些日子就来看他。

黎阳这才放下心。

江津恒每天都会过来探望他,父子相视而坐,气氛总是有些尴尬,但他眼中闪烁的关切和疼爱,黎阳却无法视而不见。

那是他从未感受过的来自长辈的温暖目光。他六岁那年跟着妈妈去了英国,从那以后记忆中从未再见过妈妈的笑容,前些年有兰姨,也就是钱妈妈的陪伴,她们还时常聊天儿。后来兰姨离开了,妈妈便几个月都不说一句话。

她总是在琴室里一坐一整天,看着太阳西沉再到星光满天,她似乎总在给谁打着电话,然而那个人却从未接听过,她的精神越来越差,双眼红肿、布满血丝。后来有社区医生亲自找上门,他们说她得了严重的抑郁症,不再具备抚养他的能力。

八岁那年,他被送到了几十公里以外的社区关爱院,此后每半年才能见到妈妈一次,她在疗养院里日益消瘦,不复往日的美丽。医院将照顾她的护工全部换成了女人,医生说她见到男人就会发狂,对他们拳打脚踢,最严重的一次妈妈嘴上叫着一个男人的名字,点燃了男护工的宿舍。

小小年纪的他拿着装满钱的信封去赔礼道歉,见到受伤的华人男护工怔了几秒钟。那时他只觉得他的脸似曾相识,现在想起来,他与江津恒竟有几分神似。

他一直以为摧毁妈妈的是黎耀荣,直到那时,他才隐约感觉到还有另一个男人的存在。

这个人在妈妈的心中,千斤重。

江津恒来探望他的第四天,他终于将这些讲了出来。江津恒的眉目一直紧锁,直到听完全部,他将脸默默地扭向了一边。

从镜子里,黎阳看到他用手指揩掉了一行泪。

他的心骤然一软。

"是有什么难言之隐吗?"他问江津恒。

"我坐了五年的牢。"江津恒侧脸对他,声音沧桑略有哽咽,"你和你妈妈出国之后,我被黎耀荣扣了莫须有的罪名,判了五年。"

"妈妈知道吗?"黎阳的心莫名一沉。

"黎耀荣切断了她和国内所有的联系,没有人告知她这个消息。而我当年曾承诺她,处理好国内的事就去找她。她等了我那么多年,以为我背弃了她。等我出狱后立刻联系她,她已经精神失常,不认得任何人了。"

原来,被他耿耿于怀记在心中的真相,是这样。江津恒并没有辜负妈妈,这一切的始作俑者是黎耀荣。

"那江以桐……"黎阳想不通他坐牢后又怎会有妻儿。

"这件事不是你想的那样,只是真相说出来会伤害到以桐和他的妈妈,等以桐再大一些,我会把真相告诉你的。我能告诉你的只有一点,你是我在这世上唯一的儿子,你与我骨血相连,所以我拼尽性命也会保护你。哪怕,你这辈子都不认可我。"

唯一的儿子。黎阳看着江津恒,筑了多年的心墙在这一刻瓦解。这五个字如同一把钥匙解开了他的心结,他从出生就不被认同的身份终于尘埃落定。

这世上,终于有人承认他,是儿子,是骨血相连的儿子。

他的眼角忽地潮湿,却也不想在这个人面前落泪,他将脸扭向了窗外,静静道:"我累了,想睡一会儿。"

江津恒缓缓起身,手抬起来,迟疑了一下,落到了他的肩上,握了握。

"我会给你时间接受,我的耐心对你无期限,会一直等到你来我身边为止。"江津恒转身走出去。

"明天……"黎阳背对着他,忽地出声。

江津恒停下,回首。

"明天带些汤圆来吧,很想念你小时候带我去吃的那家汤圆。"黎阳声音很低。他都记得,儿时在黎耀荣那里受过的虐待,在兰姨那里得到的温暖,以及在江津恒身上感受到的慈爱,他通通都没有忘。

那时江津恒只是黎氏集团诸多律师中的一个,无名无望,与其说是黎耀荣的法律顾

## 第五章 险象环生

问,却更像是他任意差遣的跑腿助手。

三岁前,在他的记忆还很模糊的时候,他就记得自己时常口中叫着江叔叔,直到后来他渐渐忘记了他的面孔,可那些共同的记忆却存留下来。

那时黎耀荣厌恶小孩子,他被早早送往幼儿园。每次都是园里的孩子被接完了,管家才风尘仆仆赶来接他。别的孩子总在背后说他,认为他是有钱人捡来的孩子,才会这么轻视他。

后来他哭喊着不再去幼儿园,是江津恒承诺他,不论风吹日晒,都会第一个等候在幼儿园的门口。之后三年,他日复一日,从未失约。

那时他体弱多病,隔段时间就会高烧不退,黎耀荣从来不管不问,更不准家里请医生为他看病。也是江津恒,将医生假扮成园林修剪工,偷偷潜进房间为他诊治。他嫌药苦不肯下咽时,他买来城北的房记汤圆。

他说吃了汤圆的孩子,才能这一生圆圆满满。

那时的他并不知道圆满是什么意思,十几年后,他才知道这两个字对于他的一生,何其珍贵。

他在数个国家城市颠沛流离,曾死里逃生,曾举目无亲,也曾拥有过奢华生活,有过挥霍不尽的金钱。

却从未圆满过。

如果,他早知江津恒这十年的苦衷,早些放开心结与他坦诚相对,是不是圆满两个字能来得早一些。

想到这里,他的泪一重重地落下来,沾湿了枕头。

江津恒停驻在门口,轻"嗯"了一声,道:"你最爱红豆芝麻馅的,我记得。"

黎阳压抑着哭腔,背对着他点头。

江津恒露出一抹艰涩却又欣慰的笑容,推门走了出去。

黎阳慢慢坐起身,看着空空的病房,抹干了脸上的泪痕。

在江津恒风光的背后,也藏了许多心酸的秘密吧。关于江以桐和他妈妈的故事,或者说他出狱后能迅速东山再起,成为隐形富翁,也一定与江以桐的妈妈有关吧。

只是这些秘密对他来说,都已经不重要了。

## Chapter 4

黎宅。

卢羽拿着药丸走进书房，黎耀荣正对着一张相片出神。听到有脚步声，他将相片放到桌上。

卢羽瞥了一眼，相片上是儿时的黎佑晨，骑在一个木马上笑得开怀。

"老爷子最近常常看过去的相片。"卢羽把水递给他。

黎耀荣没有回应，将相片翻转过去，道："下午约了任医生，过来了吗？"

"在路上了。"卢羽将窗帘拉上，黎耀荣一向不喜欢阳光，可能是新来的用人疏忽了。

"打开吧。"黎耀荣淡淡道。

卢羽怔了一下，重新将窗帘拉开，正午的阳光大片洒进房间里，照在黎耀荣蜡黄的脸上。

"想出去走走吗？"卢羽走到轮椅旁，试探地问道。

黎耀荣犹豫，点了点头。

庭院阳光充足，园丁在修剪着花草，卢羽推着黎耀荣在花园里慢行，走到一个陈旧的木马前，黎耀荣抬起手。

看着木马，他的目光慢慢变得柔和。

"船走了几天了？"半晌后，黎耀荣淡淡问道。

"五天了，他们的船在老挝卸货耽搁了两天，应该明晚到达泰国。"卢羽答道。几天来，他一直汇报着黎佑晨和许真离开的消息，他询问要不要做什么的时候，黎耀荣沉默无声。

一连几天，他以为黎耀荣会有所指示，黎耀荣却始终闭口不提。

直到刚才看到相片，他才明白黎耀荣的真正想法。

先前他以为黎耀荣将他们的证件作废是为了报复，现在才明白，他原来是舍不得黎佑晨离开。

"叮嘱那边的人看紧一点儿，金三角地区不安全，有什么事就接应下。"黎耀荣声音淡淡的，不复往日的残酷冷漠。

"是。"卢羽应道。黎耀荣的突然转变，对江津恒来说，可不是什么好消息。

若黎阳得知黎耀荣对黎佑晨心慈手软，黎阳的态度也会有所变化吧，那么之前他们所做的努力也将前功尽弃。

他要尽快将这个消息告诉江津恒。

## 第五章 险象环生

机场。

Zoe站在机场的广告牌前等着年宥泰托运行李,她的目光有意无意地看向入口处。旅客来来往往,每当有戴着墨镜衣着光鲜的男子经过时,她的心都会忽地提起来。然而,还是一次次地失望了,他们都不是他。

尽管没有亲自告诉那个人她要离开的消息,可她还是有所期待,期待有奇迹降临。

"都办理好了,进去吧。"年宥泰走过来。

Zoe轻"嗯"了一声,犹豫着跟上他,步伐却又小又慢。

"Zoe?"年宥泰停下来,目光中闪过一丝不忍,"不然,打电话给他吧。"他把手机递到她面前。

Zoe迟疑了片刻,摇了摇头,淡淡道:"我们进去吧。"她挽着年宥泰的手臂走向了安检门。

身侧巨大的电子屏上,陆铭熙和年雪凝代言的广告正在播放着。

陆铭熙手拿一包纸尿裤深情款款地念着广告词:"我不想错过任何关于你的瞬间。"

Zoe停住了脚步,猛地转脸看向屏幕,波浪似的卷发在空中划出了一道弧线。

陆铭熙的脸在屏幕上定格,笑容亲和,一张脸俊朗得如梦似幻。

"铭熙……"Zoe轻轻唤出这两个字,她曾无数次唤起这个名字,也怨过,而此时却只剩空落落的回忆。

年宥泰在旁边静静地看着她,把她的证件和机票拿了出来,预备好了她随时改变心意。时间流逝,Zoe在屏幕下站了许久,久到他已经不再抱有希望,打算主动还她自由时,她慢慢收回了目光,看向了他。

年宥泰的心猛地收紧,等待着她的答案。

"谢谢你,宥泰。"Zoe浅浅笑开,仿佛一瞬间变回他初见时的那个优雅女神。

"我已经与他告别了,不会再有遗憾了。"

"Zoe……"年宥泰担心地唤她。

"余生都会跟着你了,年宥泰,千万不要抛弃我,不然我保证你会死得很惨!"她步伐轻快地走上来,牵起他的手毫无留恋地走进了安检门。

机场外。

陆铭熙坐在跑车车顶上,看着一架法航的飞机冲向蔚蓝的天空,他的唇角轻轻弯起来,喃喃说了一句话。

"保重,Zoe。"

"再也不要回来了!"谢阿吉冲着飞机喊道,惊得一片鸟儿四散而飞。

"你输了。"陆铭熙拿出手机在他眼前晃了晃。

"知道了!"谢阿吉把钱包不甘心地扔给了陆铭熙,愤愤说道,"她是良心发现,而你是侥幸赢我!"

陆铭熙大清早就被谢阿吉拖住,说有个大广告商必须要他亲自去见。陆铭熙说今天是Zoe离开的日子,他想去机场道个别。

谢阿吉一听就炸了毛,列出一千个不准去的理由,直到陆铭熙拿出他的经纪人合同作势要撕毁时,谢阿吉才无奈妥协。

原本以为陆铭熙和Zoe要在机场上演苦情戏,谢阿吉连对付记者的说辞都想好了,谁料陆铭熙压根儿连机场都没进,将车子停在了邻近的高尔夫球场——观看飞机起落最好的地点。

谢阿吉的心落了一半,看来这小子原本就是要目送飞机,而不是亲自送人。但他还是不放心Zoe,以她的个性见不到陆铭熙一定会打电话过来。

他想偷偷藏起陆铭熙的手机,却不幸被发现,陆铭熙很有信心地保证,Zoe绝对不会打电话,问他要不要打赌,赌注是钱包里所有的现金。

谁知直到飞机起飞,陆铭熙的手机始终静悄悄的,没有一通来电。

陆铭熙将谢阿吉钱包里一厚沓现金抽走,笑眯眯地说道:"我赢并不是侥幸,而是因为了解。"陆铭熙笃定,Zoe是说了放手就一定不会再纠缠的人。

"喊,要是了解她,你至于那些年受伤害吗?"谢阿吉一脸不屑。

"如果不那么伤害我,她也不会这么快找回自我。那段经历,算是她在自我疗伤吧。"

"你是和尚吗?说得这么深奥,我才不管她疗伤还是受伤,我只知道她走了就天下太平。你也最好给我把心思收回来,把这些没用的人快点儿忘掉。"

这世上的事,又哪会件件都能遗忘。陆铭熙从车顶上跳下来,将刚赢来的一沓钱塞进了路边的慈善募捐箱。

"你在干什么啊,祖宗!你知道那是多少钱吗?"谢阿吉的吼声惊天动地。

"这种没用的事,你也忘掉试试啊。我去见广告商了,一会儿见。"陆铭熙启动车子飞驰而去。

谢阿吉这时哪还顾得上什么广告商,他撸起袖子努力把胳膊伸进慈善募捐箱,想要把钱捞出来。

# 第五章 险象环生

可惜箱底太深,他换着姿势捞了半天都没有任何收获。当他万念俱灰想要拿回手时,却发现胳膊被卡在了里边,一动都不能动。

"陆铭熙!你给我回来!"一声哀号在高尔夫球场上响起,久久没有消散。

陆铭熙和广告商见完了面,正值午饭时间,他本想着买些滋补品给黎阳,却意外在超市的地下停车场看到了尹美兰。

她正和一个跛腿男人争执着什么,那男子用力拉扯着她,让她脱不了身。

他急忙将车子停下跑了过去。

"放开她!"陆铭熙用力按住了那个男人的肩膀。

男人见有人多管闲事,冷笑一声松开了尹美兰,上下打量着陆铭熙,说道:"看样子你也是有钱人,你帮她还钱吗?"

还钱?陆铭熙眼中闪过一丝疑惑,看向了尹美兰。

"我给你的已经够多了,你的赌债也都是我帮你还的,看在从小一起长大的分儿上,我对你仁至义尽了。"尹美兰被揪扯得衣着狼狈,头发也蓬乱地披散下来。

"当初是谁向我保证只要对钱汇友隐瞒你的去向,就会一辈子报答我。我守口如瓶十年多,才值这么点儿钱吗?"男子抹了抹嘴角的唾沫说道。

原来是想用过去的事敲诈,陆铭熙镇定下来,说道:"兰姨,我们报警吧。"

"好啊!我巴不得把事情闹大!"男子逼近尹美兰说道,"找警察来抓我啊,你的那些秘密在我肚子里藏了十几年,快要憋死了,我要让全世界的人都知道你的过去,到时候我看年老板还要不要你……"

"够了!"尹美兰肩膀气得直颤,她拿出一沓钱扔在那个人脚下,"拿了钱,就快给我滚!"

"早这样不就好了。"男子捡起钱,猥琐地笑着,"年夫人,下个月再见。"说罢大摇大摆地离开了。

"兰姨,就因为你一直纵容他,他才会纠缠不休的。"陆铭熙愤愤地说道。

尹美兰脸上的惊恐犹存,不作声。

"你既然这么害怕过去被揭穿,为什么不直接和年叔叔坦白?他一定会原谅你的。"

"原谅?你也身在财阀世家,知道原谅的代价是什么。"尹美兰声音发颤地说道。

陆铭熙迟疑了一下,若是让年氏集团的其他董事知道尹美兰曾有过一次婚姻,而且还有一个女儿,他们一定会逼迫年天远离婚。

多一个继女,便会多一份继承权,集团的利益也将受到损害。

尹美兰重新整理好头发,拿出粉底补妆,之后长长地呼了一口气,说道:"今天的事不要告诉任何人,我会自己处理。"

陆铭熙看着她,一瞬间她便由羸弱的女人变回了那个高贵精致的年夫人。

"我先走了。"尹美兰踩着高跟鞋走向车子。

"那小芙呢?"陆铭熙的声音在后面轻轻响起,"你打算把她怎么办?"

尹美兰停下,沉默了片刻,回头道:"现在还不是时候。"

"是时机不对,还是压根儿不打算相认了?"

"陆铭熙,这是我的家事,我自有打算。"尹美兰自知理亏,只能这样回应他。

"或许她对于你来说,是可有可无的亲人。可对我来说,却是用生命去守护的人。在其他地方受了伤,我还可以为她打抱不平,可若是被你伤了,我想没有人能治愈她。如果不能相认,我会尽快接走她,送她回钱爸爸身边。"

"他不是在美国吗?"尹美兰吃惊道。

"他正在强忍着对女儿的思念,努力把她推向你,他以为只有那样她才能幸福。可是,你好像并不这么想。"

"这件事不是你想的那么简单。"尹美兰声音低了下去,"我还没有想好对策。"

"又想拥有女儿又想拥有富贵的对策,我看是永远不会有了。我已经知道答案了,我这几天就会把小芙从年家接出来的。再见,年夫人。"陆铭熙转身离开。

尹美兰想要拦住他,可刚抬起手又迟疑了。

年宥泰清早留了一封书信就不告而别去了法国,信中声明他不想继承年氏集团,想要从此在国外生活。

年天远为这事早饭都没有吃就沉着脸去了公司。如果她现在坦白,会不会火上浇油?

但是如若现在不说,她也会失去和小芙相认的机会。

她怔怔地站在停车场,一脸惆怅。

跛腿男人从超市停车场出来,数了数手上的钱,眉头深深地皱起来,嘴上咒骂着:"死婆娘,才给了几千块,当我陈三是叫花子吗?这点儿钱都不够我赌一把牌的。"

他恼怒地抬头看向街边,一座高耸入云的大厦进入了他的视线。

年氏集团。

他嘴角轻撇,露出一个奸猾的笑容,将钱塞进了口袋,一瘸一拐地向大厦走去。

# 第五章 险象环生

傍晚，尹美兰亲自做了一桌的饭等着年天远回来。她将想要说的话练习了几百次，可一颗心还是忐忑不安。

她笃定年天远是真心爱她，却不能保证他能接受这一切。

时间一分一秒地过去，已经入夜却还不见年天远的身影。打他的手机无人接听，打秘书台，只说集团临时召开董事会，还没有散会。

尹美兰坐在餐桌边，眼皮一直跳，一种不祥的预感笼罩着她。

她走回房间，从抽屉里拿出一叠文件，怔怔地看了许久，眼眶红了几次，终于下定决心在最后一页签下了自己的名字。

黎阳在病房拆开了黎佑晨寄来的第二封信。她说许真爸爸的病好了一些，她打算在乡下再住一阵子就回来。

她在信的末尾写：小阳，临走前也没听到你叫我一声姐姐，不知道会不会这辈子都听不到了。

黎阳露出一个温柔的笑容，拿出纸笔，给黎佑晨回信。在信纸的最上方，工工整整地写了一个姐字，刚要继续写下去，手机突然响了。

是管家马伯。

他迟疑着接起来，却听到马伯失声痛哭，哽咽地叫着他的名字："小阳，小阳……"

"马伯，怎么了？"黎阳从床上坐起，一颗心没来由地提起来。

"我刚看到新闻……你是怎么照顾佑晨的，你怎么能让她……"马伯的哭声充斥在他耳边，黎阳感到自己的心跳骤然停止。

他飞快地打开墙上的电视，一条新闻正在实时播放。几秒钟后，黎阳的头轰地一下仿佛被炸裂，整个人僵在了那里。

钱小芙深夜里觉得有些饿了，到附近的超市去买泡面，正要付钱，听到超市的电视里念起一个熟悉的名字。

她愕然回头，电视里正在播放一条新闻，屏幕上列着七个人的名字，其中两个是黎佑晨和许真。

"事故发生在今天傍晚，泰国警方目前已经介入，事故原因还在调查中……"钱小芙的目光紧盯着屏幕，她的全身像失去知觉般一动不能动……

"一共是十七元。"收银员说道。

钱小芙扔下东西,一阵风似的冲出超市,打车赶往黎阳所在的医院。

陆铭熙提着大包小包的补品刚走进病房区,就看到一群护士围在大厅的电视机旁,他忍不住好奇心走了过去……

几秒钟后,他手上的袋子轰然落地,脚下顿时失了力量,跌坐在地板上。

"不可能,绝对不可能……"他脑子里轰轰作响,眼前一切都变得虚幻,仿佛身在一场噩梦中。

前几天他还同他们说过话,道了别,分明是活生生的人怎么会……

"黎佑晨和许真,不是前几天在我们医院的那两个人吗?"

"不会这么巧吧,若真是他们,黎阳的情绪肯定会失控……"

黎阳!陆铭熙这才想起了更重要的事,黎阳还在休养中,这件事绝对不能让他知道!

他撒腿跑向病房……

黎耀荣正在公司参加项目会议,秘书突然急匆匆地跑进来,在他耳边说了几句话。

黎耀荣刹那间面色变得铁青,努力想要从轮椅上站起来,却又重重跌落回去。一众董事面面相觑,不知所措。

"黎总,出什么事了吗?"旁边一个董事小心翼翼地问道。

黎耀荣刚想开口,就突然感觉胸口一阵灼热,一口鲜红的血喷了出来。

"黎总!"所有人瞬间起身围了过去。

黎耀荣身子一歪,从轮椅上重重摔到了地上,不省人事。

陆铭熙不顾一切地跑到病房,推门进去,屋里已空无一人。

他急忙跑出去,医院前后寻了个遍,终于看到了黎阳——他光着脚,身子前弓,手掌捂着伤口在夜风里跌撞前行。

他跑上去拉住他,说道:"黎阳,你要去哪里?你不能这样跑出来。快跟我回去!"

"不行,我有很要紧的事,必须现在去。"黎阳推开他,术后的伤口崩裂开,血正慢慢地浸出来,病服一片鲜红。

陆铭熙用力抓住他:"你要去哪里?我代你去,你伤口在流血啊!"

"我要去警察局,我要确认佑晨的去向,新闻上的那个一定不是她……铭熙,我必

## 第五章 险象环生

须亲自去,我放心不下……"黎阳目光涣散,精神仿佛随时都要崩溃一般,绕过他继续向前走。

鲜血沿着他的裤腿流下来,一滴滴地落在路面上。

"黎阳!"陆铭熙从后扳住了他的肩膀,强忍着悲痛说道,"不用证实了,是我自作主张,找了船送他们走,在湄公河爆炸的正是他们的船……"事到如今,他已经不能再隐瞒,纵使黎阳要杀了他,他也必须告知他事实。

黎阳猛地停下了步子:"什么意思?你说的是什么鬼话?佑晨明明在乡下,怎么会跑到湄公河?我傍晚才刚刚收到她的信!"

陆铭熙的眼眶也瞬间红透,他看着黎阳,喉咙似被钝物卡住般,艰涩地说道:"黎阳,对不起……"

黎阳身子一晃,喃喃自语道:"不会的,这个黎佑晨只是个陌生人,我的佑晨还在乡下,她好端端地和许真在一起,她不可能跑到泰国去,不可能……"

"黎阳,你不要这样,你先跟我回医院好不好?"陆铭熙伸手去扶黎阳,却被他用力甩开。

"你也弄错了,新闻也弄错了,这不是真的。"他瞪大眼睛看着陆铭熙,却见他的脸慢慢埋下去,泪水肆意落下,他哽咽着道歉,一遍又一遍。

对不起这三个字,此时仿佛是插入他心脏的一把尖刀,一次又一次狠狠插过来,痛得他无法喘息。

每一次呼吸,都要俯下身去,努力地张大嘴巴。

"陆铭熙,我求你……告诉我这不是真的……"黎阳的泪水失控,成串地落下来。

"黎阳……"陆铭熙在他面前膝盖半跪下去,泣不成声。

原来,是真的。两个小时前湄公河有一艘中国籍的货船发生爆炸,船上七个人全部遇难,尸体已打捞上岸,通过DNA(脱氧核糖核酸)比对,确认了死者身份。

其中两名死者的姓名为:黎佑晨、许真。

黎阳全身的力气仿佛被抽空,他重重跪倒下去。

"即便刚才在新闻里看到了佑晨和许真的名字,我都还在告诉自己,只是巧合,只是全宇宙全世界都难得遇见的巧合……可是你,你却告诉我这个巧合是事实,陆铭熙,你怎么能够……怎么能够……"黎阳哭得垂下头去,肩膀剧烈地颤抖着。

"黎阳……"陆铭熙用尽全身力气抽了自己一个耳光,"是我对不起你,是我自作主张……但是我求你振作一点儿,我不可以看着你再出事了,黎阳我求你……"

黎阳由无声地哭泣到号啕大哭,伤口的血源源不断地流出,他却没有任何知觉。他

脑海里全是黎佑晨的脸……

她深夜偷溜出来为他开门的脸。

她偷偷藏了夜宵给被罚禁食的他送来的脸。

她偷出钱包和手机私自放他走的脸。

她在学校里街道边一声声叫他小阳的脸。

她在临行前去病房对着他微笑的脸。

她曾那么殷切地盼着,他能叫她一声姐姐,然而他却拒绝了她。她在信里写,是不是这辈子都听不到了……

却不想一语成谶。

黎阳用力捶着胸口,像是要把自己击碎一般,在茫茫的夜色中哭喊着:"姐,姐你能听到吗?我再也不叫你佑晨了,求你回来,我以后都叫你姐姐,我们不是约定好了吗?每天睁眼就能看到你,以后的每一餐都有你在,你怎么能抛下我……"他的头重重地撞着地面,一下又一下,额头有鲜血慢慢渗出来,却依然不肯停下来。

"黎阳,你不要这样,不要这样……"陆铭熙上前扶他,却被他用力推开摔倒在一边。

"陆铭熙!"黎阳紧紧地咬着牙,泪水簌簌而落,"你是我什么人,你有什么权利送走她,你凭什么这么做,你凭什么!"

"如果知道是这样的结果,我宁愿死的那个人是我!"陆铭熙用力喊道。许真在他心中情同亲人,他的悲痛不亚于黎阳,可是此时此刻他心中只剩无尽的悔恨,那股巨浪仿佛快要将他吞没。

"好啊,你去死,去把佑晨给我换回来!她一生没有过上一天好日子,每一天都在心惊胆战中度过,我们好不容易从家里逃出来,可以开始新生活!之前被黎耀荣百般算计,她都活过来了,可是你却又将她推上了死路,这一切都是因为你!"

陆铭熙有一腔的委屈,他想说出真相,想告诉黎阳佑晨就是为了他才决意离开江城,可是如今她已香消玉殒,再有万千理由他都说不出口。

任由黎阳埋怨、愤恨,他已经决定将一切都承担下来,哪怕他要让他偿命。

"是我的错,黎阳,我这一辈子都欠你的。你可以随意对待我,报复我,我一句怨言都不会有……"陆铭熙看着他,一字一句说道。

"陆铭熙,从这一刻起你在我心里已经死了。"黎阳跌撞着起身,用力推开陆铭熙前来搀扶的手,狠狠说道,"这一生,我都不会原谅你!"

一辆出租车从不远处驶来,车灯照亮了两个人的脸,钱小芙从出租车上跑了下来,飞奔过来。

## 第五章
### 险象环生

"到底怎么回事？新闻上说的是真的吗？"钱小芙同时抓住了两个人的手。

两个人都没有动，各自沉默着，眼泪却还在默默地流淌。

钱小芙着急地晃着两个人："说话啊，告诉我啊！到底怎么回事啊？"

"是真的……"陆铭熙的声音小得快要听不到。

"怎么会，走的时候分明好好的，怎么会突然……"钱小芙的眼泪骤然滑落。

"原来你也知道，你也瞒着我。"黎阳目光冷冷地扫过她的脸，冷笑着，之后头也不回地转身离开。

"黎阳……"钱小芙追上去，从后面拉着他，痛哭着说，"对不起，对不起瞒着你，我们真的没想到会发生这样的事……"

黎阳沉沉地喘息，慢慢掰开她的手，将她推远。

钱小芙在泪光中呆呆地看着他。

"我也应该恨你吧，可是我做不到对你狠心。从今天起我和陆铭熙势不两立，如果你的选择是他，今后我们就是陌生人了。"黎阳跌跌撞撞地走开了。

"铭熙，你愣在那里干什么，我们一起去求黎阳的原谅啊。"钱小芙手足无措，心中乱成一团。

"他不会原谅我的，"陆铭熙无力地说道，"还是让他来报复我吧，这样他的伤口会愈合得快一些吧。"

"你在说什么傻话，你们是那么好的朋友，怎么能变成仇人，如果他不能原谅我们，就一直请求到能够原谅为止。"钱小芙着急地说着，"走啊，我们去病房找他，把真相告诉他，佑晨执意要走就是为了保全他……"

陆铭熙一动不动，目光看着远方说道："告诉他真相，他就会把这件事的责任都揽在自己身上，他可能会就此消沉下去。只有恨着我，想着报复我，他才能振作起来……"

钱小芙愣住，问道："你是打算以这样的办法来赎罪吗？我从来没见过黎阳这么生气，我不敢想象他会做出什么事……"

"不论什么事，我都会承受。"陆铭熙目光黯然地看向钱小芙，"那么你呢？你会选择吗？"

钱小芙紧紧握着拳，指甲掐入了肉里。

"铭熙，这个时候我不能放弃黎阳，我希望你可以再考虑一下，黎阳心很软，他一定会原谅我们的……我不想失去你们任何一个，我真的做不到。"

"他确实更需要你，他身边已经空无一人了，小芙，你去找他吧。"陆铭熙轻声说

道,之后默默走开了。

"铭熙……"钱小芙望着他远去的身影,又望向医院的方向,她真的无法做出抉择。

她很难相信,这么久以来生死与共的三个人,怎么会走到这一步。

她曾以为,他们是比亲人还可依赖的人,他们给了她太多的幸福和温暖,让她从未想过有一天竟然也会上演别离。

今后,她再也听不到他们两个斗嘴的声音了吧,再也听不到陆铭熙醋意满满的唠叨,听不到黎阳一本正经的还嘴。

曾经这对令她都羡慕的生死与共的好朋友,就这样分道扬镳了吗?

一行清泪从钱小芙的脸颊滑落。

她知道,属于他们那些欢乐又温暖的时光,结束了。

## Chapter 6

整个晚上，黎阳都将自己反锁在病房里，任谁敲门都没有回应。江津恒在凌晨赶来，隔着门说了很多安慰和开解的话，也还是无济于事。

"这么久了，不会出事吧？卢羽，不然你把门撬开吧。"六妹有些担忧地说道。

卢羽没有动，看向了江津恒，等他的吩咐。

江津恒静了一瞬，淡淡说道："不用，我的儿子我了解，他不会做傻事，都散了吧，让他自己静静。"

围在一边的医生和护士顺从地走开了，六妹和卢羽自觉地守在了门口两侧，做好了整夜守候的准备。

"交给我吧。"从刚才就一直站在人群里的钱小芙低声说道。

"你还是回去休息吧，眼睛又红又肿，别人还以为我们欺负你了呢。"六妹说道。

钱小芙摇摇头："我想留下陪着他，哪怕只是隔着房门站一夜。"

"原来你这么看重他，我以为他像傻瓜一样对你付出，你看不到呢。"卢羽倚在墙上，一副不理人事的样子，却还是淡漠地说道。

奉江津恒之命，他一年前就跟着黎阳，看着他为眼前这个女生披荆斩棘，毫无保留，却依旧没有得到她的心，他在心里无数次为他打抱不平。

他一直觉得不是黎阳太傻，就是因为这个叫钱小芙的女生压根儿没有心……却想不到在这样的夜里，她竟然舍开陆铭熙耗在这里陪他。

如果黎阳知道，大概他心里能够好受一些吧。

"我也觉得自己很差劲，从来没有帮过他什么，却一直都在接受他的好。可惜恍然大悟得太晚了，他未必接受我的关心了。"钱小芙长呼一口气，靠着墙慢慢坐到地上，眼底是化解不开的忧郁。

"关心什么时候都不会嫌多的。既然你这么坚持，那就成全你了。"卢羽双手抄在口袋里，看向了六妹，"你呢？打算和她一直守着吗？"

"黎阳应该更想让小芙陪吧。"六妹知趣地从门口走开，"那我把他交给你了，有什么事及时通知我们。"

两个人说罢便离开了。

"我在外面，想哭想发泄的时候，就出来找我。"钱小芙对着门里轻轻说道。

里边依然寂静无声，几秒钟后，里面的灯熄灭了。

看来是听到了，钱小芙吁了一口气。医院的空调冷得让人直打战，她把衣服拉链拉到鼻尖下，身子团在一起，像他曾经在新家门外守护她一样，做好了不眠不休的准备。

若不是后来听新居的保安说起,她根本不会想到,黎阳为她做过那样的事。

或许那也只是他为她付出的冰山一角,还有更多的她不曾知道。

但是现在轮到她来照顾他了,就算全世界都离他而去,她都会留在他身边,为他守门,伴他安睡。只是这一夜过于沉默和悲痛,恐怕无人能入眠了……

她目光垂落,呆呆地看着地板,脑中闪过了另一个男生的脸。

陆铭熙,原谅我没有陪在你身边,原谅我在这个时候选择了黎阳,可我想你会明白我。

我不想失去黎阳,我知道你也一样。

只是,我们到底还能做些什么,才能挽回他。

隔天清早,年雪凝穿戴整齐跑到餐厅,却见餐桌上只有一份早餐,她将一块面包塞进嘴里,问道:"奇婶,其他人呢?"

"老爷晚上没回来,太太一早就出去了。"奇婶端着蔬菜沙拉走出来。

"小芙呢?还没起床吗?"

"昨晚也没有回来,给我发了一条短信,说在医院陪朋友。"

年雪凝嘴巴嘟起来,拎着书包走出去。打从哥哥不告而别,这个家是越来越没有人气了。

上学路上,她拨通了钱小芙的电话,响了好久都没接通。她愤愤地将手机扔到了一边,不满地叨叨着:"她这段时间都夜不归宿好几次了,是什么朋友啊,要她天天陪在医院。"

不如问问陆铭熙好了,她重新拨通了陆铭熙的号码。

陆宅。

陆铭熙披着毛毯坐在阳台上,从深夜到黎明,他整夜没有合眼,听到手机响他飞快地接了起来。

"怎么样?有什么新消息吗?"他语气着急地问道。他托了在泰国的朋友打听事故的调查进展,他必须知道船为什么会突然爆炸,到底这中间发生了什么事。

"什么新消息啊?你在等谁的电话吗?"年雪凝问道。

"我现在没空,挂了。"

"喂!钱小芙都跟别人跑了,你还忙什么啊?"年雪凝喊道。

陆铭熙顿了一下,将手机重新放回了耳边。

"她这周好几天都没回来住,昨晚也是,这事你知道吗?"

## 第五章
### 险象环生

"嗯。"陆铭熙低应一声，他早猜到善良如小芙，昨晚一定会守在医院里，哪怕黎阳不肯见她，她也会在门外陪伴着。

"你知道也不管管她啊？女孩子夜不归宿很严重的！她不回来，都没人陪我玩了，早餐都变得不好吃了。"年雪凝唠叨着。

"我在等电话，先不说了。"陆铭熙挂断了。

他和黎阳变成这样，最难过的就是夹在中间的小芙了吧。可是他知道，这才仅仅是开始，之后的日子里，恐怕她的眼泪会流不尽了。

他重新靠在藤椅里，怔怔地望着天空。

身后传来了"噔噔"的脚步声，他刚想抬手锁上门，那个人就已经敏捷地从门缝里挤了进来。

"祖宗啊，你从昨天晚上起就不接电话，到底在干什么啊？"

"谢阿吉，先出去好不好，让我静静。"

"静什么啊，你没有听说吗？前几天我们联系的那个船主阿金昨晚发生了车祸，正在医院里抢救，警方怀疑是蓄意谋杀。我心里莫名地一阵发毛，赶紧来看看你。"

"阿金车祸？"陆铭熙猛地坐了起来，"他的船不是在泰国爆炸了吗？他人怎么会在江城？"

"爆炸？"谢阿吉抓了抓头，"我前两天就在江城碰见过他啊，说他在老挝卸货的时候接到陌生人的电话，说老婆要生了，他就匆匆赶了回来，把船交给了大副，结果他老婆压根儿没到日子生产，也没给他打过电话，他还纳闷儿呢……等等，什么叫船上的人全死了，那许真呢？"谢阿吉猛地瞪圆了眼睛。

陆铭熙的喉咙顿时涩涩的，他艰难地咽下口水，沉默着。

"许真死了？"谢阿吉不可置信地跌坐到了椅子上，"你不要开玩笑了，他是特种兵，一个打十个，身子壮得能扛起一头牛，怎么可能死……"

陆铭熙喉结上下滚动，努力压抑着泪水。

他整个夜里都不敢去想许真的脸，他一直无法接受他已经离开人世的真相，他告诉自己这不是真的，他心里认定他们只是失踪，只是暂时没有被找到。

"我去见阿金。"陆铭熙起身走出去，这个人在爆炸前接到了陌生电话，太蹊跷了，看来这件事真的如他所想，并不是意外。

他必须查清真相。

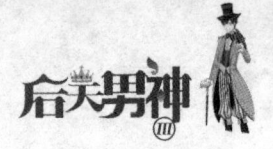

市立医院。

陆铭熙靠着明星效应轻而易举就找到了阿金的病房。

所幸这场车祸中他的重要器官都没有损伤，只是全身多处骨折。病房外站着几名警察，听说现在病人不适合接受询问，就先离开了。陆铭熙趁着医生不注意，偷溜进了病房。

阿金正睡着，陆铭熙轻晃了晃他的身子，阿金慢慢睁开了眼睛。

见到陆铭熙他突然变得惊恐，身子缩成了一团，大叫道："我什么都不知道，不关我的事！"

"阿金，你冷静点儿，我问几个问题就走，不会伤害你！"陆铭熙赶紧捂住了他的嘴巴。

"我真的什么都不知道，你们快走吧，不要再连累我了！"阿金身子颤抖着。

"连累你？你是说你的船在泰国爆炸，与我那两个朋友有关吗？"陆铭熙眉头拧起问道。

"我的船跑这条航线已经快十年了，从来没出过事，偏偏载了你朋友后就爆炸了，幸好两天前我接到了陌生电话返回江城，才侥幸逃过一劫，可是昨天竟然也发生了车祸，他们想杀人灭口，可我还有老婆孩子，我不想死啊！我求你放过我，求求你了！"

"杀人灭口？"陆铭熙的语气越来越沉重，"你知道了什么，他们为什么要杀你？你放心告诉我，我会给你一笔钱让你离开江城的。"他拿出了一张支票放在他手上。

阿金看着支票上的数目，动摇了。有了这笔钱，他就可以带着全家远走高飞了。

他决定豁出去了，说道："昨天傍晚我正开着车，突然接到大副的电话，说船在湄公河被一艘快艇拦截，上来了几个年轻人，逢人就打，还往船上泼汽油……他还莫名其妙地跟我说他错了，说是他害了大家……只说了这些电话就中断了，我想他们是遇上了河盗，正要帮他们报警，可是这时一辆货车猛地撞向我，我从车窗被撞飞出去……昏迷前，我听到货车司机打了一个电话，说事情处理干净了，不会再有人知道内情了。我生平没得罪过任何人，船上的船员也都背景简单，起因一定是你那两位朋友……"

"你有没有想过，为什么你会突然被叫回江城？"陆铭熙不解，如果是预谋好的，又何必让船长下船，之后又费尽心机制造车祸让他死？

"可能他们想改变抵达泰国的日期和航线，船原本是会提早一天抵达泰国，可是大副突然说他身体不适，才在老挝多留了一天。新闻上说事故发生在湄公河南段，可我们的航线是北段，完全反了……"阿金突然停顿一下，"难道大副和他们是一伙的？"

船长走了，大副将会决定一切事宜，故意拖延日期和更改航线也只有他能做到了。

"我的问题问完了，虽然不知道对方是什么来路，但看起来穷凶极恶，你带着家人尽快离开吧。"陆铭熙走出了病房。

现在唯一知道全部内情的大副也遇难了，如果他真的是内鬼，他会不会是收到对方的什么好处？

陆铭熙的目光忽地亮了一下，找到他的家人，没准儿就可以解开所有的谜题了。终于理出了头绪，他下意识地拿出手机打给黎阳，话筒里却响起了优美的女声："对不起，您拨打的号码是空号。"

陆铭熙怔了一下，他这才想起来黎阳与他已经决裂了。在黎阳心里他已经不再是患难与关，曾共穿同一件衣服，住在同一屋檐下的朋友，而是害他失去至亲的仇人。

他落寞地挂断手机，深深地叹了口气。

以黎阳的性子，他一定也会追查这起事故，直到查明真相。虽然无法像从前一样联手，但他还是将刚查出的信息发到了黎阳的信箱。

希望能对他有所帮助吧。


黎阳此时刚刚到达机场，泰国警方通知所有遇难者的家属前往清盛，近几日将会公布事故调查结果。

尽管医生极力反对黎阳外出，可他一意孤行，连江津恒都无法说服他，最后只能妥协。他为黎阳配了两个贴身医生，方便随时治疗，又考虑到安全问题，派了卢羽同去。

机场安检门外，钱小芙和六妹前来送行。

"不要和当地人起争执，万事以黎阳为重。"六妹为卢羽又整理了一遍背包，塞了一些必需品进去。这个男生出门从不带行李箱，背包里只有手机和牙刷。

"知道了。"卢羽应了一声。

"你怎么出门也不带换洗衣服啊？你不要那么脏啊，万一有什么传染病传染给黎阳，你会死得很惨的。"六妹继续唠叨。

"喂，不带衣服就代表不干净吗？衣服现买不就行了，像你们女生出门带十套衣服，回来变二十套，烦死。"卢羽将耳机塞进了耳孔里。

"你小子是皮痒痒了吗？欠我收拾吗？"六妹作势抡拳。

"齐亚愉，从小到大，我让你十五年了，你好像一次都没有赢过。"卢羽握住了她的小粉拳。

"还不给我松手！"六妹咬牙叫道。

## Chapter 7

相比这两个人的吵闹,另一边的两个人却沉默得让人局促。

"照顾好自己。"半晌后,钱小芙低声说道。因为黎佑晨离开的事,是她和陆铭熙共同瞒了黎阳,她也仿佛变成了千古罪人,战战兢兢不敢与他对视。

"嗯。"黎阳轻应了一声。

"黎阳,有些话我想对你说……"钱小芙觉得这样下去,他们的情谊真的会消失,她必须要争取一次。

"我到时间了。"黎阳拖起行李箱。

"黎阳啊……"钱小芙在他身后叫喊,声音快要哭了。

"就是因为知道你要说什么才离开的。"黎阳没有回头,戴上鸭舌帽,大步向安检门走去。

"所以你不会原谅我们是吗?"钱小芙不甘心,飞快追上去拦在他面前。

黎阳将脸扭到了一边,无声。

"我求你不要这样,我真的快要撑不住了……黎阳,我知道你伤心,知道你的心像是被刀绞一样地痛,我也一样啊,我也很难过发生了这样的事,我也宁愿死去的人是我……"钱小芙眼泪一串串地掉下来。

"别说这样没用的话。"黎阳声音清冷。

钱小芙从没有见过这样冰冷的黎阳,她的心痛得不能自已,她好想抱住他,好想大声地在他怀里哭一场。可是现在的他,让她连靠近的勇气都没有了。

"还有,下次见面的时候,希望你已经做好了选择。"黎阳的声音没有任何温度,"我和那个人之间,不想有任何交集,也不想有人时刻提醒着我和他的曾经。如果不能到我身边来,那么从此不要在我面前出现了。"他绕开她走过去,行李箱的轮子发出"哗啦啦"的声音,她的心好像被这声音撕开了一道口子。

她无法相信,这个人是曾经那个如太阳般温暖的男生。

她还记得他的笑、他的好,记得他说过的话,记得他流过的泪,记得他怀里的温度,记得他掌心的纹路。

然而……他已经变成了全然陌生的人,陌生得,让她生畏。

她看着他走过安检门,看着他的身影慢慢消失在人群里,她的眼泪铺天盖地地落下来,她蹲下身去,埋头放纵地大哭。

六妹来到她身后,轻轻抚摸着她的肩膀,说道:"他会好起来的,给他些时间啊。"

## 第五章
## 险象环生

"真的吗？"钱小芙泪水涟涟地抬头，"可是为什么，我的心会这么痛……六妹，我真的还能再见到曾经的他吗？"

"会的。"六妹的脸上划过一丝落寞。

你所期盼的黎阳，尽管温暖美好，却不是江津恒所期待的样子。

钱小芙，或许我不该安慰你，不该给予你希望。

却还是奉劝你，将你心中的那个黎阳，忘了吧。


年氏集团。

年天远整夜未归，尹美兰这一晚也没能安睡。窗外天一点点地亮起来，她打了无数次他的手机，都始终无人接听。

她的心越发忐忑，一种不好的预感袭向她。她连早餐都顾不得吃，赶到了年氏集团。

集团的员工还没有上班，她径直去了总裁室，房门虚掩着，年天远正坐在办公桌前对着一份文件出神。

"天远……"尹美兰向他走去。只是一晚上的时间，年天远似乎憔悴了很多，整个人不复往日的英俊挺拔，满目疲惫。

年天远仿佛惊了一下，将手边的文件仓皇收起，站了起来："美兰，你怎么来了？"

"你从来没有不回我电话，除了出差也从来没有彻夜不归过。"尹美兰目光盯着那份被盖上的文件，"出什么事了，对不对？"

年天远将那份文件锁进了抽屉，之后走向她，浅浅笑道："是公司出了一些事，不过已经解决了。我正好饿了，一起去吃早餐吧。"他轻揽上她的肩膀。

"真的吗？"尹美兰还有些生疑，年氏集团的每一件大事年天远都会和她讲，从来没有隐瞒，可他刚才却当着她的面，锁起了一份文件。

"听说临江路开了一家港式早餐，蟹粥味道很好，你不是最喜欢蟹粥吗？我带你去尝尝。"年天远伸手拿起外套。

尹美兰没有动，她推开了年天远的手："我们不是对彼此承诺过吗？永不相瞒。"

"我一直都记得。"年天远轻叹一声，"那么就算是我失约吧。"他知道聪明如尹美兰，一定会察觉什么。他这个回答，也算是告诉她，即便失约，他都要缄默到底了。

"天远……"尹美兰隐隐觉得这事与她有关，她想要知道真相。

这时，轻微的敲门声响起，女秘书走了进来。

"年总，集团的财务部门已经连夜将您的股份核算完毕了，请您到会议室。"

年天远点头,道:"知道了,马上过去。"

"股份核算?"尹美兰错愕地看向年天远,"你要从公司退出?"

"他们在等我,等我晚上回家和你解释这一切,好不好?"年天远微笑着握握她的肩,走出去。

"天远!"尹美兰快步上前拉住了他,"跟我有关,对不对?告诉我啊!"

年天远依然笑意盈盈,为她整了整头发,温柔地说道:"不要胡思乱想,是我有一个决策失误让集团面临巨大损失,证明我还是老了,该退出把公司交给别人了。况且我也干累了,想以后陪着你到处走走,有更多的时间照顾你,不是更好吗?"

"可是公司是你一手创建的,从十几个员工发展成现在的跨国集团,你真的舍得退出吗?"尹美兰焦急不已。

"我舍不得的东西有很多,舍不得儿子,他不是也走了吗?舍不得女儿,她也终会嫁人。可是比起这些,我更舍不得你……"年天远欲言又止,他握起她的手,"你胃不好,不要再像这样不吃早餐跑出来了。我会尽快处理完这里的事,晚上回家陪你吃晚饭。"

从年天远的话里,她几乎已经确认,这事与她有关。可他温存的笑容下,她实在无法再追问下去,只好眼睁睁看着他走进了会议室。

她全身仿佛失了重,脚下的高跟鞋也变得无比沉重,她扶着墙壁慢慢走进电梯。

电梯落至一层,她站在大厅里,看着员工们急匆匆地拥上电梯,清洁工卖力地擦拭地板,听着出入卡刷过门禁的声响,电梯关闭的提示音……曾经这些让她觉得自豪而充实的场景,突然变得如同幻影。

她不知道是哪里出了错,年天远为什么会突然退出公司,而她又为什么如此忐忑不安……

这时,她突然看到了一个熟悉的人从她身边走过去,跛着一只脚一瘸一拐地走进了电梯。

陈三。

她全身血液一下子涌到了头顶,关节一点点地僵硬,她膝盖一软,扑通一下半跪倒在了地上。

周遭的人纷纷围了过来,关切地询问着,他们不知道这位穿戴贵气的妇人究竟发生了什么事。

"这不是年夫人吗?"一个保安认出了她。

他的惊呼声,引得电梯里的人也看了过来。

## 第五章
险象环生

那个跛脚的男人目光中闪烁着得意，对她做了一个数钱的手势，之后悠哉地按下了电梯的关门键。

她仓皇起身，飞快跑过去，拼命地按着电梯按钮，然而电梯已经向上运行。

她焦急地等待着别的电梯，去往顶层。

电梯门开，她刚要跑向会议室，却被一只油腻腻的手抓住了。

"这么急着上来，是找我吗？"跛脚男子在电梯间的角落里奸猾地笑道。

"你做了什么？你来这里到底做了什么？"尹美兰将他用力推进了楼梯间，问道。

"我赌鬼陈三好像因为你转运了。我什么都没做，就是昨天在大厅里喊了一句，我认识年夫人，就有个西装革履的人把我请到了办公室，我把你的事都跟他说了，他很满意，当即给了我一张支票，不过这东西我不会用，今天打算跟他换成现金。一百万，莫佩兰你原来这么值钱啊。"阿三大笑着，"哦对了，那个男人姓穆，真是个出手大方的老板。"

穆鑫。是年氏集团的副总，这些年一直觊觎总裁的位置，屡次设计陷害年天远，都没有得逞。这一次他手上抓住这个把柄，一定会将年天远拉下水。

所以，这才是年天远要退出公司的真正原因。

早上那份被年天远锁起来的文件，应该就是放弃年氏经营权的合同，只要签了字，那么年氏就真的拱手让给穆鑫了。

她扔下陈三径直走向会议室，秘书小姐急匆匆地将她拦在了外面："年夫人，里边在召开重要的会议，年先生特意交代，不可以让您进去。"

"我有重要的事要宣布。"尹美兰推开秘书，走进了会议室。

屋内，十几位董事会成员的质疑声此起彼伏，他们不明白年天远为何要放弃经营权，要他给出合理解释。

穆鑫坐在一边的皮椅上，腿高高地翘着，嘴角始终挂着一丝奸笑。

年天远沉默着，对众人的质问仿若未闻，正要签字时，听到了一阵急促的高跟鞋声。

抬头，与硬闯进来的尹美兰正好对视。

"我很快结束，在外面等我。"年天远蓦地站起来。

"我就几句话，说完就会离开。"尹美兰挣脱秘书，从包里掏出了一叠文件，举在手边。

文件上赫然写着几个字：*离婚协议书*。

众董事面面相觑，之后齐齐看向尹美兰。

她走到年天远面前，将离婚协议书放到他手边："签字吧，你的名字签在这里，才

是最正确的选择。"

"美兰,不关你的事,你先出去……"年天远将离婚协议书推开。

"好一幕恩爱的场面……"穆鑫兀自鼓起了掌,他站起来缓缓走到尹美兰面前,"你以为离婚有那么容易吗?年氏的财产,年天远的个人财产你一样会分割,还有……你那个见不得光的女儿,她是不是也要来分一杯羹?"

"女儿?"一个董事吃惊地叫了出来。

"年夫人之前还有过女儿吗?那也会成为年氏的合法继承人……"另一个董事也坐不住了。

年天远将笔重重扣在桌上,发出一声闷响,这一声像是某种预警,所有人都闭上了嘴。

"公司是我一手创建,在座的每个人当初与我共同创业,如今公司也已经上百上千倍地回报了你们。我一直都知道美兰的过去,她也对我从未隐瞒,是我欺骗你们。为了给你们一个交代,我会离开公司……"

"这份离婚协议书里,写得清清楚楚,我尹美兰会放弃所有的财产分配,不带走年天远以及年氏集团的一分一毫。"尹美兰打断了年天远的话,她知道年天远会为了她,将所有责任都揽在自己身上,也会为了她,将一生的心血拱手让人。

她侧脸看向他,将笔重新放回他手上,强挤出一抹笑意,说道:"天远,我知足了。"她的声音无端地哽咽下去,"不要让我难堪,签字吧。"

她将他的手放在了离婚协议书上,泪水在她的眼眶中打着转。

"美兰……"年天远的声音也有些颤,他又何尝不知道,只要在离婚协议书上签了字,这一难关就会完美渡过。

可是,他昨天夜里已经做好了决定。

前半生,他忙着事业,没有好好陪过雪凝的亲生妈妈,造成夫妻感情冷淡,她说不想守着空屋过一生,向他提出了离婚。他的内心一直自责,却也无法再挽回。

后半生,他不想再愧对他心爱的女人。

他反握住尹美兰的手,温存地笑着,低头,笔尖落在股权放弃书上。

"年天远,你不要再傻了。你知不知道,所有的一切都是我预谋好的。从十年前在伦敦金融课上第一次遇见你,我说的一切都是谎言,英国大学的高才生,外交官的父母,全是假的!十九岁时我只是黎耀荣家的一个小保姆,为了出人头地,抛下了丈夫和女儿,跑去了英国……"

"住口,美兰!"年天远明显动了气,"不要再说下去。"他不能看着自己心爱的女人在所有人面前,一点点地剥开自己的过去。

## 第五章
### 险象环生

"我必须要说！年天远，到了这把年纪，你真的还相信爱情吗？你不觉得自己可笑吗？"

"把夫人带出去！"年天远将头扭到一边，对秘书下令。他不想再听她说下去，她的那些贫穷和苦痛的经历，他不想昭告天下，只有他一个人知道就好。

从认识她的那一刻，他便已查过她的背景，知道她所说的每一句话都是谎言，知道她的每一个笑容也都是骗局，可他还是心甘情愿地看着她演下去。

她演得越逼真，他却越疼惜她。他决定改变她的命运，最终向她求了婚，让她成为年夫人。

"年天远，我没有一刻真正爱过你，从来都没有！"尹美兰被秘书强拉出去，声音却震动着每个人的耳膜。

"年总的爱情还真是荡气回肠啊，不知道被记者知道了年夫人的过去，会占多大的版面呢？这个消息会不会让明天公司的股票一落千丈呢？"穆鑫摸着下巴说道。

"穆鑫，我退出公司，并非怕美兰的事曝光于天下，我十年前就已将她调查得透彻，也料到他日会有人与我做一样的事。富商找明星，名模，甚至是小保姆，都不足为奇，没什么不可见人的。真正让我决心签字的，却另有原因——我手中的这一切，都不及一个她。"年天远利落地在股权放弃书上签下了字，之后将笔扔到了一边，头也不回地走了出去。

他终于不必再向任何人有所交代了，在他身后再也不会有董事会，不会有股东，不会有记者和媒体……

从这一刻起，他只是一个平凡的男人，他想要找回他这一生至爱的女人。

## 第六章

### 你是我今生最好的朋友

## Chapter 1

转眼到了六月底，国立新高的期末考快要来临了。

这一次成绩决定着高三的升学考试，钱小芙不敢掉以轻心，将这段日子里心里所有的不快和压抑全部释放在了书本上。

她总是第一个到学校，最后一个离开。

年家这段日子似乎也发生了什么大事，家里的气氛死气沉沉的，年夫人已经整整一个月没有回家了。

年雪凝起先还兴奋地大喊大叫，说要开香槟庆祝贪财的女人终于离开了，可是没几天，她也消沉了。

她总是在院子里呆呆地望着尹美兰之前种的花草，也总是在厨房里慢吞吞地吃着她做的饼干，还总是站在镜子前端详着自己的脸，然后问小芙，她是不是长得有些像尹美兰了。

钱小芙淡淡地笑，告诉她只是错觉，没有血缘关系的人，又怎么会长得像，大概是你想念她了。

出乎意料地，年雪凝没有否认，只是闷闷地倒在了床上。

尹美兰真的消失了。

像是春日里下过的一场雨，海面上吹过的一阵风，泥土里碾碎的一片叶。

她从这个世界上消失了。

年天远雇了全城的私家侦探去追寻她的下落，一个月里没有任何音信。

而年氏集团的董事们不满穆鑫的作为，请回了拥有第二大股权的老先生，共同投票否决了换总裁的议案。

年天远签署的股权放弃书，被扔进了碎纸机。

年氏重归年天远之手，然而他的心思已经不在公司。他找遍他们曾一起去的酒店、餐厅、高尔夫球场，甚至重回了伦敦。

他在曾经向她求婚的广场上等了七天七夜，最后失望而归。

万般无奈之下，他想到了钱小芙。

半年前，他刚刚查到钱小芙就是尹美兰的亲生女儿，那时候起他就想过接她来一起生活，即便不能相认，对美兰来说也是慰藉。

却没想到陆铭熙的动作更快一步，收买了雪凝，将小芙送进了年家。

他原本以为可以岁月静好，却不想苍天不遂人愿，他和美兰之间，源源不断地生出

## 第六章
### 你是我今生最好的朋友

不可控的枝节。

如今她失踪了，然而母子连心，她就算决心遗忘他，也一定不会放弃女儿。年天远把最后的希望，寄托在了钱小芙身上。

晚饭后，他叫住了正要上楼的钱小芙。

"最近，有见过美兰吗？"他直截了当地道出。

"尹阿姨吗？没有啊。"钱小芙摇头，纳闷儿为什么他会这么问。

"哦，如果见到她，可以告诉我一声吗？"

"年叔叔，可能你觉得我多事，但是你可以告诉我发生了什么事吗？"钱小芙走回客厅，在年天远面前停下。

"我和她之间出了点儿问题。她可能觉得会连累我失去公司，就索性消失得无影无踪了。"年天远轻轻说道。

"你找过她了吗？她还在江城吗？"

"嗯，所有的证件护照，都没来得及带走，应该不会走很远。"

"她在江城还有别的地方可以去吗？或者是从前住过的老房子什么的……"钱小芙猜测道，"如果尹阿姨没有去住酒店，也没有离开江城，那么就是故意让你找不到她，可能去了一个你猜不到的地方吧。"

老房子。年天远怔了一下，难道她回到了从前的渔村吗？

"小芙，谢谢你。"年天远快步走了出去。

"那个……"钱小芙本想问问他，为什么找她问尹阿姨的消息，可是他人已经出门了。

有钱人的世界，其实更复杂，更无奈吧。钱小芙回到了房间。

书桌上的手机，一下一下地闪动着。一条短信停在屏幕上，是个陌生的号码，上面只写着短短的六个字。

**小芙，我是妈妈。**

钱小芙却没有留意到，拿着毛巾走进了浴室。

手机电量不足，连续提示了几声，终于自动关机了。

那条消息，也随着消失的电量被系统默认成了已读。

等钱小芙再出来时，它安静地待在一堆垃圾短信中间。

"好烦人的广告啊，什么时候手机才能安静些。"钱小芙没有一条条仔细看，清空了短信收件箱。

泰国清盛。

事故已经过去了一个月,泰国警方依然没有给出货船爆炸事故的原因。

虽然万分悲伤,黎阳还是强撑着精神,每天准时到警察局等待消息。对于这次事故,他心中隐隐感知是因佑晨和许真而起,是有人借船难置他们于死地……但警方一天不公布最终结果,他便强迫自己不去这么想。

比起蓄意谋害,意外事故或许更能让佑晨泉下慰藉吧。

黎阳每天都和船员的家属们待在一起,所有人都觉得事故充满了疑点,可泰国警方不愿透露任何信息,每个人的心里都绷着一根弦。

随着时间一天天过去,大家的耐心被渐渐耗光,悲伤的情绪也在时间中慢慢缓解,家属们开始相互聊一些家事,聊死者的生前过往。此时几个船员的家属全部到场,唯独大副的家人一个都没有赶来。

"他是孤儿吗?"黎阳问其中一个老婆婆。

"不是,有妻子还有儿子,夫妻感情还一直很好。"老婆婆说道,"按理说,事故第二天他妻子就应该赶过来了,会不会出了什么事啊?"

黎阳转头看向了身后的卢羽,卢羽立刻心领神会,去查大副家人的情况了。

傍晚卢羽回来,附在黎阳耳边说:"查到了,他妻子带着儿子在半个月前移民了。"

移民?一个货船的大副竟然有条件移民?

"我查到在一个月前,也就是事故发生的前一天,大副的账户里多了五十万。"卢羽说道。

"能查到对方账户吗?"

"是家小公司。"卢羽将一张纸递上前。

"富兴财务公司。"好熟悉,黎阳沉下心来回忆着,到底是在哪里见过。几秒钟后,他猛地抬起了头。

陆云溪。陆氏地产之前来拆迁钱小芙家所在的渔村时,其中的一个人就开着贴有富兴财务公司标志的车子。

不会,这件事怎么会和陆云溪扯上关系。他心中一直认定是黎耀荣下了狠手,可现在的疑点怎么会指向陆氏?

他猛地想起了当初黎耀荣对陆家上下做过的事……他让陆云溪险些成为植物人,还指使人火烧陆氏地产,那座曾经是江城市地标的建筑,至今仍在修复中。

最后一个知道黎佑晨行踪的只有陆铭熙,如果陆云溪想要借此进行报复……

## 第六章
### 你是我今生最好的朋友

黎阳的头猛地痛起来，仿佛被什么狠狠击中，他揉着额头慢慢弯下身去。

陆铭熙，千万不要与你有关。

千万……

江城，钜豪酒店。

陆氏地产最近好事不断，先是收购一家建筑公司，之后陆云溪又在朋友的撮合下进军媒体，买下了一家很有名的杂志社。

陆铭熙九月份要升入国立新高的大学部——国立新院，陆云溪借着公司庆功之机，把国立新高的校董们也一并宴请了。

国立新高为了提升办学质量，改变了高中可以直升本院大学的规定，要求必须以毕业时的学分和高考成绩择优录取。

以陆铭熙的成绩，就算再留级三次，也别想考入国立新院，但若是以社会名人身份入学，会有一些宽松的政策。

陆铭熙也自然被爸爸强制命令参加了晚上的宴席。

受邀来的客人，几乎都是江城名流，陆铭熙就算没见过面，也早在新闻报纸上认得了他们，像大人一样一一握手问好，他笑得脸都快要僵硬了。

席至一半，陆云溪身边的一个座位却还是空着的。

他扯扯旁边的胡伯，问道："谁啊，这么大牌？敢在我爸的饭局上迟到。"

"你待会儿就知道了。"

话音刚落，宴会厅的门打开，走进一个穿着白大褂的男子，戴着金边眼镜，看起来有学识又斯文。

"抱歉抱歉，临时有个急诊需要手术，刚结束。"男子堆着一脸歉意的笑容走向陆云溪。

"没事没事，我给大家介绍，这是我多年的老朋友，任旭东，是海屿医院很出名的医生。"

陆铭熙刚夹起的一块肉，猛地掉落。

任旭东。黎耀荣的私人医生，是他伪造了体检报告，换掉了黎耀荣的药。

陆铭熙的脑子里突然闪过一个可怕的念头。他目不转睛地看着爸爸和任旭东亲切地拥着肩膀，他的额头出了一层细汗。

"铭熙，是不是太热了，你脸色有些不好。"胡伯关切地问道。

"我爸爸和这个医生，认识有多久了？"陆铭熙紧张地吞着口水问道。

"十几年了吧,任医生年轻时家境不好,那时你爸爸已经开办了公司,两个人通过别的朋友认识,特别投缘,你爸爸觉得任医生资质好,便出钱帮他去国外进修,所以你爸爸也算是他的恩人吧。"

"通过别的朋友认识,那个人是谁?"

"你大概没有听说过,那个人在江城很低调,从前是个律师,后来被黎耀荣陷害坐过牢,受了不少苦,不过现在的实力也大概和我们陆氏不相上下,他叫江津恒。"

陆铭熙的脑子彻底乱成了一团,所以密谋通过换药害黎耀荣的,可能不是爸爸,是江津恒和任旭东,又或者根本是他们三个串通一气?陆铭熙用力地搓着额头,他虽知道商场如战场,也知道商人心狠手辣,可是真的将这件事和爸爸联系起来,他接受不了。

"胡伯,我爸爸之前做过什么伤天害理的事吗?"陆铭熙只能求助于胡伯,期待着他的答案能让他舒服一些。

"你爸爸害人?呵呵,他这一生被无数人害,却从来没有害过别人。我跟了他近二十年,他的为人我再清楚不过。"

所以,不是爸爸。害黎耀荣的极有可能是江津恒和任旭东。

理由就是江津恒曾被加害坐牢,以及在黎耀荣手下时受过的屈辱吧。

这下应该说得过去了,陆铭熙心里一块大石头落了地。

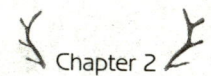

酒宴在深夜才结束，陆云溪身子恢复没多久，只喝了些红酒，人还算清醒，回家路上和陆铭熙讲了一些公司的事。

陆铭熙的心思还在黎耀荣被换药那件事上，也不知道爸爸说了什么，他不自禁就喃喃地念出了黎耀荣的名字。

"你怎么突然说起他？"陆云溪脸上出现一丝不悦，他深受黎耀荣所害，差点儿赔了身家和性命，算是这辈子都结下梁子了。

"没事，突然想到江城的这些大亨了。"陆铭熙解释道。

"心肠那么歹毒又算什么大亨。"陆云溪一脸不屑，"不过也算老天有眼，让他已经昏迷不醒好久了，算是给我们陆家报了仇。"

"昏迷不醒？怎么回事？"陆铭熙竟然完全不知道。

"女儿在泰国发生了意外，他得到消息时当即就昏了过去，一直没醒来。"陆云溪淡淡地看向车窗外，"你不是和他儿子关系要好吗？没听说吗？"

"哦……"陆铭熙靠在座椅上，轻应了一声。

身侧，一辆跑车呼啸而过，仿佛流光飞火般消失在远方。

"这些年轻人，真是不要命了。"陆云溪埋怨道，"万一出什么事，父母还怎么活？"

"爸，你现在越来越像老人家了，爱唠叨，还爱管闲事了。"

"经历过那场生死，我知道什么更可贵了。"陆云溪握起儿子的手，"你那辆跑车今晚起锁进车库里吧，我让谢阿吉买辆安全系数最高的轿车给你。"

"为什么啊？"陆铭熙猛地抽出手。

"我不想老年丧子，我看见你那辆跑车就眼皮直跳。"陆云溪重新握住他的手，"我这把年纪也没法有第二个儿子了。"

陆铭熙撇嘴，爸爸从严父到慈父的进度实在有些快，快得让他措手不及。

"过几天，我和你妈妈想去庙里住几天，我结识了一个很有修为的住持，想多去听听禅。"

"什么？"陆铭熙尖叫，"你不是说那些都是骗人的吗？"

"不要乱讲，那都是隐世的学问。你要没事也一起来吧。"

"不要拉上我，我并不想隐世。"陆铭熙坐远了点儿，他当明星需要的是人气，不是香火。

又一辆跑车飞驰而过，转瞬即逝，只留下轰鸣。

路灯一盏盏地通向远方,像是一条星光铺成的桥,他将额头抵在车窗上,不禁陷入了回忆中。

他也曾与一个男生,在这样的夜晚风驰电掣地穿过整个城市。

那时,他只要从后视镜里看到他,他的心里就会无比安稳。

那时,他想着这一生有他这个朋友,就永远都不会孤单了。

那时,他们喜欢着同一个女生,却还能把酒言欢,互吐心事。

那时,他没有想过会有今天。

他们变得比陌生人还要远,他成了他心里的恨。

他缓缓地合上眼。

黎阳,如果我在原地等你,你是否还能循着从前的轨迹回来?

深夜,任旭东回到了医院,推开了一间VIP病房的门。走廊的灯光照进去,依稀照亮了躺在病床上的人的脸。

黎耀荣。

听到黎佑晨在泰国遇难的消息,他多年的心脏问题终于爆发了,这一倒下去,几乎没什么康复的希望了。

任旭东轻轻关上门,打开了病房里的一盏地灯,将黎耀荣的吊瓶中的药液拨停了,之后在床边的沙发上坐下。

十几分钟后,黎耀荣慢慢睁开了眼睛。

"休息得还好吧?"任旭东叠着腿,扯出一张纸巾拭去鞋上的尘土。

"你……给我用了……什么药?"黎耀荣声音虚弱,脑子却是清醒的,这些天他已经感觉到了不对劲,他白天一直不间断地输着药液,人就一直昏迷着,直到深夜药液输完,他才会醒过来。

他能肯定这并不是他身体本能的昏迷,而是药物作用。这些药不仅让他一直沉睡,还让他周身没有一点儿力气,语言功能也在慢慢退化。

"不愧是老爷子,觉察真相也比一般人要快许多。"任旭东走到病床前。

黎耀荣盯着他,艰难道:"为什么……"

"想害一个人,无非是报复。不是为自己,便是为朋友了。不过你生平害过太多人,可能一时半会儿猜不到。"任旭东笑着说道。

"江……津……恒。"黎耀荣一字字吐出。

任旭东一脸赞赏,竖起了拇指。

## 第六章
### 你是我今生最好的朋友

"我……就应该让他死……"黎耀荣嘴唇闭得紧紧的。

"对啊，他要是死了，你就不会有今天了。躺在这里任人摆布的滋味好受吗，黎老爷？不过我会好好送你走的，不会让你有痛苦的。"

"佑晨，和你们……有关……"黎耀荣的眼角滑下一滴泪，"回答，我……"

"你们很快就会父女相见，不妨见面问她吧。"

"禽……兽！"黎耀荣紧紧地握住床栏，想要努力地坐起来，可不论怎么用力，身子都一动不能动。

"连续注射镇定剂一个月，不死也瘫了，你还指望下床吗？不过看在我们相识十几年的分儿上，我会让你死得明白。"

任旭东拿出手机，点开一段视频放在了黎耀荣脸前。

视频里，黎阳轻轻走入了黎耀荣的卧室，在他床前默默地站了许久，之后将手伸向床头柜，拿走了一部手机，转身走了出去。视频下面的日期他记得，是他派人撞伤Zoe那天，他拿了黎阳的手机给刀疤打电话……

黎阳只是进来拿走了自己的手机。

然而这个视频却在一个月前被重新编辑，修改了日期和黎阳的手势方向……从而成了黎阳换药的证据。

"是你……做了手脚……"黎耀荣剧烈地喘起来，一边仪器上显示他的血压和心跳噌噌升高。

任旭东看着仪器上的数据，浅浅一笑："这点儿波动还不足以致命，那就再让你多知道一些事。"他从大褂的口袋里拿出了一张遗嘱，在黎耀荣面前展开。

"这是你两年前立的遗嘱，见证人是我和方律师，上面清楚地写着你死后遗产全部归黎阳所有，并委托江津恒先生代理管理黎氏集团，现在很快就能够生效了。"

"不是……假的，假的！"黎耀荣拼命摇着头，眼底一片猩红，他的眼中充斥着巨大的愤恨，仿佛要杀掉眼前这个人。两年前他立过一份遗嘱，内容是将全部身家给黎佑晨。

他没想到，他生前最信任的两个人，竟然串通一气一起背叛了他。

想到这一生他曾纵横商界，叱咤风云，不想老了会被人机关算尽，玩弄于股掌中，他胸中一口气噎住，噎得他喘不上气，嘴张得大大的，拼命地喘息，却依然无济于事……

看着他眼底布满血丝，脸由白变得青紫，任旭东轻叹一口气，道："若你前半生多给别人些活路，后半生也不至于如此痛苦了。你可知道，这些天砸了重金买你死的人有多少……"

黎耀荣双眼拼命地睁着，身子剧烈地起伏着……持续了几十秒钟后，床上的人终于静止了，心电监视器响起了尖锐的报警声，原先起伏的波纹变成了三条平行线……

护士和值班医生飞快地跑进来，围在床边做着抢救。

任旭东抬手看了看腕表，淡淡宣布道："死亡时间1点34分，死亡原因心梗……"

黎耀荣过世的新闻在隔天占据了所有新闻和报纸的头条。

他的生平被撰写得如同传奇，连遗嘱都成为街头巷尾热议的话题。

遗产给儿子天经地义，可为什么要让江津恒来代管黎氏集团，成为不解之谜。商界的人鲜少有人知道江津恒当年坐牢的真相，只知道他曾辅佐黎耀荣数年，在人们猜测两个人关系究竟有什么玄机时，一条消息在网上不胫而走。

当初黎耀荣涉及一宗罪案，是江津恒忠义双全，为他扛下了罪名，入狱五年。此消息一出，黎氏股票在当天午后涨停，江津恒获得了集团董事及股东的盛赞。

代管黎氏集团也因此顺理成章，全票通过。

公司所有董事在黎氏集团会议室等待着新总裁驾临时，江津恒却在会所的包间里听着钢琴曲，静静地喝着红酒。

一曲终了，江津恒放下酒杯，走到了钢琴前，手掌握住了弹钢琴男生的肩。

"您的心愿达成了。"男生淡淡道，脸上却并没有多少祝福之情。

"小桐，我一直以为打倒黎耀荣，拿走他的一切是我这一生的目标，十几年来我也一直在为此奋斗，几乎没有一夜安睡。可是昨晚听到黎耀荣死的消息，我却没有任何感觉。"

"是因为你早知道会成功，才会没那么多惊喜。"江以桐手指在钢琴上轻轻划过，响起一串悦耳的旋律。

"不管怎么样，我终于报仇雪恨了，为自己也为故人……"江津恒轻叹一声，"对了，我打算把黎氏一半的股份交给卢羽，你觉得行吗？"当年在狱中江津恒结识了同被黎耀荣陷害的商人卢奇，他不择手段地将卢氏公司占为己有，更加害于他的家人。是江津恒托了外面的关系，才努力保住了卢奇的儿子卢羽。但卢奇长期肝郁气结，在狱中病逝，临死前将海外的财产全数转移给了江津恒，有了这笔钱，才换来他后来的东山再起。

他之后送卢羽去了部队，卢羽退伍后就留在他的身边，打算以后将江氏的半数江山交给卢羽，报答卢羽父亲的恩情。

"我没有意见。"江以桐利落地答道。

"你还是不打算继承我的产业吗？"

"留给黎阳吧，他比我更有资格。"江以桐起身，"我傍晚还有训练，先走了。"

"小桐……"江津恒喊住他，"在我心中，你和黎阳一样重要，你们都是我的儿子，不分轻重。"

江以桐将背包搭在肩上，背对着江津恒，苦涩一笑。

"可我不能为你去死，所以没资格当你的儿子。"他推门走了出去。

江津恒握紧酒杯，目光看向了墙上的那幅巨大画像。

"清芸，如果你地下有知，会怪我吗？"他喃喃问道。

画像上的女子依旧笑靥如花，温柔地看着世间一切。

这时，手机响了起来，号码显示是卢羽，他接了起来。

"黎阳已经按着我提供的线索，顺利怀疑到了陆云溪，接下来要怎么做？"手机那边，卢羽声音压得很低。

"接下来是我的事了，你看好黎阳就行了。"江津恒淡淡道。

"好，对了，我看到新闻，黎耀荣死了，恭喜您，得偿所愿。"

"等你回来后，一起去你爸爸墓前喝一杯吧，感谢他泉下庇佑。"

"知道了，黎阳过来了，先不说了。"卢羽挂断了手机。

## Chapter 3

陆铭熙今天特意空出了一天时间,把爸妈送到了寺庙,陪着他们吃了斋饭,又在爸爸的威逼下听完了一堂禅课,直到傍晚才被放行下山。

在佛祖面前跪了一天,他没怎么用心听那些禅学,但是在奉香磕头的时候,他脑子里闪过了黎佑晨的脸。

他生平第一次对佛祖许愿,只祈求黎佑晨的来生能够生在平凡人家,无忧度过一生。

下山路上,路过月老阁。谢阿吉将车子停在一边,屁颠屁颠地跑进去奉香,还求了一支签出来。

陆铭熙在院子里等他,看着月老像前缭绕的香火,看着很多单身的男女诚心求姻缘,他的心动了动。

他走到祈愿牌那里,一对情侣卿卿我我地在牌子上写字。

**愿月老保佑,让我们白首与共,缠绵一生。**

写完之后,两个人深情相拥着将牌子扔到了姻缘树上。

陆铭熙站在树下,仰头看着那一树的姻缘牌,阳光透过枝丫落在他的脸上,他的睫毛轻眨,淡淡地笑了。

"施主不写一个姻缘牌吗?这棵树有着千年历史,若是求姻缘,很灵验的。"一个老僧走过来说道。

"就是因为灵验,才不敢求。"陆铭熙双手合十向老僧行礼,轻轻答道。

"人生有悲有喜,有苦有乐,但总要有希望才会有奇迹。"老僧缓缓说道。

真的,会有奇迹吗?陆铭熙沉默了。人死不能复生,断了情义难以再续,所谓的奇迹到底在哪里?

"谢谢您。"虽然没有许愿,陆铭熙还是道了谢,他发觉与僧人说话,会让他的心很宁静。

"谢谢苦难吧,它能让你更好地感受和珍惜幸福。"老僧说完便走了。

留陆铭熙独自沉思。

谢阿吉拿着解完的签喜滋滋地跑过来,见陆铭熙发呆,撞了撞他,道:"喂,你不是又想那个钱小芙了吧?"

钱小芙。

他已经一个月没有联系她了,他在努力逼迫自己像戒除毒瘾一样戒除对她的思念。

每一天他都会收到她的电话和短信,她会告诉他每天做了什么,学校发生了什么,她在很努力装作没事发生的样子，对他嘘寒问暖。他分明还是感觉到，她也陷入无尽的自责之中。

她没有一刻，忘记佑晨的事。

这件事像埋在每个人心里的雷，不爆炸的时候它会硌得你生疼，可如若有一天爆炸了，他们会一起碎身粉骨。

不幸的事越来越多地发生在他们身边，他越来越觉得自己是个不祥之人，总把无边的厄运带给别人，他害死了佑晨，他伤害了黎阳，这些原本亲近的人之间也都渐渐生了嫌隙，他真的怕了。

他害怕有一天，他会把这些厄运带给小芙，怕她的一生毁在他手中。

他不知道现在要怎么做，又能怎么做。他生平从未这么犹豫过，这么挣扎过，这么无望过。

他不想给她带来任何困扰和伤害。没有他的存在，她会生活得安乐一些吧。


他无所事事地在市区里逛了一圈，直到暮色四合，他来到了一座星光闪耀的摩天轮前。

天空下起了蒙蒙细雨，摩天轮上只有零星几个人，他走进一个轿厢，安静地坐下来，望向城市的另一边。

那边是国立新高的方向，一座座楼宇通明，"国立新高"四个字也被灯光照映得格外耀眼。

这个时间，钱小芙应该在上晚自习吧，想到她的脸，他的嘴角不禁轻轻弯了起来。

既然不能去见她，那就陪着她到自习结束吧。

陆铭熙靠在窗边，闭上了双眼。


摩天轮缓缓转动着，在与陆铭熙平行的位置，一个女生也正静静地坐在轿厢里，目光看着窗外，往昔的回忆兜头而过，她想起曾与一个男生在这里说过的话。

"你怎么知道营业时间？"

"因为总来，是不是很幼稚？"

"一定有什么理由。"

"想哭的时候，心情不好的时候，人气滑落的时候，没戏可拍的时候，还有……想你的时候。"

"有效果吗？"

"有，升到最高处时，就能看到你所在的方向了。"

女生的眼泪顺着脸颊轻轻滑落,她额头抵在窗上,泪光中看着细雨中的江城。

陆铭熙,我也学着你的样子来到了这里,可是江城这么大,我却不知道哪个方向才能找到你。

纵使知道你为什么躲开我,知道你内心中的苦楚与痛,可我还是抑制不住对你的想念。

陆铭熙,没有你的这一个月,好像所有的事都变了,整个城市草木皆兵。所有曾与你同去的地方,都成了禁地,我不敢再吃鱼头,不敢去冰店,甚至不能看到你的广告,不能听到你的名字。

我总是会回头,总是在期待,下一秒你会在身后。

陆铭熙,雨季快要来临了,可我还是常常忘记带伞,你呢?

陆铭熙,学校换了新的厨师,饭菜更可口了,我却还是瘦了,你呢?

陆铭熙,那天有男生像你一样扯了我的马尾,回过头的那一刻我失声痛哭了,你到底在哪里呢?

陆铭熙,我想你,我好想见到你,我去过海边的灯塔,去过学校的游泳馆,去过你喜欢的咖啡厅……我来到了你的摩天轮。

我们还能再相遇吗?用尽此生所有的运气,哪怕只是擦肩而过,我也只想再遇见你一回。

她的泪水缓缓滑落,闭上眼,肩膀轻颤。

摩天轮缓缓转动,他们两个人一个在最高点,一个在最低点……一圈又一圈地周而复始。

几个小时后,钱小芙走了出来,挥手拦了车子驶往年宅的方向。

陆铭熙在几分钟后落地,开着车子驶往了相反的方向。

城市霓虹下,两个人最终,背道而驰。

隔天,泰国警方召开了新闻发布会,宣布此次货船爆炸事故为蓄意谋杀,已加派警力全力侦查。

现场的遇难者家属号啕大哭,黎阳站在人群之中,眼眶生生泛了红,他强忍着眼泪,手掌紧握。

卢羽握住他的肩膀,沉声说:"黎阳,节哀顺变,我会帮你找出真凶,还佑晨一个公道的。"

黎阳将脸别到一边,声音中有些哽咽道:"那家富兴财务公司查出什么了吗?"

"你记得没错,是陆氏地产旗下的财务公司。"

## 第六章
### 你是我今生最好的朋友

"陆云溪……"黎阳的眉头紧紧蹙起。

卢羽见他的眉眼中有了愤恨，继续说道："所以这件事，或许真的和陆云溪有关系……"

黎阳沉默着，脸色越来越凝重。

"还有一件事，黎耀荣在两天前病逝了……"

"什么？"黎阳惊呼出声。

"他一个月前听说了佑晨的事，在会议室突然晕倒。这一个月来，医生一直靠药物维持着他的生命，据说前天夜里终于支撑不下去了，死于心梗。"

黎耀荣竟然死了……黎阳只觉得心里有什么地方塌了一块，他手扶着椅子慢慢坐下去，虽说早已不再有关系，可是这个消息还是让他内心震动。

他起先还怀疑过货船事故可能是黎耀荣所为，可由此看来，他与此事毫无关联。

那么，有作案动机的人，也只剩陆云溪。

没错，现在所有的不利都指向了陆云溪，所有证据看似都是他查证出来的，却又来得过于完美和顺利。

黎阳的脑中迷雾重重，就算是陆云溪为了报仇，也绝不会傻到用自己的财务公司来收买大副。

"黎阳，你有什么打算吗？我会尽全力帮助你。"卢羽诚心道。

黎阳缓缓抬头，目光直视卢羽，静了好一阵子，声音沉沉道："回江城。"

陆云溪夫妇在寺庙里住了两天，陆铭熙正好借着这两天时间去了一趟货船大副的家乡。

是江城周边的一个渔村，虽然谢阿吉早已帮他调查到，大副的妻儿移民离开了，他还是想在他的家里寻找些线索。

趁着四下无人，他翻墙进了大副的院中，原本还担心开锁进门的问题，却不想，门锁早已被撬开，家中也被翻得一片狼藉。

看来有人比他早来了一步。陆铭熙绕开地上的杂物，把几个屋子都转了一遍。

没有任何发现。他失望地走了出去，重新翻到墙外，双脚落地时踩到了几片碎纸屑。

由于连日细雨，纸屑已经被雨水冲进了泥土里，他蹲下身小心地将纸屑一片片拿起来，拼在了一起。

是一张手写的契约书。

一方是大副，另一方是富兴财务公司。

双方约定,先付定金十万元,事成之后会将余款汇入大副账户。

是运送货物的定金吗?

陆铭熙思索着。对于跨国货运来说,十万元的定金实属正常,但是不正常的是这家富兴财务公司。

财务公司会有什么货物贸易吗?陆铭熙虽不懂做生意,但是剧本接过不少,生意场上的常识还是略懂一些。

富兴财务,富兴财务……陆铭熙口中反复叨念着,怎么这么耳熟呢?他好像在哪里听说过这间公司。

他将纸屑小心地收进了口袋里,打电话给胡伯,仔细问过才知道,这家财务公司以前参与过渔村拆迁,不过后来集团改革,将它单独划分了出去。现在虽然名义上还属于陆氏地产,却早已不受陆云溪管辖了。

陆铭熙越听下去,心越紧张,这家公司分明已经和陆氏集团没有关系,却在这个关键时候出现在这里,硬生生将陆氏集团也一并牵扯进来。

这如果不是一张简单的货运契约书,如果这里的交易就是黎佑晨这场事故,那么……

陆铭熙不敢想下去,飞快地跑回车里,离开了这里。

一定不会的,陆氏地产一定与这件事没有关系,他了解爸爸的为人,胡伯也信誓旦旦地说过,爸爸不会害人,一定是他卷在这起事故里太久,才会胡思乱想。

深夜,陆铭熙独自在家,越想越觉得担心,他从床上猛地弹坐起来,决定去爸爸书房里找找答案。

他将所有的抽屉一个个打开,里边除了集团的一些重要公文,并没有其他东西。他边想着事,边将抽屉关关合合,突然一个宝蓝色的盒子从柜子的缝隙里掉了出来。

"这是什么?难道是给妈妈买的首饰吗?"陆铭熙的注意力瞬间被转移,一边想着最近有什么老夫老妻的纪念日,一边搓着手,嘴里哼着惊喜的音效打开了盒子。

"到底是什么……"陆铭熙的声音突然停滞,接着全身一点点地变僵硬,一阵汹涌的寒气直逼向他,让他分毫动弹不得。

盒子里是一只旧怀表,怀表敞开着,里边夹着一张女生的相片,只是那相片上的人,让他的心脏在那一刹那骤然停跳。

黎佑晨。

这只怀表,他曾在黎阳的手上见过,那时黎佑晨被药物麻痹,就是靠着这只怀表来向黎阳求救。

分明是她片刻都不会离身的心爱之物，如今她已过世，这个又怎么会……在爸爸手里？

陆铭熙仿佛被雷劈中般，大脑一片空白。

## Chapter 4

黎阳的航班在深夜落地江城。江城近日连续降下小雨，潮湿的空气扑面而来。

"外面应该有很多记者蹲守，我走VIP通道引开他们，你跟着人群混出去吧。"卢羽接过黎阳的行李箱，顺手摘下了他的鸭舌帽。

"记者？"黎阳不解。泰国的那场事故在当地都已经尘埃落定，无人再理会，何况在国内，怎么还有会记者关注？

"黎阳，我有事忘记告诉你。"卢羽扣上鸭舌帽，"从现在起，黎耀荣生前的一切，都是你的了。"

"什么？"黎阳怔住。黎耀荣生前曾差点儿害死他，又怎么会让他继承黎氏集团？

"当然是你的亲生爸爸做了一些手脚，不过是你应得的。黎耀荣欠你们母子的。"卢羽竖起衣领，将帽子压低走向了VIP通道。

下机的乘客如潮水一般向通道涌来，黎阳被人群推搡着向前走，他脑子里嗡嗡作响，有些分不清是现实还是梦境。

他竟然真的如妈妈所愿，继承了黎氏传媒。

江津恒，他到底是个多么厉害的人物，能做到这一点必定是收买了黎氏集团所有高层，还有遗嘱律师。

分明是值得开心的事，可他却周身莫名蹿出一阵寒意。

他的脑中闪过了黎耀荣的脸，一张阴郁而苍白的脸……他的突然病逝，会不会也与江津恒……

黎阳不敢再想下去，他急忙抛开脑中的种种猜测，混在人群中快步走出了机场。

黎耀荣在隔天清晨出殡，而黎佑晨的骨灰黎阳也从泰国带了回来，父女俩的告别仪式在同一天举行。

黎阳不知道这样做对不对，他只是记得佑晨生前直到被赶出家门，还处处维护着黎耀荣，不惜一切地想要回去救他。

或许在她心里从没有怨恨过他吧。

而在黎耀荣心中，也或许从来没有真正想要为难黎佑晨。

江津恒被推选为治丧委员会的负责人，告别仪式的一切事宜都由他负责。

灵堂内外，黑白肃穆，江津恒穿着一袭黑色西装，站在黎氏一众高层人员之首，每有吊唁者前来，他都会深深鞠躬，神色悲戚。

全城名流及富商齐聚，豪车停满了整条街，记者和媒体将灵堂外堵得水泄不通。

## 第六章
### 你是我今生最好的朋友

作为商会同人,陆云溪也在邀请之列。

"要去吗?"陆铭熙清早看到整装待发的爸爸,问道。

"虽说有过恩怨,可毕竟我和黎耀荣是从小一起长大的,如今他人过世了,都说亡者最大,之前的也就不再追究了。"陆云溪叹息一声。

陆铭熙的目光深深看着爸爸,心里挣扎着,他要不要问怀表的事,如果问了,能听到真话吗?

"有事要和我说吗?"见陆铭熙发呆,陆云溪疑惑问道。

"真的,不恨他吗?"

"恨又能怎么样?"陆云溪摇头笑笑,拍了拍儿子的肩膀,"不恨了,人生苦短,与其恨他,不如多陪陪家人,享受天伦之乐……"

陆铭熙的心晃了晃,爸爸的话不像是假话,那释怀的笑容也真真切切,可是他还是觉得不安。

他将口袋里的怀表慢慢拿出来,刚决定问清楚,妈妈走了过来,他慌忙将怀表收了回去。

他可以冲撞爸爸,可以怀疑他,却怎样也不能伤害妈妈。他将到了嘴边的问题吞了下去。

"铭熙,你不和爸爸一起去吗?"妈妈摸摸他的头,"万一爸爸在那种场面突然不舒服了,你也好照应一下啊。"

"我怎么会突然不舒服?尽瞎操心。"陆云溪一脸嫌弃地说道。

"好,那我也一起去。"陆铭熙跑上楼换了一身黑衣,同爸爸一起离开了。

钱小芙在学校里听说佑晨的告别仪式在今天举行,她连教室都没有进就跑了出去。

灵堂设在郊外寺庙边的百年古宅里,宅子是黎耀荣生前购入的,当初很是中意,几次都想搬过去住,可每次看着寺庙,听着木鱼轻敲的声音,他便又犹豫了。

直到病逝,院子始终空着。

江津恒觉得这里更适合送别亡者,便将灵堂设在了此处。

钱小芙赶到这里时,却被眼前的情景惊到了。

一边是古刹寂静,寺内经幡飘动,佛塔林立,梵唱不绝。

一边是豪车云集,政要名流齐聚,虽然也是一派寂静肃穆,可怎么看这都不像一场葬礼,倒更像上流社会的高端聚会。

视线中皆是黑白两色,所有来参加告别仪式的人都西装笔挺,胸前戴着一朵白花,

连在外面维持秩序的工作人员也都一身黑衣,面孔肃然。

钱小芙拼尽力气挤到最前排,却被告知若不在被邀请的行列,连灵堂的院子都进不去。

她面前的这条围挡线,将未被邀请者和记者媒体通通拦到了外面。

佑晨的好多同学都和她一样,被拒之门外。他们都不约而同带来了佑晨生前最爱的雏菊,却不能进去亲自送给她,每个人的脸上都满是失落,有几个女生还掉起了眼泪。

"没关系,我们一定可以想到办法。"钱小芙安慰着他们,目光在受邀者中飞快地找寻着。

猛地就看到了陪着爸爸一起前来的陆铭熙,她拼命冲他招着手,见他目光根本不往这边看,她心下一急,撩起围挡线冲了进去。

然而只跑了一步,她就被工作人员扯了回来,并警告她,如果再不安分,会送她下山。他们似乎是把她当成了想要抢到素材的记者小妹。

陆铭熙,求你回头,看一看我啊……钱小芙内心呐喊着。

陆铭熙来的路上一直心不在焉,手里紧握着那只怀表,掌心汗津津的。

到了灵堂门口,看到厅里摆放着黎耀荣和佑晨的相片,他的心忽地慌乱开来。

他猛地拉住了爸爸:"爸,我们还是不要进去了。"他不知道自己到底在慌什么,他向来不信鬼神,可是这一刻他却慌乱不已。

"不要紧,我身体还好。"陆云溪以为儿子担心他,他嘴上说着没事,可看到黎耀荣的相片,他的心还是被猛地揪起来。

毕竟黎耀荣害得他差点儿家破人亡,虽然逝者已去,可想起那段往事,他心里还是隐隐作痛。

"爸,我先问你一个问题,之后我们再进去好不好?"陆铭熙将陆云溪拉到了一边。

"是陆云溪父子!"眼尖的记者突然尖叫了一声,无数镜头拥了过来。

"不要生事,先进去吧。"陆云溪向来不喜欢抛头露面,推开他径自向里边走去。

"爸啊……"众目睽睽下,陆铭熙也不能强硬顶撞爸爸,只好蔫蔫地跟在后面,刚想走进去忽地看到旁边有人冲着他一个劲儿挥手。

小芙?他大步走了过去,满脸惊讶:"怎么来这里了?不用上课吗?"

"我想送送佑晨,可是我进不去。"钱小芙满脸焦急。

"来。"他掀起围挡线将她放了进来。

"对不起,陆先生,这个女生不在被邀请客人之列。"工作人员上前阻拦道。

# 第六章
## 你是我今生最好的朋友

"她是我的人。"陆铭熙斩钉截铁地答道。

一句话,引来一大票闪光灯疯狂闪烁。

"走吧。"陆铭熙拉起钱小芙,他明白她心里对黎佑晨的遗憾和愧疚,所以今天就算是站在风口浪尖,也一定要帮她实现愿望。

"这里是灵堂,秀恩爱请到别的地方去。"在两个人身后,一个声音沉沉响起。

是黎阳。两个人同时转过了脸。许久不见,他们几乎快要认不出他,清瘦的脸颊苍白而憔悴,一双眼布满血丝,头发也似乎无暇打理,刘海儿盖过了眼睛。

"黎阳,你……还好吧?"陆铭熙忍不住担心,说话间握住了他的手臂。

"托你的福,活下来了。"黎阳声音冷得像冰,仿佛将周围的空气都封冻。

"黎阳,"钱小芙走到他面前,"我们是来送别佑晨的……"

"可以。"黎阳目光看向她,"之前让你做选择,现在有答案了吗?"

钱小芙咬着嘴唇,一脸煎熬。她要怎么选,又能怎么选?两个人都是她生命中最重要的人,舍弃哪一个都会让她心痛。

"看来答案不会是我了。"黎阳冷笑,用力甩开了陆铭熙的手,将脸转向了一边的工作人员,"这两个是无关的人,让他们走。"之后,他毫无表情地迈步离开。

"是。"几个工作人员立刻围上来,将陆铭熙和钱小芙挡在了灵堂外,说道:"请离开吧。"

钱小芙不敢相信眼前发生的事,她怔怔看着黎阳的背影,眼泪不受控制地掉落下来,她无法想象曾经那个温暖又善良的黎阳,怎么会变得这样冰冷无情。

"黎阳,我可以再问你一句话吗?"钱小芙带着哭腔在他身后大声喊道。

"小芙,不要了。"陆铭熙能感觉到黎阳的决绝,知道不论他们再说什么,做什么都一样不会取得谅解,更知道小芙越是挣扎挽回,就会伤得越重。

黎阳继续向前走了几步,之后缓缓停住了脚步,回身,目光瞥过她的脸,道:"说。"

"你明明知道我们有多重视你,也知道我们不会放弃你,可这样冰冷地推开所有人,你心里真的好受吗?还是你有什么难言之隐,你告诉我们啊!"

"呵……"黎阳轻笑,双手抄进了裤子口袋里,"收回你们的重视和不抛弃,我的难言之隐,就是曾经与你们的回忆太多了,让我想要报复的决心一再动摇……"黎阳走回陆铭熙面前,脸无限贴近,道:"但是以后不会了,尤其是对你。"

陆铭熙的心跳没来由地空了一拍,呼吸变得局促。莫非他也查到了什么跟爸爸相关的线索吗?

面对黎阳的威胁，他竟然一丝反驳都不敢有。他内心拼命祈祷着爸爸的清白，可心底却越来越虚。

黎阳站直了身子，转身离去。

钱小芙再也控制不住情绪，她扭身将脸埋进了陆铭熙的怀中，泪水肆意。

陆铭熙轻轻拥着小芙，一颗心却已经乱得七零八落，丝毫找不出头绪了。

哀乐的伴随下，黎耀荣的遗体被抬出了灵堂，运往墓地。一辆辆高档轿车组成葬礼车队，车头挽着黑色的花带，整齐划一地跟在后面。

路人们纷纷驻足观望，目送着江城商界巨鳄走完最后一程。

而黎阳则怀抱着佑晨的骨灰去往了郊外的菊园，将她埋在了无边无尽的白色的雏菊丛中。

此后，她将与这些美丽的花朵相伴，日出日落，蜂蝶飞舞，不会再受到任何人的打扰，静静地长眠于此。

这是她生前的心愿，也是他唯一能再为她做的事了。

"姐，我要开始新的人生了，虽然不是你所期待的安宁生活，可我向你保证，我会活得比所有人都好，不再受委屈，不再忍气吞声，不会再让任何人左右我的人生！那些曾亏欠我们的人，我一个都不会放过！"

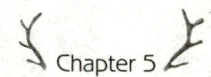

## Chapter 5

钜豪酒店的私人健身房，江以桐戴着拳套正在奋力地打着沙袋，汗水顺着他的额头大颗地流下来。

衣服已经被汗水打湿，贴在他的身上，原本就健硕的肌肉显得更加饱满了。几分钟后，他将拳套摘下扔到了一边，走进了浴室。

房门被轻轻推开，一个蓝头发的女生走了进来，听到浴室里"哗哗"的流水声，她将一个文件夹放在了桌上。

不一会儿江以桐穿着浴袍走出来，甩落了头发上的水珠，走到女生面前，目光有些惊讶："六妹？你怎么来了？"

"黎耀荣今天的葬礼，你应该和老爷一起去的。"六妹淡淡道。

"我去干什么？宣布主权吗？你知道我对江氏的继承权毫无兴趣。倒是你，黎耀荣死了，你多年的仇怨也就结束了，有什么感想吗？"

"原本还想用手上的那些证据送他一程，看来有老爷帮忙，我那些东西也可以烧掉了。"

"都过去了。"江以桐拨拨六妹的头发，"说吧，找我什么事？"

"医院的结果出来了，江先生还在葬礼上，下午才回来，我就先拿给你看了。"六妹将文件递过去。

前面几页全是医学数据，江以桐没多关注，直接翻到了最后一页，只看结论那里的一行字。

江以桐的心沉了一下，面色不禁凝重。

"你怎么心事重重的样子，这是应该高兴的事啊，我们做了那么久的努力，不就是为了这一天吗？"六妹说道。

是，他们努力了这么多年，一步步地接近黎阳，一步步地将他拉到了身边，就是为了这一天。

可是当这一天真正来临，江以桐却没来由地感到不安。

"黎阳，他在哪里？"

"卢羽陪他去了菊园。"

江以桐转身走进了更衣间，六妹立刻跟了上去："你不是想干什么傻事吧？我提醒你最好不要。"

江以桐利落地换好衣服，拿起桌上的车钥匙走出去。

"我只是突然想去见见他。"

菊园。

一望无垠的菊花丛中，黎阳守着一个小小的土堆，已经坐了整整一天。

黄昏时分，他听到了身后有脚步声。他没回头，只是淡淡地说："卢羽，你先回去吧，我还想再陪她一会儿。"

脚步声停了，他身边却多了一个人，挨着他在菊花田边坐了下来。

"江以桐？"黎阳有些惊讶。

"不用这么惊讶，以后我们会时常遇见的。如果你点头的话，爸爸还会带你回家住，那时就要天天见面了。"江以桐声音淡淡的，目光望向远方。

"所以你来是想提醒我什么吗？希望我点头，还是不？"黎阳问道。

"与此无关。家里多个人，户籍里多个人，以及遗嘱里多个人，我都不在乎。"

黎阳的眉头不禁轻拧："那是为什么？"

"有想做的事吗？有我能帮得上的，尽管开口。"江以桐的语气变得柔和了不少。

"怎么感觉要发生什么不幸的事。"黎阳淡笑，"我想做的，都必须亲自去做。"

"你在怀疑陆云溪对不对？"江以桐冷不丁说道。

"我以为你只关心拳赛。"

"换个方向吧，陆云溪不是你的敌人。"江以桐起身，拍掉了衣服上的泥土。

黎阳脑中的疑虑更深了，江以桐他到底想要做什么，他仰头看着他，想从他的脸上找寻到更多的答案。

不料江以桐却咧嘴笑了，露出了洁白的牙齿，手掌用力捏了捏他的肩："黎阳，留下这条命，比起做分遗产的兄弟，我更希望你活着。这是第一次在象山交手的时候，我就想对你说的话。"

象山交手？钱小芙被绑架的那一次，难道在那个时候他就已经认识他了吗？黎阳站起来，正视他："到底怎么回事？为什么我有种正在被人团团围住的感觉？"

"不。"江以桐也正视他，"你已经身在旋涡里了……"

"江少……"卢羽从不远处走了过来，仿佛听到他们的对话，急匆匆地打断了江以桐后面的话，"葬礼结束了，老爷刚回城，正在找你呢。"

"知道了。"江以桐应了一声，目光重回黎阳脸上，"我走了，保重。"

黎阳点头，他也看得出卢羽的用意，便不再多说什么，目送着江以桐离开。

"黎阳，老爷想晚上全家人一起吃顿饭，问你愿不愿意参加。"

黎阳想到了刚才江以桐话中有话的样子，以及他说的那一句旋涡，是否在暗示他应该与江津恒保持关系？

## 第六章
### 你是我今生最好的朋友

见黎阳迟疑了，卢羽换了一副笑脸："江少年纪还小，从小没经历过什么风浪，觉得家里多了个哥哥，可能会有点儿吃醋吧，你也别怪他。"

"你的意思是，江以桐特意前来菊园见我，只是怕我夺走他在江家的地位吗？"黎阳笑着问道。

"少爷的心思，谁又能懂呢。大概是我电视剧看多了吧。"卢羽也笑。

两个人的话分明都有深意，却又同时云淡风轻地撇清了。连一个部下都是如此善用攻心计，他不得不重新看待江津恒了。

他不知道在这离散多年的亲情背后到底隐藏了什么，但是他可以确定，江以桐对江家的财产毫无争夺之意，而他们父子间也并非同心。

看起来表面一派和睦，到底是什么原因横在他们中间呢？

陆宅。

陆铭熙陪着爸爸从葬礼回来后，便一直把自己关在房间里。

手指摩挲着那块怀表，到底要不要去直截了当地问清楚，他也做不了决定。

在他成长的这些年里，爸爸不总陪伴在他身边，在他心里爸爸的同义词一直以来都是严厉和少言。他对待爸爸，从来都不能像对妈妈那样畅所欲言。

即便经历了一次生死考验，爸爸的态度转变了很多，可亲情的隔阂和生疏不是一天造成的，想要重新变得亲密也就并非一朝一夕之事了。

如果面对外人，他会用性命担保爸爸的为人，会斩钉截铁帮爸爸澄清所有不利的言论。可真正审问自己是否相信爸爸时，他还是犹豫了。

陆云溪能有今天的产业和声望，绝对不是靠着懦弱和忍气吞声做到的，在他的一生中或许也做过许多见不得光的事，只是不为家人所知罢了。

正举棋不定时，他听到妈妈在门外喊他："铭熙，我和爸爸要去花园散步，要不要一起啊？"

三个人一起散步，这是陆铭熙从小就期盼却又从未实现过的事。

如果不去碰触真相，可以换来家人久违的幸福甜蜜，那么……

陆铭熙的心晃了晃，妈妈的声音还回响在门外。

他毅然跳下床，将怀表放入床头柜，应道："来了，等我啊！"

他放弃了追问，希望有一天他能够查到真相，去为爸爸洗脱嫌疑吧。

黎耀荣去世后，黎氏传媒有些人心涣散。

大家虽然相信江津恒的管理能力，但他毕竟有自己的公司，不会全心投入在这边，那

么公司日后的命运也就完全掌握在了黎阳手里。

所有人都提着一颗心,不知道这个刚满十九岁的少年,是否能接过黎氏命运的权杖。

一些业绩卓越的高管人员选择了跳槽,一些原本就没什么定力的小股东也选择了退股,他们不敢把未来押在一个毛头小子身上。

黎氏总裁的办公室。

黎阳面对着那张宽大奢华的总裁座椅,却久久没有挪动步子,心中有说不尽的五味杂陈。

"怎么?害怕了吗?"江津恒从外面走进来,踱步到他面前,"那是你的位置,尽管坐下去,有我在,没人能动得了你。"

黎阳转脸看着江津恒,他相信眼前这个他应该叫爸爸的人,信他有着翻云覆雨、扭转乾坤的能力,也相信有他在,他的未来会一路畅通,所向披靡。

尽管他也知道,这个王座以及他手里的权杖,来得并不名正言顺。

"怎么?怀念黎耀荣吗?"江津恒坐到了沙发上,端起桌上的清茶,慢慢啜下。

"要不,我还是换个房间吧。"黎阳真的有些不安,总觉得拿了不属于自己的东西,总觉得这个房间里有无数双黎耀荣不甘心的眼睛。

"那叫什么话,刚上任就想被外面那些老东西看扁吗?小阳,这是你应得的。"

黎阳叹了口气,他内心对于权力的欲望原就淡薄,这一次也是因为想要为佑晨报仇雪恨,才会顺着江津恒的愿走到了这一步,他心里一时还适应不了。

"不是要报仇吗?如果仇人在你犹豫的时间里已经迅速壮大,变成了不可超越的对手,你想想,自己还有机会赢吗?"

黎阳的脑子里忽地闪过了陆云溪的脸,即便他坐拥黎氏传媒,都未必能将陆氏打倒,何况他还在这里碌碌无为。

"我准备好了,接下来要做什么?"黎阳看向江津恒,目光坚定起来。

"对付强敌,未必要一开始就出狠招,这样会两败俱伤,先从消磨他的锐气开始吧。"江津恒将当天的报纸推到了黎阳面前。

娱乐头版的巨幅相片是陆铭熙跟在陆云溪的身后进入灵堂。

标题是《偶像巨星陆铭熙或退隐继承陆氏皇位》。

"你的意思是,先从陆铭熙开始?"黎阳怔住。

江津恒微笑,点头:"大病一场后的陆云溪开始回归家庭了,儿子显然成了他的心头肉,让他痛,不如让他的儿子痛。对付他或许不易,但对付陆铭熙,对你来说轻而易举。"

## 第六章
### 你是我今生最好的朋友

"可……"黎阳有些犹豫。他已经找人在暗中继续调查佑晨的死因，就算最后确定幕后凶手真的是陆云溪，陆铭熙还是无辜的。

他并非一直恨着他，只是看到他就会想到佑晨，他宁愿余生都一直疏远他，不想心口的伤疤永远无法愈合。

"你不是怀疑陆云溪又苦无证据吗？逼得紧了，自然就会有马脚露出来，到时候或许可以抓住破绽，一招制胜。"

江津恒的每一句话，黎阳都似乎无法反驳。

"好，我知道怎么做了。"黎阳点了点头。

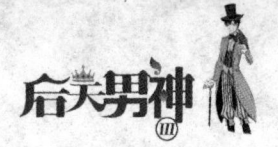

## Chapter 6

陆宅。

陆铭熙大清早刚陪妈妈从花市回来，就看到了在客厅里急得像钻天猴似的谢阿吉。

"妈，你先上去。"陆铭熙知道肯定出了什么事，特意支开了妈妈。

"知道了，你们俩不要太吵，你爸爸在书房办公呢。"陆妈妈叮嘱完便走开了。

"怎么了？你家失火了吗？"陆铭熙横在了沙发上，拿起一只苹果塞进嘴里。

"看报了吗？你看报纸了吗？"谢阿吉将一叠报纸扔在了他身上，"这么大的事你也不和我商量一下，好吧，和你说也没用，我上去找陆总问个清楚！"

"等下……"陆铭熙赶紧扯住了他，"什么事啊就要找我爸？"他边嘀咕着边打开了报纸，看到了娱乐版的头条新闻，这才知道谢阿吉为什么着急上火。

"好啊，那你给我解释清楚，这是真的吗？"谢阿吉一屁股坐在沙发上。

"当然不是了。我爸身强力壮，怎么会突然把公司交给我啊？"陆铭熙继续咬苹果。

"真的吗？"谢阿吉重新拿起报纸，"可是上面说得有模有样，我以为是你跟记者说了什么……"

"如果我真的要隐退，在见记者之前呢，先准备好一张大大的支票给你养老。"陆铭熙撇嘴道。

"哦，也对，我一定是老了，怎么连娱乐报道都开始相信了。"谢阿吉重重地敲了一记脑袋，拿过陆铭熙手里的半只苹果吃了起来。

"好了，我上去洗澡了，你也去带你的新艺人吧，不是说最近他的势头很盛吗？"

"我随便说说的，谁能有你盛啊。"谢阿吉跟在他身后，一起上楼，"不过说起来，黎氏旗下最近有个叫宫涛的男明星很火，以前一直是二线的，身价也不算高。据说这几个月参加了几期综艺节目一下子蹿红了。"

"红呗。"陆铭熙摊手，"全国人民也不能天天只看我一个人的脸啊，总要有别人来调剂一下审美嘛。"

"调剂你个鬼啊，他的经纪人在复制你之前的成名经历，接的广告和新戏都和你风格相似，而且有几部很抢手的电影他都抛出了橄榄枝，也包括你想参演的那部动作电影。"

"什么？那个轮不上他吧，从导演到演员，都是一线大牌，他不可能抢到的。"

"可人家努力啊，你总是缺席讨论会和发布会，临时换角有什么不可能啊？"

"现在竞争这么激烈了吗？"陆铭熙带着一脸错愕的表情，钻进了更衣室，再出来时已经由居家小男生变回了潮流巨星。

## 第六章
### 你是我今生最好的朋友

白色修身T恤，搭着迷彩哈伦裤，加一顶黑色金属铆钉装饰的朋克帽，脖子上戴着一颗白色象牙装饰。

他从镜子里看着谢阿吉："那我今天就去和导演制片们加深一下感情怎么样？"

"你说真的？"谢阿吉一脸惊喜。

"有一天我陆铭熙即便不当明星，也是在最当红的时候自愿退出，绝不是被新人挤得走投无路而惨淡消失。"陆铭熙发表一通豪迈宣言后，晃晃当当地走出了房间。

"铭熙，等一下。"陆铭熙刚溜达到楼下，陆云溪叫住了他。

"爸……"陆铭熙赶紧站好。

"公司想进军电影产业，打算收购一家小电影公司，前期谈得差不多了，后天签约，到时候你去吧。"

"不是有胡伯他们吗？"陆铭熙抓抓头，打从渔村拆迁那次之后，他对于帮公司做事有阴影。

"做了这么多年的小明星，你没想过拥有一家自己的影视公司吗？可以再培养几个自己的艺人。"

"啥？自己的影视公司？还要养别人？"陆铭熙脑袋都大了，"还有爸，什么叫小明星，您真的从来不看电视的吗？小明星能接到那么多大牌广告吗？"陆铭熙总能找到重点。

"记得后天签约，签约之后这家影视公司就归你了。"陆云溪无视他，"你不是一直说我自小没送过你什么礼物吗？这个就当第一份了。"

"爸，我不想要什么礼物，你把我车库里的跑车给我放出来就好了。"陆铭熙请求道。

陆云溪权当没听到，走回了书房。

陆铭熙一脸沮丧，蔫蔫地跟着谢阿吉出去了。


国立新高。

期末考刚刚进行完毕，钱小芙交了卷子，拿起书包走出教室。

江城的雨季结束，这几天正是阳光最好的时节，她在教学楼外放松地伸展腰身，刚想去公交车站，听到有人小声喊她。

回头，身后都是刚刚从楼里走出来的学生，个个都在讨论着考试题目，并没有留意她。

难道是听错了？钱小芙揉了揉耳朵，她最近精神真的很差，总是失眠，黑眼圈快要

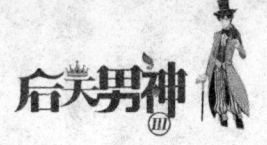

赶上熊猫了，也难免会幻听。

她走到公交车站，混在人群中等着车。

手机振动了一下，一条短信进来。

小芙，我在学校后街的咖啡厅等你。

是陌生号码呢，钱小芙犹豫了一下，回了一条：请问你是谁啊？

我是尹美兰。

"啊！"钱小芙不由得尖叫了一声，见旁人纷纷回头看她，她才赶紧低头快步走开。

尹阿姨，真的是你吗？你这段时间到底去了哪里？钱小芙在站牌后飞快回着短信。

见面再说吧。尹美兰回道。

钱小芙这才回过神，奔向咖啡厅。

尹美兰坐在咖啡厅角落的位置，一颗心忐忑不安，六月底的天气，她捂着一杯热气腾腾的咖啡，却还是觉得手心冰冷。

咖啡厅门上的铃铛轻响，她心一紧，抬头看向门口。

钱小芙张望了一圈，看到她时，眼里流露出了一丝惊喜，抱着书包小跑过来。

"尹阿姨！"钱小芙来到她面前，脸颊通红，轻轻地喘息着，"你到底跑到哪里去了啊……"

"小芙……"尹美兰将钱小芙拉进了怀中，紧紧地抱住了她。

再次看到女儿，尹美兰控制不住这一个月里日夜的惦念，原先住在一起，即便冷冷地对待她，却也天天可以看到她。直到分开，她才知道对女儿的牵念竟然已经这么深。

"尹……阿姨。"钱小芙有点儿蒙了，这样热情的尹美兰让她有些陌生，可说不上为什么这个拥抱让她的心里一阵热，莫名地眼睛酸涨，想要掉眼泪。

尹美兰的眼泪顺着脸颊轻轻滑落，离开年天远，她一直不确定是对还是错，也后悔也挣扎，可此刻抱着女儿，她才觉得她做对了。

她不必牵连年天远，也同时可以认回女儿，就算要从此过苦日子，她也算是有所慰藉了。

许久后，尹美兰慢慢松开了钱小芙，这时才看到她的脸上也有了泪痕，她不禁有些吃惊，问道："小芙，你怎么哭了？"

小芙赶紧抹掉眼泪，笑着摇头："没事，真的没事。"她不敢告诉尹美兰，她的怀抱真的好像妈妈。"尹阿姨，你打算回家了吗？年叔叔和雪凝都很想念你。"

提到年天远，尹美兰的泪光重新泛起，她将脸扭向了窗外，努力压抑着情绪。

## 第六章
### 你是我今生最好的朋友

"你也很想他们吧。"钱小芙轻轻地说道。

"可我现在回不去，不，再也回不去了。"尹美兰手掌捂着眼睛，擦掉了眼角的泪痕，"小芙，你可以帮阿姨一个忙吗？"

"你说。"小芙点头。

"阿姨出来得急，没有带证件，证件就放在阿姨的卧室抽屉里，你可以帮我拿出来吗？"

"阿姨，你的意思……是让我偷出来吗？"小芙有点儿犹豫了，来年家许久，她从来没有擅自进过主人房间。

"只有你能帮阿姨了。"尹美兰握住了小芙的手，"阿姨真的有不能回去的理由。"

看着尹美兰恳求的眼神，钱小芙心软了，若不是真的有难处，她也不会来找她吧。

"好吧。"钱小芙应道。

"年叔叔每天早上七点会出去晨跑，你趁那个时候进去，就不会被发现了。拿到以后也不要急着联系我，这个号码也不要轻易打，我怕被别人找到，明天下午我们还在这里见面就好。"

"好，那阿姨你现在住哪儿啊？"

"住在南隅米粒阿姨那里……"尹美兰脱口而出。

钱小芙猛地愣住了，她怔怔地看着尹美兰："阿姨，你也认识米雪阿姨吗？可是那个昵称是我和妈妈才知道的……"

"阿姨还有事，要赶紧走了。"尹美兰也慌了，她并不打算今天告诉小芙真相，却想不到自己大意说漏了嘴，她赶紧拿着包站了起来。

"阿姨……"她刚要走，钱小芙就轻轻拉住了她的衣角，"只是巧合，对吧？"钱小芙咬着嘴唇，仰头看着她，一双眼晃得地动山摇。

"小芙，我真的有事。"尹美兰推开她的手，快步离开。

"阿姨！"钱小芙追了上去，再次拉住了她，这一次泪水已经蓄满了眼眶，"只是巧合，你告诉我，只是巧合对不对？米雪阿姨住在南隅区，因为她嘴角有一颗小小的痣，像颗小米粒。小时候我常常叫她米粒阿姨，还被妈妈责备过，可这件事却只有我和妈妈知道……"

"我不知道你在说什么……"尹美兰只能装作生气的样子，用力甩开她的手，推门走了出去。

钱小芙看着她渐渐远去的背影，倚着门慢慢地蹲下身去，脑中尹美兰和妈妈的脸反

复交错着……最后两张脸重叠在了一起。

"不会的,年夫人怎么可能会是妈妈,不会的……"钱小芙用力地闭上眼,控制自己不要再胡思乱想下去。

可是与尹美兰相处的点滴却更加清晰地一幕幕泛上来。

她曾经看她的每一个眼神,每一个笑容,都是那么熟悉,与儿时印象中的妈妈一点点地重合。

她真的,是妈妈。

钱小芙猛地抬起了头。

## Chapter 7

陆铭熙和导演、制片人约好在钜豪酒店的芦花会所见面。

他晃晃悠悠到达时,对方还没有到。他坐进皮质沙发里,两只胳膊放在扶手上,修长的双腿叠起,说道:"人呢?怎么现在迟到成为标准礼仪了吗?"

"还不赶紧给我坐好。"谢阿吉踢了他一脚。

"我累了,就得这么坐。"陆铭熙一脸耍赖相。

"你的修养都哪去了!我是这么教你的吗?"谢阿吉握起了拳头,作势要揍他。

"哎呀,不要那么认真嘛,我当然知道……"陆铭熙的话刚说到这里,包间的门就打开了,服务生引领着几个中年男人进来。

陆铭熙从沙发上瞬间弹起来,换上一副谦逊乖巧的表情走到了门前,对着几位来者挨个儿颔首示礼,恭敬地说着:"这么热的天,还有劳各位前来,辛苦了,辛苦了……"

来者也微笑着回礼,落了座。

谢阿吉一颗心落了地,他这才发觉自己是白担心,陆铭熙在这十几年的演艺生涯里,没有一次耍过大牌。他也就面对他的时候才故意做出不正经的样子。

"我点了菊花茶,消凉解暑,都先请用吧。"陆铭熙放下身段亲自给每个人倒茶。

"铭熙,不用忙了。"从刚才进来时,导演的表情就有些僵硬,此时他的笑容勉强,"我们在刚才来的路上才听说你的档期满了,既然这样你就先忙吧,我们另外约别人好了……"

档期满?陆铭熙回头看向谢阿吉,满眼疑问,却发觉谢阿吉更是一脸迷惑的表情。

"导演,我想您是误会了,我特意为了这部电影空出了九个月的档期。"陆铭熙微笑着解释。

"可是我们刚才接到黎氏小黎总的电话,说你未来的档期都归黎氏了,你还推荐我们用他们公司的宫涛……"

"不可能啊……我们从来没有和黎氏有合作!"谢阿吉这时沉不住气了,冲上来解释道。

导演和制片人面面相觑,一时也搞不清楚到底是怎么回事。

"我想,一定是有什么误会。"陆铭熙也有些摸不着头脑。

"并没有什么误会。"这时包间的门被推开,一个休闲装扮的男生走进来,精干的板寸,眉目俊美,一张脸英气十足。

黎阳。陆铭熙的心忽地沉了下去,他顿时全明白了。

"黎阳?"谢阿吉都看呆了,眼前的这个男生不再是那个刘海儿挡着眼睛,总是温柔微笑的小男生了,此时的他看起来霸道而深沉,只是一个浅浅的笑容,都充满了杀气,让他觉得好像一阵寒风袭来。

"好久不见,铭熙。"黎阳从谢阿吉面前走过,伸手握住了陆铭熙的肩膀,轻轻地将他拉进了怀中,很像亲密的朋友般抱了抱。

在黎阳这个短暂的拥抱中,陆铭熙的心里涌起一阵细密的痛。

"好久……不见。"陆铭熙慢慢吐出了几个字,看着黎阳,目光仿佛被揉碎。

"是我把我们将要合作的消息告诉了导演,接下来还会正式通知媒体。既然我继承了黎氏,作为我最好的兄弟,你怎么可能不来帮我,对吧?"黎阳笑道,一张脸依旧阳光,却不再温暖。

"铭熙,这是什么时候的事,为什么我……"谢阿吉的话只说到这里,就被陆铭熙捂上了嘴,谢阿吉眼睛瞪得圆圆的猛地看向他。

陆铭熙目光定格在黎阳脸上,眉头紧紧地拧起,用眼神问他:你确定要我这么做?

黎阳一脸挑衅的笑容,似有若无地点头。

陆铭熙低头深深地呼了一口气,眼泪瞬间蓄满了眼眶,可再抬头时,泪水已经强抑下去,换上了一副笑脸。

他松开了谢阿吉,答:"是早决定的,忘了告诉你而已。"

"你忘了告诉他的,还有别的事吧?"黎阳将身后的一个长相帅气的年轻人推到了陆铭熙前面。

"前辈你好,我是宫涛,谢谢你极力推荐我,我会好好表现的。"宫涛一个劲儿地鞠躬。

"铭熙,不行!这部电影关系到你的前程!"谢阿吉这时也急了,他知道陆铭熙为什么会突然妥协,因为对方是黎阳,别说一个要求,就是十万个要求,以陆铭熙的性格,他都会答应下来。

"我当然知道这事关我的前程,我想他也知道。"陆铭熙依然看着黎阳,眼底已是一片通红,"可是,他是黎阳,我最好的兄弟黎阳,他怎么可能害我……"陆铭熙说不下去了,他将脸扭到一边,强抑着泪水,又努力地逼着自己微笑。

"当然了,最好的兄弟。"黎阳依然是一副淡淡的笑容,举手轻抚他的背。

"导演,制片,谢谢你们看重我,但我相信宫涛也一定会成为非常好的演员,请相信他。"陆铭熙不想别人看到他的脸,转过身的同时深深鞠躬。

"前辈!太谢谢你了。导演,我一定会演好这个角色的。"宫涛又是一记鞠躬。

## 第六章
### 你是我今生最好的朋友

"好说好说。"导演被眼前发生的事情搞得有些糊涂,但宫涛的资质也不错,加之黎氏传媒答应会追加投资,他也就欣然接受。

"那你们接着谈,我不打扰了。"陆铭熙不想再待下去,转身走了出去。

"铭熙!你脑子到底清不清醒啊?人情债是这种还法吗?"谢阿吉追了出来。

陆铭熙停下来,没有转身,静静地说:"我欠他的,不是人情债,是命债。"

"什么命债啊,他姐姐的事关你屁事啊!"谢阿吉吼道。

"看来你还是很明白事理的。"黎阳这时也从包间走出来,停在陆铭熙面前,说道,"有这种觉悟,所有事情就都变得简单了。这是你和黎氏十年的契约书,签了它,我保证从此再不找你的麻烦。"黎阳挥了挥手,后面的助理送上了一张纸。

上面的内容简单到一目了然。

"十年内,除黎氏传媒内部的项目,陆铭熙不准在国内接任何代言,不准接一切影视作品,不准以任何形式出现在公众视野中。"

"黎阳,你这摆明了是封杀铭熙,逼他退出演艺圈。"明眼人一看就明白,黎氏传媒不会给陆铭熙任何项目。这十年,陆铭熙将会从人们的视线中消失。

黎阳只笑不语。

"这是摆明了欺负人,我们铭熙在圈子里风光了十几年,就算再红五十年都没问题,你休想……"谢阿吉正说着,就见陆铭熙朝他摊开掌心。

"干吗?"谢阿吉不解。

"笔。"陆铭熙道。

"你是不是傻了!你脑子还正常吗?"谢阿吉气得用力打他,"你快点儿给我醒过来啊,你是中了黎阳的毒了吗?"

谢阿吉的巴掌一下下地落在陆铭熙的身上,他却始终低着头,手指紧握那纸契约。

"醒了吗?不醒就一直打到你醒为止!"谢阿吉几乎要气哭了。

陆铭熙抓住了他的手,道:"以后有的是时间,让你打个够。现在,给我笔。"

"没救了,你真是无药可救了……"谢阿吉全身瘫软地向后退了一步,怔怔地看着陆铭熙,"我看着你长大,从一个广告童星拉扯你到如今,你那伟大的责任心能给黎阳,那么能给我分一点儿吗?你能看到我的付出吗?能看到你曾经是怎么努力走到今天的吗?"谢阿吉的眼泪夺眶而出。

"对啊,多考虑考虑。我不会逼你的。"黎阳双手在胸前交叉,"不过你俩也不必在我面前演戏,公司旗下的演员我见得多了,你们的表演也实在有点儿浮夸。"

陆铭熙抬起头,目光慢慢上移看向黎阳。

"黎阳,在你心中,我现在是什么样的人?"陆铭熙眼底红透。

黎阳将脸转向一边,沉默。

"回答我。"陆铭熙坚持问到底。

"还能是什么?但愿今日之后,此生都不再见你。"黎阳淡淡道。

话说完了,他心里也是紧紧一拧。

"好。黎阳,我说过,你无论怎么对待我,我都只会承受。"陆铭熙拿起旁边一个装饰花瓶,奋力向桌上一摔,瓶子"哗啦"一下粉碎,他的手掌瞬间鲜血直流。

黎阳目光一滞,心紧紧揪起,脸上的笑容也僵硬了,他的手臂差一点儿就伸出去阻止陆铭熙……

然而那一瞬间,他想到了佑晨的脸……他强行克制着自己。

陆铭熙用流到指尖上的鲜血在那纸契约上写下自己的名字。

"铭熙啊!你干吗这样对自己啊,你是不是想看着我死啊?"谢阿吉从震惊中缓过神来,飞快地脱下外套捂在他的手上,"我什么都依你,什么都听你的啊!"

陆铭熙将契约书递出去,比起心里的伤口,他已经完全感受不到手掌的痛。

黎阳看着那上面鲜红的字,喉结上下滑动,艰涩地吞咽几下,之后硬是逼迫自己挤出一抹笑容:"谢……谢了。"他将契约书交给了助理,不再多言一句,也不忍再看陆铭熙一眼,转身向外走。

手掌的血很快浸透了衣服,一滴滴地落在地上。谢阿吉老泪纵横,一个劲儿地哀求陆铭熙去医院。

他目送着黎阳离开,直到看不到他了,他才失去平衡般跌坐在地上,仿佛所有的力气都用尽,最后一丝精神都被抽空。

"铭熙……"谢阿吉头抵在他背上痛哭不止。

"我,算不算还清了……"陆铭熙苦涩地笑出来,泪水滑落。

为了自己,也为了爸爸,更为了自己那颗懦弱的心。

他不敢向爸爸求证,更不敢把怀表拿出来给黎阳,这样自私又卑鄙的人,理应受到惩罚吧。

他心甘情愿接受黎阳的惩罚,只是直到最后他都忘了告诉黎阳。

即便刚才在包间里一切都是做戏,可在这场戏中,有一句台词却是真心的。

你,是我今生最好的兄弟。

黎阳。

## Chapter 1

隔天清晨，钱小芙趁着年天远晨跑的空隙，溜进了卧室，从抽屉里翻找着尹美兰的证件。

只有拿到证件，下午才能再见到尹美兰，验证自己的猜测。她虽然已经怀疑尹美兰就是妈妈，可要她亲口承认，她才能确信。

翻找了许久终于找到了证件，她刚要离开却无意中看到梳妆台上放着一叠资料，旁边还有一张相片。

屋内窗帘紧闭，光线昏暗，她只看到相片上有三个人，却又看不清楚样子。她一时觉得相片好像在哪里见过，便拿到了窗边，偷偷掀开帘子一角。

清晨的阳光透进来，照亮了相片上的人，她的目光在那一刻呆滞，呼吸停止，手里的证件散落一地……

照片拍摄于十多年前，在一个破旧的小院子里，一对夫妻抱着女儿笑得好灿烂。

爸爸，她，还有妈妈。

而在妈妈的上方，清晰地被标记了三个字：尹美兰。

钱小芙在那一刻呼吸都停滞了，她拿起那叠资料飞快翻看起来，那上面清楚地写了十几年来尹美兰的每一段经历。

莫佩兰，尹美兰，小保姆，富家太太。

两个名字，两段经历终于在这份资料里完美地融合到了一起。

钱小芙不可置信地靠在了墙壁上，手指紧紧捏着那叠纸，眼泪纷纷落下。

妈妈，原来她想了这么多年，找了这么多年的妈妈近在咫尺，她却没有认出她，生生错过了她……

这一刻她的心中没有一丝一毫的怨恨和恼怒，满满的全是惊喜。

她必须要马上见到她，她终于可以重回妈妈的怀抱了！她等不及和尹美兰约定好的见面时间，拿着相片和证件飞奔出门，拦了出租车直奔南隅。

年宅阳台上，年天远看着她远去的身影，沉沉地叹了一口气，他走回卧室，抽屉敞开着，梳妆台上的那张相片也没了踪影。

一切如他所料，尹美兰还是联系了小芙。而他正是料到她会让小芙回来拿证件，才将资料和相片故意放在梳妆台上。

以小芙这些天的表现来看，尹美兰必定还没有与她相认，虽然他早已做好准备接她们母女一起回家，可现在大概是不会实现了。

他了解尹美兰，她认定自己是他的拖累和污点，她不会回头了。

# 第七章
## 手术室谜云

他只有擅自将事情推进一步，结果才能来得快一些，也才更容易让事情有转机。

能让尹美兰回到他身边的转机，只有……让小芙放弃她。

"美兰，也容我自私一次吧。只有我的选择，才能给所有人最好的归宿。"他自言自语道，之后拿起手机拨了一个号码。

几秒钟后，对方接了起来。

"跟上她，之后你知道怎么做吧？"年天远声音淡淡的。

"知道。"对方挂断了。

同一时间，全国所有媒体和报纸都报道了陆铭熙签约黎氏传媒的新闻。

所有人都感叹陆铭熙终于结束了单飞时代，与大公司强强联手，共同期待着他会有更加璀璨的未来。

陆铭熙把自己关在卧室里，关掉电视和手机，躺在床上仰望着天花板。

陆云溪在客厅里大声地责备着儿子没出息，竟然投靠敌人的公司，任凭陆妈妈如何劝说，都不能消气。

陆铭熙捂上耳朵，将头埋进了枕头里。

谢阿吉坐在门外的地板上，头低垂着，他从来没有想到有一天陆铭熙会陷入这样的境地。

即便想过无数次，他终究会继承陆氏，会息影，会从公众视线中淡去……却想不到最终会这样离开。

"铭熙，不要怕，有我在！"谢阿吉扭过头对着屋里的人说道。

陆铭熙原本就觉得愧对谢阿吉，听他这么一说，心里泛起了一阵酸涩，他下床走到门口，靠着门坐下来。

两个人隔着门板靠坐在一起。

"不管你接下来有什么打算，我都跟着你。"谢阿吉努力地吞咽着口水，不让陆铭熙听出他的哽咽声。

陆铭熙埋下头，眼眶湿润。

三岁起，谢阿吉就带着他走入演艺圈，十五年来的日日夜夜，他一直叫他"我家孩子"，别人都觉得怪，可陆铭熙却听得很暖。

谢阿吉在他的生命中，是比爸爸更重要的人，他生命中每一个重要的时刻，谢阿吉都在。

是谢阿吉手把手教他如何面对镜头，教他如何向长辈问好，教他怎样与奸猾的广告

商周旋……

冬天的片场，谢阿吉脱下自己的棉衣披在他的头上，自己在旁边一个劲儿地哆嗦，他只是怕他受冻，脸部僵硬做不出表情。

夏天的见面会，会场的几百束灯光打在他的身上，人像置身烤箱一般，也是谢阿吉拿着扇子蹲在他的身后，在镜头拍不到的地方，拼命为他扇风，他只是怕他皮肤敏感，太热会出疹子。

这些年谢阿吉一直说着不想结婚不想成家，可分明每次陪他去参加婚礼，新人相互告白的时候，他都是哭得最惨的那个。

陆铭熙知道，他是为了他。

他不舍得把他交给别人带，怕他受苦，怕他名气下跌，怕他被人欺负。

想到往昔种种，陆铭熙再也控制不住眼泪，将脸埋在臂弯中失声痛哭。

谢阿吉在门外，泪水长流，他的心从未这么痛。

"铭熙啊，我不怪你，我是心疼你。"谢阿吉努力地压抑着哭腔，"你说你这十几年来，当别的孩子都在玩的时候，你在背几百页的台词；别的孩子受父母宠爱的时候，你在零下十几摄氏度的冰湖里拍戏；别的孩子读书写字的时候，你却已经能应对所有刁钻的提问和陷阱了；好不容易长大了，能谈恋爱了，有了心爱的女生，却还被记者穷追猛打，连个好好的约会都没有过……"谢阿吉心酸得说不下去，只好停顿下来。

陆铭熙哭得更凶了。

谢阿吉用衣服抹了一把眼泪，继续说道："早知道会这样，我就对那个钱小芙好一点儿，多给些机会让你们在一起了……"

"谢阿吉……"陆铭熙起身飞快地打开了门，在谢阿吉面前重重跪了下去，"我错了，我真的错了，是我辜负了你……"

"孩子，你哪有辜负我，你辜负的是你自己这些年的努力，辜负的是你身上那些拍戏留下的疤和伤，只有你自己知道，那些光鲜背后，你是怎么走到这一步的……"谢阿吉刚刚咽下去的眼泪，又涌出来，他抚着陆铭熙的头，"这一跪，我收下了，这以后，就不要再说对不起了，你不欠我的。"

陆铭熙额头抵在地板上，哭得直不起身。

谢阿吉说的他都懂，他比谁都知道自己这一路的艰辛，身价每加一个零的背后，都是他比常人付出千万倍努力换来的。

可是他没有办法，他没有路可选。

那个逼得他走投无路的人，是黎阳。

# 第七章
## 手术室谜云

这世上，任何人他都能拒绝，都能不负责任地走开，可唯有他，他真的做不到。

他欠他一条命，他夺走了他在这世上唯一的亲人，他亲手把他变成了现在冰冷的模样。

如果这样能让他满意，能让他变回曾经的黎阳，任是百个千个万个条件，他都会眉头不皱地答应。

"我该怎么办……怎么办才能挽回自己做的错事……"陆铭熙倒在谢阿吉的怀中，"我真的快要撑不下去了，谢阿吉，杀害黎佑晨的幕后真凶可能是爸爸，是爸爸啊……"

"怎么会……"谢阿吉赶紧推开他，"你到底在说什么啊？你从哪里听来的？"

"怀表……"陆铭熙从口袋里拿出那只怀表，"还有那家财务公司，种种证据都指向爸爸，我却不敢和黎阳说，也不敢去问爸爸，我真的快要疯了……"

"这只怀表怎么会在这里？"谢阿吉愣住，"我明明记得这是任旭东前些天带来的，因为这个怀表有些特别我还多留意过……"

"任旭东？"陆铭熙泪眼中抬头，"那个医生？他什么时候来过？"

"一周前。"谢阿吉很肯定地说，"那天你爸爸有些不舒服，他过来诊治，我在院子里和园丁聊天儿，看到他下车前把怀表装进了口袋里。"

"是他放在爸爸书房的？他与佑晨的事故有关！"陆铭熙站起来，大步走向了爸爸的书房。

忽地有人闯进来，陆云溪惊了一下，见是陆铭熙，他恼火地将脸转开，说道："出去！"

"爸，这只怀表你见过吗？"陆铭熙什么也顾不上，将怀表放在了爸爸面前。

陆云溪目光扫过怀表，白了他一眼："把这不值钱的东西拿走。"

"爸，你好好看看，这关系到黎佑晨的那起事故，这是她的随身物，可是几天前我在你书房里找到了它……"

陆云溪眼睛闪过一丝震惊，拿起了怀表仔细看，之后摇头："我没有见过。"

这就够了。

陆铭熙心中一块沉重的大石头在这个晚上终于沉沉落地。

"谢谢你，爸！真的谢谢！"陆铭熙俯下身重重亲了陆云溪一下，转身跑了出去。

"浑蛋，你发什么神经，就算这样我也不能原谅你签约黎氏传媒！你给我回来！"陆云溪站起来冲着门外喊道。

"谢阿吉，我现在就去找黎阳说清楚，你等我好消息！"陆铭熙像是中了大奖般兴奋地跑了出去。

## Chapter 2

出租车到达南隅区,钱小芙有十多年没有来过这边,看着一幢幢高楼林立,她有些蒙了。

曾经那些破旧的小平房早已没有了踪影,记忆中的画面不复存在。

司机带着她经过了好多小区,一条又一条的小街巷,可她脑中却是一片空白。尹美兰的手机依然无人接听,万般无奈下她只好下了车,沿街挨个儿向路人询问着。

"请问从前那些旧房子住户都去了哪里?"她问着街边一个摆摊的老人。

"大多都迁走了,这些高楼都建起好多年了。"老人摆摆手答道。

怎么办……钱小芙原地转着圈,望着这些高楼犯晕。

"你是钱小芙吗?"一个长得眉清目秀的年轻人在她身后道。

钱小芙回过头,面前的人笑容里满是善意,穿着打扮倒像是周边的大学生。

"是我……你是?"钱小芙放松了警惕。

"我是年总的助理,也是宥泰和雪凝的堂哥,我叫年嘉许。"

"哦,你好。"听到年家人的名字,钱小芙的心更放松了,这个人看着年轻,原来已经是助理了,她接着问道,"你找我有什么事吗?"

"是有些事,想找你谈谈,我想你应该知道,换个地方可以吗?"年嘉许笑着道。

"可是我现在有事,能改天吗?"

"你来这里是想找年夫人吧?我想说的,也正是这件事,等我们谈完了,我会送你去找她。"

"你知道她在哪里?"钱小芙有些不相信。

"年夫人在江城没什么朋友,虽然之前我们也曾去过米女士家找过她,但没有收获。不过既然你往南隅来了,相信她是暂住在米家没错了。"

好厉害的年家人。

钱小芙不禁吞了吞口水,不禁想到了梳妆台上的相片和资料,看来年天远早已知道她和尹美兰的关系了,竟然一直都隐瞒得这么深。

想到这里,钱小芙看着年嘉许的眼神多了一丝防备:"你要说什么,就在这里说吧。"她猜不透他要做什么,便也不敢轻易跟他走。

"也可以。"年嘉许从包里拿出一叠资料,递给了钱小芙,"你先看看。"

钱小芙翻了翻,正是她早上在年家卧室里看到的那份资料。

"这个我看过了。"钱小芙尽量让自己理智又镇定。

"还有这个。"他又递上一份。

## 第七章
### 手术室谜云

钱小芙继续翻看，里边一张张都像是报纸的新闻稿，又像电视台的节目稿，然而里边的内容都是妈妈过往的经历，有些用词夸张而粗鲁，他们把妈妈描述成了一个为了上位不择手段的女人。

她猛地抬起头："你们想要对付我妈妈？"

"相反，我们要救她。"年嘉许淡淡笑道，"你也可以想象到这些新闻发布出去，你妈妈将会是什么样的处境，她还能正常生活，还能面对所有人吗？"

"求求你不要！"钱小芙扯住了他的衣角，"妈妈不是这样的人，这些都是……都是假的，是记者为了吸引人故意这么写的，我曾经也这样被记者污蔑过！"

"你是被记者污蔑，可你的话有人信吗？公众更相信哪一方？"年嘉许反问道。

钱小芙顿时语塞。

"公众不需要真相，只需要热点。年夫人在江城的名气很大，也同时是富商太太团中的佼佼者，受到很多人的妒忌，我想如果这些报道了，一定会有人落井下石，将事态搞大。如果没有你，她继续做回年太太，年总自然会不遗余力地保护她。可如果她离开了年家，与你相认，她将失去年家这个保护伞，年总作为一个庞大集团的总裁，他的言行都会关系到集团存亡，硬是要帮一个名声坏透的女人，恐怕董事们也不会答应，也就无法出手相助，你妈妈的过去就会被一层层地揭开……"

"不要说了……"钱小芙捂上耳朵，她只想到要与妈妈相认，却没有想到会有这种事发生。

"所以，眼下对你来说，也许认回妈妈很重要，可代价过于巨大。你妈妈这些年一直过着优渥的日子，离开年家后，带着你应该会非常辛苦。但最终的决定权在你。是要相认之后，母女一起接受腥风血雨，在人言可畏中度过一生，还是让一切回到原有的轨道，全在你一念之间。"

钱小芙心中的激动与惊喜，在年嘉许的几句话里被碾成泥，想要与妈妈相认的心，一点点地冷却。

她坐在路边的长椅上，眼神空洞。

"当然，如果你放弃相认的话，我们会送你离开，全世界所有国家，你可以任意选择，我们也会为你办理好一切。"想要让尹美兰彻底对相认的事死心，最好的办法就是送钱小芙离开。

"让我再想想。"钱小芙动摇了，心里的天平倾斜了。

不相认才是对妈妈最好的成全吧。

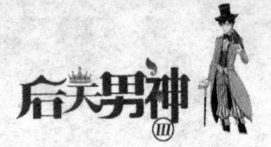

黎氏传媒。

董事会开了一个上午,快到中午才散会。黎阳第一次参加这样的会议,有些紧张,所幸江津恒就坐在旁边,他的心才不至于那么慌。

"一起吃饭吧,我订了位置。"江津恒拍拍黎阳的肩膀。

"好。"黎阳微笑,跟着他走出去。

江城最有名的日式料理店,餐厅的环境很幽静,不设散桌,每个包间都很私密,故而有很多名流喜欢在这里用餐。

悠扬的音乐弥漫在空气中。

黎阳和江津恒在包间里相对而坐,餐点已经上齐了,香味四溢。

"陆铭熙那件事,做得漂亮。"江津恒毫不吝啬对黎阳的称赞。

"我也没想到,他答应得那么痛快。"黎阳的声调有些低。

"以为他能走到这个地步起码是个聪明人,没想到只是个傻小子。义气?以后他就会慢慢明白所谓的义气又值多少钱。"江津恒将一个三文鱼寿司夹给黎阳,"尝尝看,这家的寿司在国际上获过很多奖。"

黎阳对于他刚才的话没有回应,默默地将寿司放在了嘴里。

在他的印象里,江津恒应该也是义薄云天的人,可是刚才他的那席话却让他觉得有些陌生。

"陆铭熙这次的事绝对会给陆云溪造成影响,我想听听你接下来打算怎么做。"

"陆氏地产打算收购一家影视公司,我考察过了,这家公司资历很不错,只是资金周转不灵,我想把这单生意抢过来。"

"我支持你,价钱翻番都没有问题。"江津恒笑道。

黎阳放下筷子:"这家影视公司的老板是陆云溪的旧友,其实在此之前已经有很多公司想收购了,可老板一直不愿意,直到陆云溪出手。我想不是拼价钱可以拿下的。"

"那就做些别的事。三十六计中的离间计你听过吧?不论是旧友还是挚友,都不是铜墙铁壁,一定可以敲出个口子的。"

黎阳眉头轻拧一下:"我想问个问题。"

江津恒点头。

"我听别人说,你当年坐牢的时候在里边遇到了一个人,因为同受黎耀荣的迫害,所以结成了盟友。之后他在牢里病逝,将海外的财产都转移给了你,你之后才又东山再起,是真的吗?"

# 第七章
## 手术室谜云

"没错。"

"你也得了这位朋友的帮助,才有今天,可你似乎并不认同人与人的义气之说。"

"我想我与他并不是义气,只是利益共同体。他知道命不久矣,然而心中又有大仇未报,选择相信我并把财产转移给我,也只是孤注一掷的赌博。"

"你说他在赌?"

"对,他在赌,赌我是一个可以信赖的人,在那个环境下,他根本没有别的选择。"江津恒好似看清了黎阳的疑惑,他淡淡一笑,"小阳,只有孩子才有义气,大人只看利益。"

黎阳的眉头更紧了。

江津恒接着说道:"利益绑在一起的时候,可以同生共死,比如一起打江山的刘邦和韩信。然而利益分配不均等时,就会覆手为敌,韩信最后死于刘邦之手。"

黎阳不再作声了,他知道江津恒说得对,历史上这样的事太多太多,然而朋友之义也并非全然没有。江津恒不过是在讲出他的人生信条。

他与他,虽同脉,却真的不同心。

"过段时间,等公司稳定一些,我想退出来。"黎阳这几天一直在思考这件事,在刚才听完江津恒的信条后,他才确定了心意。

"可以,不过打算做什么,说来听听。"

"我想继续上学。"黎阳从骨子里厌倦商场这些尔虞我诈。

"上学?现在不行。"江津恒一口回绝。

"我有自己的打算,也有想做的事,并不打算投身商场。"见江津恒态度生硬,黎阳也亮出了底牌,江津恒的霸道独断让他有点儿吃不消。

"我不是逼迫你做什么,只是现在真的不是时候……"江津恒放缓了语速,他看出黎阳有些不悦。

## Chapter 3

"我吃好了,有些累了,先走了。"黎阳不再听下去,起身向外走去。

"小阳……"江津恒伸手去拉他,可身子却突然一歪倒了下去。

"你怎么了?"黎阳赶忙回身扶住了他,却见他面色刹那苍白,嘴唇轻颤着。

"老毛病……"江津恒喘着粗气,手掌紧捂着右侧肋部,"缓一会儿就好了……"

"什么老毛病,怎么没有听你说过?"

"所以,我才说时机不对。我急着把公司都交给你,就是因为我没有时间了……"江津恒艰难地挤出一丝笑。

"什么意思?"黎阳的眼神慌了。

"肝衰竭末期,神仙都救不了我了。"

"现在医学这么发达,一定可以治的。"黎阳被突来的情况吓到了,他刚刚失去了佑晨,不可以再失去江津恒了。

"你忘了我们的血型吗?Rh阴性血,不是所有的肝脏都能配型成功的。"江津恒缓缓说道,"亲属的可能性大一些,可我不想让你们冒险,我已活了半辈子了,只要把你们都安顿好了,我也能瞑目了。"

"还有……多久……"黎阳屏着呼吸问道。

"半年吧,情况好的话,再多几个月。谁知道呢,命在老天爷手上。"江津恒笑着,可刚笑了两声,一阵痛再次席卷而来,痛得他深深弯下腰去。

"我叫救护车。"黎阳拿出手机。

江津恒按住了他的手:"你还是不懂商场啊……我们的命关系着成千上万的人,就算是哪一天死了,公布的死亡时间都是能推后一天算一天。叫任旭东过来吧,他知道怎么做。"

"知道了……"黎阳拿起手机,却连着几次都拨错了号码。

江津恒苦涩一笑:"小阳,你怕我死吗?"

"不要说了!"黎阳的心紧紧地拧着,他刚刚对江津恒有了家人的感觉,即便他霸道专制,对他却一直呵护有加。

任旭东很快赶来,带着专职的医护人员从后门带走了江津恒,他带来的这辆保姆车上有着最先进的快速救治设备。

江津恒的体内输入了药液,他慢慢睡了过去。

黎阳看着江津恒,一颗心却再也不能平静了。

## 第七章 手术室谜云

车子驶往江宅的路上，黎阳坐到了任旭东的旁边，问道："任医生，你告诉我，他还有救吗？"

"有救。"任旭东看着他，"那我也实话实说，除非是直系亲属愿意捐献部分肝脏给他，他才有可能活。"

"我的可以吗？"

"如果你愿意的话，我可以帮你做一个配型检查。"

"好。"

"黎阳，你想清楚了吗？"任旭东一脸认真地问道。

"曾经我觉得佑晨是我唯一的亲人，刻意忽略了他。可其实，佑晨和他，还有江以桐，他们都是我的亲人，我已经失去了一个，不想再失去任何一个了。"

"原来你不知道……"任旭东犹豫了一下，转头看看床上昏睡的江津恒，继续说道，"你和江先生，是彼此最后的亲人。"他顿了一下，"江先生早年救过一个失足女孩，因为觉得她长得很像你的妈妈。他出于同情，娶了她，并同意她生下了肚子里的孩子，那孩子便是江以桐。"

黎阳猛地想起他曾经问过江津恒是否再婚，而他也给出了肯定的回答。可想不到，真相竟是这样……

"那以桐的妈妈呢？"

"生完他之后，就从医院跑了。后来才听说她精神有些问题。江先生一直想找到她，可是很多年过去了，都杳无音信。至于以桐的亲生爸爸，找起来就更是大海捞针了。"

黎阳心中一震，这个不信朋友义气，口中尽是利益的人，竟然为一个素不相识的女人养大了孩子。

难怪他之前觉得他们父子间有嫌隙，原来是这样。

但以江以桐的状态来看，江津恒必定从未苛待过他，视他为己出。

"血型稀少，膝下无子，又没有父母兄弟，所以江先生的病才拖到现在。"任旭东一声叹息。

"我明天早上就到医院找你，做配型检查。"黎阳心意已决。

"不行，要等江先生醒来，他同意才可以……"

"这件事先瞒着他吧……"黎阳顿了一下，"我不想让他觉得亏欠我，他暗中照顾了我这么多年，我也是时候照顾他一次了。"

"好吧，我答应你。"任旭东拍了拍他的肩，"你妈妈在天之灵看到你们父子这

样,一定会很欣慰的。"

钱小芙按照约定好的时间,来到了咖啡厅门口。

她看到尹美兰还在昨天的位置等着她,她深深地吸了一口气,走了进去。

"小芙……"尹美兰冲她招招手,"外面很热吧,想喝什么?我帮你点。"尹美兰已经打算坦承一切,在说之前她想让气氛轻松一点儿。

她猜不到钱小芙听到真相后的反应,一颗心忐忑不安。

"不用了。"钱小芙将证件放在了桌上,"你要我做的,我做完了,我走了。"

"小芙!"尹美兰拉住了她,"我还有事要说。"

终于,要说了吗?决定要认她这个女儿了吗?钱小芙紧紧咬着嘴唇,这一天她等待了十几年,做梦都在等着这一天。然而,却还是来得太晚了。

"是要说这件事吗?"钱小芙回过头,拿出了那张相片。

看到相片,尹美兰不禁一震,问道:"你从哪里得到的?"

"重要吗?"钱小芙努力让自己的表情冰冷,"你只要告诉我,这是真的吗?你真的是我的妈妈莫佩兰吗?"

"我……"尹美兰内心挣扎着,之后沉沉点下了头,"是我。"

"呵,还真是不一样了呢。难怪和你住了那么久,我都没有认出来,这张年夫人的脸上动过不少刀子吧?比从前住在贫民窟的那个莫佩兰美太多了。"钱小芙嘴上说着这些话,心却仿佛被刀一下地绞碎。

"我知道你会恨我……当年我抛下你们,是我的错。"尹美兰无力申辩,"你无法体会一个做母亲的人,抛下孩子需要多少勇气,我当年在国外哭了一夜又一夜,从没有一天忘记过你,无数个撑不下去的夜里,都是因为想着对你的承诺,因为要让你过上好生活,我才重新振作,直到今天……"

"直到今天当上了年太太,又被赶出了家门,才想到来和我相认吗?"钱小芙强撑着将这些狠心的话扔出去。她必须让妈妈对她彻底死心,妈妈才能回到年家去啊。

"对……"尹美兰苦笑着,眼泪顺着眼角一行行落下,"原本想说为了你离开年家,看来不行了,都被你说中了。在你住进年家后,我的确犹豫了很久,可依然没有决定与你相认,我舍不得富贵的生活,舍不得年天远……若不是东窗事发,我走投无路离开年家,或许我还不会与你相认。小芙,我原本还有些信心,希望以后我们两个人一起生活,可是现在看来,不可能了吧。"

"一起生活?和一个抛弃过我一次的人吗?如果哪天年天远重新来找你,你会再抛

## 第七章
### 手术室谜云

弃我一次吧?"钱小芙做出咄咄逼人的表情。

"不会,我不会再回年家了。我是真的想和你一起生活,哪怕过苦日子,也不会再离开你了。"哪怕还有一丝希望,尹美兰都不想放弃。她知道小芙心里有怨恨,她希望以后能弥补她。

"可是我不想。"钱小芙不屑地一笑,"妈妈对于我来说,太遥远了,我已经不需要了。"

"小芙……"尹美兰不知道还能怎么说,才能让她改变心意。

"什么都不必说了。"钱小芙拿起那张相片,在她面前撕得粉碎,"都结束了,你不是我心中的莫佩兰,我也不是一直等在原地的乖女儿,我们从此再无干系。"

"小芙!你等下!"尹美兰不顾旁人的目光,喊住了她,"你真的,不能给我一次机会吗?为了这一天,我挣扎犹豫了很多年,可是如今终于抛开了一切,我希望能重新照顾你,妈妈现在,只有你了,你可以留在妈妈身边吗?"尹美兰的声音里尽是哭腔。

好啊,我们不要再分开了,妈妈。

我也想告诉你,我从来没有恨过你,没有一分一秒埋怨过你。

我会留在你身边,一辈子,一步都不会走。

钱小芙背对着妈妈,眼泪成片地落下,她心里反复想着这些话,却一个字都不能说出口。

心里巨大的痛仿佛一个黑洞快要将她整个吞噬,然而她无力招架,任凭黑暗笼罩一切……

"我这辈子,都不想再见到你。"钱小芙死死压抑着哭腔,对着身后说道,之后跑出了咖啡厅。

"小芙……"尹美兰哭得弯下身去。

钱小芙一边跑一边哭,不知道跑了多久跑了多远,跑得双腿发软,才在路边的长椅上坐下去。

心脏的痛仿佛是会蔓延的藤,牵连着全身每个脏器,每一根血管,每一条神经都跟着一起痛。

妈妈,妈妈……钱小芙在心里不停地呼喊着。

我并不想让你伤心,也不想这么伤害你,在我心里已经认过你,叫过你了,听到你说想要照顾我,我心里的伤口也已经痊愈了。

我也想与你一起生活,也想照顾你,可是相认的代价实在太痛了,我宁愿往后的日子里没有你,也不想你再受伤害。

从前,是你守护了我,我在艰难贫穷的日子里,依然有甜蜜的回忆,是你那些爱伴随着我长大,让我不怨恨不悲观,成长为健康又阳光的女生。

现在,换我来守护你了,希望这样能换来你的幸福。

余生里,我不会再去打扰你。即便遇到,可能也不能对着你笑,不能再叫你妈妈。

可是我爱着你,一直,永远,爱着你。

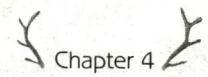

Chapter 4

陆铭熙赶到黎氏传媒,却被告知黎阳不在公司。

黎阳换了手机号,现在的住址他不知道,陆铭熙不知道在哪里还能找到他。

这时,他接到了钱小芙的电话。

接通,还未等他说话,那边就传来了痛哭声。

陆铭熙的心一下子慌了:"小芙,你怎么了?出什么事了?"

"铭熙,我快要死了,真的快要死了……"

"告诉我你在哪儿?我去找你。"陆铭熙跳上了车子。

"我也不知道在哪,铭熙,带我走好不好?我们一起离开江城,再也不要回来了,好不好……"

"我会找到你的,原地等我。"陆铭熙定位到了钱小芙的位置,车子飞驰而去。

江城水上公园。

陆铭熙找到钱小芙的时候,她正坐在公园外的长椅上一个劲儿地哭,眼泪好像封不住的洪水。

"到底发生什么事了,告诉我啊!"陆铭熙快要急死了。

钱小芙将所有的事情讲了一遍,其间仍止不住地抽泣着。

"小芙,你受委屈了。"陆铭熙听完一切后,只觉得好心疼她,将她紧紧拥在了怀中。

"我不想待在这里了,一刻都不想待了……铭熙,可以带我走吗?"钱小芙的心理防线已经崩溃。

和心爱的妈妈说了那么多狠心的话,还说此生不要再见,陆铭熙能想象到她心里的痛。

"好,我们离开这里。"陆铭熙的手掌抚摸着她的头,"可是眼下还有更重要的事,黎阳可能身处一个陷阱之中,我要先救出他。"

"黎阳?"钱小芙抬起了头。

"对。我怀疑黎佑晨的死,以及黎耀荣的突然离世都与江津恒有关,江津恒制造一起又一起的事故,就是为了离间黎阳身边所有的人,最后只剩黎阳自己。"

"他为什么要这么做?只是为了认回黎阳吗?"钱小芙也为黎阳担心起来。

"想要认回他,又何必清除他身边的人?是要黎阳孤立无援,只信任他一个,从而跳入他的亲情陷阱,江津恒一定对黎阳有重大阴谋。"

"可是黎阳现在不信任我们,葬礼上他的态度你也看到了,我们怎么说服他?"

陆铭熙沉默了,不是怎么说服的问题,而是见到黎阳都困难了。

这时他的脑海里闪过一个人,他猛地看向了钱小芙。

"你能联系上江以桐吗?或许他能帮得上忙!"

"江以桐?他是江津恒的儿子,不可能向着我们的。"钱小芙疑惑道。

"他不会向着我,更不会向着黎阳,可是……"陆铭熙的眼神沉了沉,"他会向着你。"

隔天。

江以桐正在私人医院里陪着江津恒,手机在口袋里振动了一下,他起身走了出去。

看到是钱小芙,他有些意外。

"是我。"他接起了电话。

"江以桐,你能联系到黎阳吗?我有很要紧的事找他。昨天打了一整晚你的手机,你都没有开机。"

"哦,昨晚有些事。"江以桐昨天接到医生通知就赶来医院了,怕打扰爸爸休息就一直关机,直到刚才开机。

"你找黎阳?"江以桐看向一边的医生办公室,黎阳正和任旭东讨论着手术方案。

就在刚才,黎阳刚刚签下了《同意器官移植确认书》。他的各项身体指标都符合给江津恒移植的条件。

"他确实和我在一起,不过现在没空接电话。"江以桐诚实地答道。

"我真的有性命攸关的事要找他,或者你告诉我,你们在哪里?"钱小芙急切地说道。

看来他们是知道了什么,如果他们赶来,动摇了黎阳的决定,那么爸爸的手术就会无法进行。

虽然从一开始,这就是一场阴谋,认回黎阳,帮助他,温暖他,再到清除他身边所有的人,都只是为了这一天——黎阳同意给江津恒移植肝脏。

任旭东刚才假装惊喜地告诉黎阳配型成功,可是那张配型表,早在黎耀荣葬礼那天,他就已经在酒店健身房见过了。

他们从黎阳坠楼送来医治那天,就已经对他的身体进行了全面检查,确认他符合条件。

他那天去菊园找黎阳,也是因为这件事让他心里愧疚难安。他虽然不满爸爸和任旭

## 第七章
### 手术室谜云

东的做法,却也不能破坏爸爸的计划,断了他的生路。

"小芙,这件事你们管不了,不要插手了,我不想你受到伤害。"江以桐压低声音说道。

钱小芙的心一紧,和陆铭熙对视一眼,听江以桐这么说,两个人更坚信了陆铭熙的猜测。

江津恒真的对黎阳设了一个陷阱,而黎阳正在一步步落入,或许距离江津恒的目标已经近在咫尺了。

"江以桐,你和他们不一样,你不是那样的人,你快告诉我啊!"钱小芙快要急哭了。

"对不起,小芙。"江以桐挂断了。

"他挂了。"钱小芙看着陆铭熙,"怎么办?"

"让雪凝的朋友去查。"陆铭熙立刻给年雪凝打电话。

几秒钟后,这家私人医院的信息再次出现在陆铭熙的邮箱里。

"竟然在这里,到底在盘算着什么?"陆铭熙心里有一阵不好的预感,如果真的没事发生,江以桐不会这么匆忙地挂断电话。

一定是有什么事,正在进行中,不可以中断,不可以被影响。

"为什么在医院?他们把黎阳打伤了吗?"钱小芙提出了同样的问题。

"我不知道,可我心里很乱。我们先去,觉得有什么不对,就报警。"陆铭熙驱车开往海滨区的私人医院。

## Chapter 5

手术在午后进行。

江津恒的病情比想象中恶化得要快,原本以为还能多等半年,可现在已经引发了肝昏迷,不赶紧手术,怕是连今晚都熬不过去。

黎阳换好了手术服,在准备室里等待着。

外面,医生和护士们身影匆匆,一个个脸上写满了凝重。

任旭东和他说了所有手术中会遇到的意外,虽然肝移植在国际上手术风险不算大,但是供体死亡的事例还是发生过。

尤其是他们这样的稀有血型者,一旦大出血,两个人中只能保一个。

准备室里的冷气很足,坐得久了全身都有些僵了,黎阳起身来回地活动着身子,门轻轻推开了。

回头,是同样穿了无菌服的江以桐。

黎阳蹙眉。

"我没资格上手术台,只是进来看看你。"江以桐在一边坐下,手掌在腿上交叉,很紧张的样子。

"为我担心吗?"黎阳看着他。

"我们好像还不是互相关心的关系。"江以桐抬头看他,淡淡地笑。

黎阳也笑:"我觉得是,从你去菊园看我那一刻起。"

江以桐不禁面孔收紧:"你……什么意思?"

"你听懂了。能当上亚洲拳王,一定不是仅靠拳头的。"黎阳依然笑着。

"你猜到了?"江以桐突然不知道要怎么说下去。

"如果进程稍放慢一点儿,我就完全不会起疑心了。"黎阳缓缓道,"我与江津恒还没有相处到可以为他移植器官的份儿上,可他已经迫不及待地告诉了我他的病情。"

"爸爸的病突然恶化,原本制订的计划完美无瑕——半年内江氏和黎氏两家公司合并,两家公司会通通划至你名下,爸爸原本打算那时候再告诉你病情的,坚信你会心甘情愿地救他。"

"两家公司,千亿资产,换一个肝。江津恒手笔真大,不怕我私吞吗?"

"因为你不会活着离开手术室。"江以桐淡淡道。

"果然……不过你是什么时候知道这件事的?"黎阳在他对面坐下来。

"从你的车子刹车出故障开始。"

"原来,他真的盘算了好久……"黎阳的眼眶红起来,那件事是他与江津恒第一次

## 第七章 手术室谜云

碰面,也是他对江津恒最初的改观。

若不是江津恒出现,他必定命丧黄泉。

也就是那一次之后,他对江津恒有了信赖,之后在每一次遇见中,与日俱增。

"你呢?什么时候知道的?"江以桐反问。

"从你在菊园问我,有没有什么事想做,要不要你帮忙开始……其实你是去提醒我的,可我那时只是怀疑,觉得身在旋涡,却不知原来不是旋涡,而是板上之鱼。真正确定这件事,是昨天在车上,任旭东给我讲了江津恒从前的事,告知我们是彼此唯一的亲人,却又讲了直系亲属才能移植的事,我就知道他的用意了。"

"你分明有很多机会离开的。"江以桐语气有些低落。

"对,在他告诉我使了一点儿手段让我得到了黎氏传媒时,我就应该走,可我没有,我想是我贪婪了,想要实现妈妈的遗愿。在他让我对付陆铭熙,将所有证据指向陆家的时候,我也应该走,我不该不信自己的朋友,可我没有,我想我被仇恨蒙蔽了双眼。倘使不是佑晨苦苦相求,陆铭熙不会送她走,而能让佑晨走的原因,只有一个,就是她是为了我。"

"你既然早知道,你还对陆铭熙赶尽杀绝?"

"我不做,江津恒也一样会做,会比我狠一万倍。"黎阳苦笑着,"而且只有我做,陆铭熙才能解脱,才能觉得对我的愧疚减轻了一些。"

"呼……"江以桐深呼了一口气,他早猜到以黎阳的智慧会看穿这一切,却想不到他看得这么穿,这么透,"既然你什么都猜中了,又为什么坐在这里?父子情深?"

"父子,血缘。"黎阳一字一句道。

"他并没有为你做什么,对你的关爱甚至不及对我,就算有血缘又算得了什么,只要他愿意,他随时可以找女人生很多个儿子。你以为他多年不再婚是因为思念你妈妈吗?错了,他是信不过任何人,更不会再爱任何人。你说的这可笑的血缘,他根本不稀罕。"

"我稀罕。他救过妈妈,也救过我……以命还命,天经地义。"

"黎阳,你走吧。"说到此,江以桐实在狠不下心了,这些年他看着江津恒打着仁义的幌子,做尽丧尽天良的事。与黎阳聊完这些,他觉得他不配拥有黎阳这样的儿子,更不配用他的肝脏去延续他的那条脏命。

虽然被他养育大,可他从未有一刻爱过他,他面具下的真实让人畏惧到生寒。

"以桐,你太单纯了。之前或许是我不想走,可是现在却是我走不了,你要试试吗?"黎阳说着便推开门,刚走了一步,卢羽就带着两个人拦住了他。

黎阳看向里边的江以桐，浅笑，笑容中尽是凄凉。

"小阳，快要手术了，你别耗费体力，进去多休息一会儿。"卢羽一脸关切，可手臂的力道却将他握得生疼。

黎阳走回去，重新坐下，目光深深地看着江以桐。

门被重新关紧，卢羽守在外面。

"刚才小芙打电话给我，她很紧张地说要找你。其实我好羡慕你，有朋友真心地为你担忧，不论如何对待他们，他们都会重新靠拢过来。"

"好想她。"说到小芙，黎阳的脸上出现一丝温暖。

"我曾因为你故意接近过她，知道是你得不到的，原本以为我可以。不过却也没有成功。她对陆铭熙的爱太忠贞，我多么努力都不能动摇分毫。"

"正因为如此，她才吸引着好多男生前赴后继。她坚定得像颗永不动摇的小卫星，只围绕它的那颗行星运转。"

"你一定很喜欢她，为什么没有把她争取过来？"

"因为她的幸福不在我这里。"黎阳浅浅一笑，"而我只想看着她幸福就好了。"

"小阳，医生准备好了，可以进去了。"卢羽打开了门。

"黎阳……"江以桐快步走过来拦住了他，附在他耳侧轻声道，"若你想离开，以我的身手……"

黎阳伸手推开了他，笑着摇了摇头，阻止他继续说下去。

江以桐的脸上露出一丝不忍。

"江以桐，其实让我羡慕的是你，没有人机关算尽地对待你，这是上天给你的仁慈。"黎阳说这句话的时候，脑中闪过了很多人的脸。

黎耀荣，Zoe，以及江津恒。

他跟在卢羽后面朝手术室走去。

江以桐追出去，拦住了任旭东，说道："爸爸只要能活过来，就放黎阳一条生路。"

任旭东笑："以桐，如果里边的人只能活一个，你选谁？你想知道你爸爸选的是谁吗？"说罢，他走进了手术室。

手术室上方的灯，亮了。

七个小时后，几十名警察突然破门而入，将医院整个包围。

"黎阳！黎阳还在不在？人还活着吗？"陆铭熙冲进来抓住一个护士大吼道。

## 第七章
## 手术室谜云

他早已赶到了医院，谁知医院整体封闭，根本连只苍蝇都飞不进来，他找了开锁专家，在外面折腾了几个小时，医院的门都纹丝不动。

就在这时，他收到了一封匿名邮件。

里边有江津恒收买大副改变货船航线的证据，以及黎佑晨在临死前的一段录音。

录音里，她清清楚楚地提到了江津恒的名字。

邮件里还有一张黎阳与江津恒肝脏配型成功的体检报告。

陆铭熙顿时明白了所有事情，知道事态重大，立刻报了警。警察锁定了江津恒的位置，迅速赶来了医院。

在警察的要求下，卢羽打开了手术室的门，他双手举过头顶，一脸心痛的表情说道："你们很快会看到真相。"

江津恒正静静地躺在手术台上，各项指标已经变成了平行线，而黎阳的生命体征正在一点点地恢复。

"这是怎么回事？"带队的警察看向陆铭熙。

陆铭熙此时也迷糊了，他看向卢羽，却见他的泪水落满了脸庞。

他慢慢地在手术室跪了下去，额头重重地撞在地板上，哽咽着说道："老爷，黎阳活下来了，你终于如愿救了他，希望你泉下有知，一路走好……"

任旭东此时也做好了最后的缝合工作，他摘掉手套和帽子，从手术室里走出来，双手伸在了警察面前。

"黎耀荣是我害死的，我认罪。"

"任医生……"面对这突如其来的一件件事，陆铭熙整个人混乱了。

这时江以桐从医生办公室走出来，拿着一张黎阳今早的体检报告。

"原来……"江以桐的眼泪也簌簌落下，"爸爸是为了救黎阳，黎阳肾衰竭末期，活不过三个月……"

陆铭熙拿过那张体检报告，上面清楚地写着，在之前的坠楼事故中，他们就已经查出了黎阳肾衰竭，江津恒在国内国外到处寻找合适的肾源，然而都没有找到。最后他想到了自己，自己已患肝癌，命不久矣，他决定将肾捐给黎阳。但是知道黎阳生性仁义，怕他拒绝，他才想到了这个办法。他笃定若病患换作他，黎阳一定会签下同意书。

然而他的决定得到了所有人的反对，任旭东甚至想过在手术中偷梁换柱，救活江津恒。然而江津恒给所有人都下了封口令，每个人的把柄都在他手上，如果黎阳死了，他便将这些把柄发给警察局。

任旭东只好按他的意思，将他的肾脏移植给了黎阳。可这些天来江津恒的选择也触

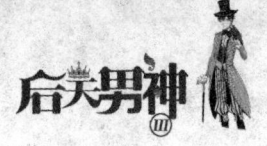

动了他的心。

终究还是耐不住良心的谴责,他决定手术后,就去自首。

而陆铭熙收到的那封邮件,是江以桐发出的,他原本不忍黎阳送死,想通知他来救人。

真相大白,所有人都愣在了原地。

任旭东唇角勾起一抹淡然的笑容,似乎早已为这一天做好了准备,他走回手术台前,对着昏迷的黎阳说道:"小阳,老爷虽然这一生机关算尽,从未信任过谁,可他唯独对你有过真心。他清理了你身边所有的人,不光是为了手术,也为了你可以死心塌地去到他身边。在我们刚知道你生病时,就已经制订第一套手术方案,力保两个人同时存活。若遇到危险只能活一个……"任旭东缓缓道:"老爷选择的,是你。"

所有人都沉默了,只有手术室里的仪器在"嘀嘀"响着,黎阳表情沉静,仿佛陷在一个很长很久的梦中……

尾声

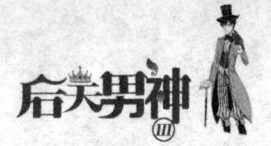

三个月后。

钱小芙顺利升学,因为期末考的成绩优秀,她进入了年级最好的班级。

她搬出了年家,和爸爸重新生活在一起,可依然天天坐年雪凝的车上下学。

年雪凝每天硬是提早半个小时起床,绕整个江城一圈,也要去宝苑新居接上小芙一起去学校。

"有些习惯,一旦形成了,明明就是很难改变的嘛。"年雪凝这样对钱小芙说,也对自己说。

钱小芙在年家住的这段时间,年雪凝一直多有抱怨。可当她真的搬走了,她才发觉她已经当钱小芙是姐妹了。

同样让她后知后觉的,还有尹美兰。在年天远的努力下,她终于回到了年家。重新看到她的那一刻,年雪凝情不自禁地扑上去拥抱了她,她才知道原来在她心里,尹美兰早已是家人了。

"小芙,要不要重新一起生活啊,你,我,尹阿姨,还有我爸爸……"

钱小芙任她把头靠在自己肩上,笑着道:"你们的幸福我不想打扰,我想,我也会有自己的幸福的。"

陆宅。

陆妈妈把保险柜里的珠宝全部塞进了一个袋子里,刚要偷偷出门,就被陆云溪拦在了门口。

"也不看看自己什么年龄了,还玩离家出走?"陆云溪淡淡道。

"你要是非逼儿子继承陆氏,我就和儿子一起离开你!"陆妈妈抽泣着说道。

"那我也不能把陆氏当慈善事业一样捐出去吧?"陆云溪一脸无奈。陆铭熙最近接到了国际导演的邀约,决定将演艺事业发展到欧美去,他只不过是考虑到陆氏地产的未来,阻拦了一下,这母子俩就直接造了反。

一个要携珠宝离家出走,另一个要找媒体宣布与他断绝父子关系。

"那我给他一年时间,拍完这部片子就回公司来,可以吧?"陆云溪退了一步。

"离婚吧。"陆妈妈作势要继续走。

"两年!"陆云溪眉头拧起。

"我们夫妻缘尽了。"陆妈妈做绝望状。

"行行行,随你们便吧,大不了我干到八十岁,铭熙那浑球儿总会老到没人喜欢他吧!到时候再回来打理公司总可以了吧?"陆云溪挥了挥手。

## 尾声

"真的吗?你刚才说的话我可是都录下来了!"陆铭熙从楼上一溜烟跑了下来,欣喜地揽住爸爸的肩膀。

陆云溪叹口气,看都不想看他。

"爸,妈……"陆铭熙另一只手也搂住了陆妈妈的脖子,"我上辈子一定是拯救了全宇宙才会成为你们的儿子。我会让你们一直幸福下去的!"

这时,陆妈妈和陆云溪史无前例地拥有默契,同时将陆铭熙推到了一边,异口同声道:"你别气死我们就好啦!"

电影片场。

陆铭熙最后一部国内电影正在拍摄中,他穿着一身武士服骑着白马与敌人火并,谢阿吉在一边给工作人员发放着便当,一边点头哈腰地请大家一定多照顾陆铭熙。

在片场外,竖着一块巨大的广告牌,上面写着:黎氏年华集团全资赞助。

不远处的一辆加长保姆车里,一个男生看着陆铭熙认真打斗的样子,唇角轻轻勾起,露出温暖的笑容。

"小黎总,今天是以桐的生日,约好了一起吃午饭,要现在过去吗?"卢羽在驾驶座问道。

"好。"黎阳点头,车子缓缓驶离片场。

钜豪酒店。

一个小型包间里,摆着三副餐具,满满一桌子的好菜。

黎阳和江以桐共同往另一个盘子里夹满了菜,之后对着椅子上摆放的那张相片微笑。

"爸,开饭了。"兄弟俩异口同声。

相片上的江津恒,笑容可亲。

日本,富士山脚下。

年宥泰冲着Zoe喊道:"这样可以了吗?还是要再往远站一些?"

"等一下……"Zoe手里拿着一个沉重的单反相机,左挪挪右移移,寻找着最好的拍摄角度,几分钟后她放下相机,冲他喊道,"喂,你明明知道我要拍富士山,你干吗穿白色羽绒服啊!颜色太接近啦。"

"那我很冷啊……"年宥泰瑟瑟发抖着,话都快说不利落了。一个月前Zoe突然心血

来潮要学摄影,他便陪着她走过了几个国家和城市采风,还做起了义务模特。

"那我怎么拍啊?学摄影真的好难。"Zoe嘟起了嘴巴。

"行行!我知道了!"年宥泰在零下十几摄氏度的天气里,勇敢地脱掉了羽绒服,只穿着一件单薄的衬衣重新站好,"不要着急,我会一直站在这里,直到你拍出满意的作品!"

Zoe看着他,不禁温柔地笑出来,她将相机放到架子上,快步跑到了年宥泰身边,勾住了他的手臂。

"不拍了吗?你生气了吗?要不然我把衬衣也脱了?我一点儿都不冷,真的!"年宥泰赶紧说道。

"傻瓜。"她依靠在他肩上甜甜一笑,远处的相机闪光灯亮起……

两个人相依偎的画面永远定格在了富士山脚下。

深夜,陆铭熙和钱小芙一起来到了摩天轮前。

"你猜今晚会不会突然停电?"

"乌鸦嘴。"

"那会不会出故障?"

"你能不能说点儿好的啊?"

"那如果两个同时发生了,你会不会和我复合?"

"陆铭熙,你够了……"

钱小芙甩着马尾走进了摩天轮的一个轿厢,陆铭熙嬉笑着跟了进去。

摩天轮缓缓升上夜空。

"喂,你看那个方向好亮哦,是什么地方?"钱小芙贴在窗前。

"那是黎氏和江氏合并后买下的新大厦。唉,好嫉妒哦,黎阳竟然十九岁就成为江城首富,以后恐怕没办法做朋友了。"

"喂,你的小影视公司怎么样啊,新签的艺人还不赚钱吗?"钱小芙问道。

"赚钱?我已经连续亏了三个月了,黎阳说要收购,我正在等他啊……"

"喊,当初不是说要收购黎氏,让黎阳做总裁吗?你好差劲哦,陆铭熙……"

"对哦,这么差劲的男生要求复合,会不会更没戏了?"

钱小芙伴装没听到,将脸扭到一边。

突然摩天轮顿了一下,接着又一下。

"哇,好像真的出故障了!"陆铭熙一脸中了五百万的表情。

## 尾声

"你神经病啊?快求救啊!"钱小芙脸色都变了。

下面的工作人员拿着喇叭喊:"不要慌,出了小故障,我们正在检修。"

陆铭熙猛地把手臂抵在轿厢壁上,将钱小芙围在了臂弯里:"喂,回答我的问题啊,到底怎么样才复合啊?"

"复合个屁啊!这么高掉下去会死啦!"钱小芙大吼道。

突然摩天轮又动了一下,之后每个轿厢上的灯都灭掉了,仿佛流逝的星辰,很快就漆黑一片。

"不会吧?"陆铭熙再次惊讶。

下面的喇叭声再次响起:"不好意思啊,今天恐怕修不好了,线路检修,供电局停电喽!"

"哈哈哈!"陆铭熙骇人的笑声无比洪亮,他正要向钱小芙炫耀自己的神预测能力,就感觉有什么湿润的东西,在黑暗中轻轻贴到了他的脸颊。

他全身仿佛过电般,整个人僵在了那里。

是钱小芙的吻。

"你……"他不可置信地看着钱小芙,月光下她的脸通红,在他的臂弯里缩成小小的一团。

"陆铭熙,我们和好吧。"

"什么……"陆铭熙怀疑地球引力消失,他整个人都没了知觉,好像飘在了空中。

"你向我走了九百九十九步,最后的一步由我来走。从此以后,就算刀山火海,就算披荆斩棘,哭要一起哭,笑就一起笑。"钱小芙轻轻牵起他的手,"至此一诺……"

"一生有效……"陆铭熙轻轻说道。

远方绽放起了绚丽的烟火,照亮了两个人的脸。

至此一诺,一生有效。

陆铭熙,不论春雨秋霜,世事如何更迭……

我都不会再放开你的手。

钱小芙,不论此年今生,尘间再多离散……

我都不会再放开你的手。

——全文完——

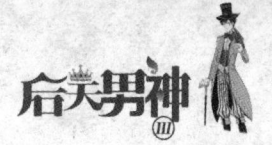

写在最后的话：

《后天男神》三部曲是我写文以来字数最多的一部小说，从2014年动笔，到2016年完成，整整两年的时间我都沉浸在陆铭熙和钱小芙的故事中，无法自拔。第一次体会到笔下的人物逐个鲜活起来，自己去承载命运，而我只是一个记录书写的人。

我喜欢小说里每一个人物，搞怪又痴情的陆铭熙，善良又坚韧的钱小芙，温暖又贴心的黎阳，还有心机颇深却也有着不得已苦衷的Zoe。他们每个人都有各自的过去，正因为那些让他们变成了拥有各自特征的人，所以故事就顺其自然地发生了。我不想让你们讨厌或痛恨任何一个人，即便他们做了自私的事，即便他们伤害了无辜的人，可这世上哪有平白无故发生的故事，正因为有爱，有恨，有怨，才会有世间百态。这其中，我最心疼的，是黎阳。他有着所有人物中最完美的性格，因为儿时一个稻草人的遇见，默默守护着钱小芙，与陆铭熙虽为情敌，却结下了深厚的情谊，只是他看似出身豪门却遭遇了两次亲情背叛，外在的荣光下过着比平凡人还要心酸的生活。他却依然温暖着别人，纵使内心千疮百孔，他依然将孝道和友情放在了比生命更优先的位置……写这三本书的时候，我曾边写边哭得不成样子，可哭得最凶，哭到心痛不已无法再写下去的时候，通通都是因为黎阳。

黎阳与陆铭熙决裂的时候，还有他认命地走向手术台时，我只觉得是我亲手击溃了这个少年的世界。

或许世上不会有如他这样的人吧，我真心希望着，希望那些痛与苦不会真的降临在某个人的身边。

关于陆铭熙，我对他的爱已经不必说了，主角自有主角独特的光环，不论如何将笔触转给别人，他的光芒从一开始就无法阻挡。钱小芙则像极了我们现实生活中的平凡小女生，她们内心强大，敢爱敢追，却也时常因为太多顾虑而困住自己前进的步伐，毕竟内心强大不等于足够自信，面对喜欢的人，我们总觉得自己还不够好，不够与之般配，才会有那么多的不确信和小退缩。

其实，我们一直走在让自己更好的路上，从未停歇。

什么时候会更好，怎样才算最好，这个答案我们不需要追寻，只要在努力，只要在向前，每一刻每一分我们都是最好的自己，最好的男生和女生。

像闪光灯下的陆铭熙，像红榜上的钱小芙，我们都有能让自己发光发亮的舞台。

两年间，我拥抱了这几个花样男神和女神，为他们写故事，为他们哭或笑。

可我知道，我真正的收获是你们。

## 尾声

  我拥抱了更多未来的男神和女神们，尽管还没有与你们相识，可我们已经在每个街边的书摊、图书馆、书店里相遇了。

  我的故事伴随了你们的青春，我想这是我们彼此间最好的礼物。

  未来，我们——继续相遇吧。

2016.6.21

## 意林品牌书系推荐

**意林女生文学·《小小姐》品牌书系**　为中国女生量身打造，纯正、阳光、向上，优质女孩喜爱的文学品牌

**萌灵小说系列**

| | |
|---|---|
| 《悠莉宠物店Ⅰ》 | 18.80 |
| 《悠莉宠物店Ⅱ》 | 18.80 |
| 《悠莉宠物店Ⅲ》 | 19.90 |
| 《悠莉宠物店Ⅳ》 | 19.90 |
| 《悠莉宠物店Ⅴ》 | 19.90 |
| 《悠莉宠物店Ⅵ（大结局）上》 | 19.90 |
| 《封印之书·九尾狐》 | 19.80 |
| 《封印之书·独角兽》 | 19.80 |
| 《玛丽晴异闻录》 | 19.90 |
| 《薇妮天使旅行》 | 19.90 |
| 《苍岛有风①·人鱼过境》 | 19.90 |
| 《萌物委托社①世外萌龙天然呆》 | 22.80 |

**冒险励志系列**

| | |
|---|---|
| 《迷藏·海之迷雾》 | 18.80 |
| 《迷藏Ⅱ·月影迷踪》 | 19.90 |
| 《迷藏Ⅲ·幻梦迷城》 | 19.90 |
| 《花与梦旅人Ⅰ》 | 19.80 |
| 《花与梦旅人Ⅱ》 | 19.90 |
| 《花与梦旅人Ⅲ》 | 19.90 |
| 《花与梦旅人Ⅵ（大结局）》 | 19.90 |
| 《花与守梦人①·大公的苏醒》 | 19.90 |
| 《花与守梦人②·占星师的眼泪》 | 19.90 |
| 《萌侦探纪事Ⅰ》 | 18.80 |
| 《萌侦探纪事Ⅱ》 | 19.80 |
| 《萌侦探纪事Ⅲ》 | 19.90 |
| 《萌侦探纪事Ⅳ（大结局）》 | 19.90 |
| 《迷宫街物语》 | 19.80 |
| 《艾蜜儿宇航日记》 | 19.90 |

**幸福蔷薇系列**

| | |
|---|---|
| 《蔷薇少女馆Ⅰ》 | 18.80 |
| 《蔷薇少女馆Ⅱ》 | 18.80 |
| 《蔷薇少女馆Ⅲ》 | 19.90 |
| 《蔷薇少女馆Ⅳ》 | 19.90 |
| 《蔷薇少女馆Ⅴ》 | 19.90 |
| 《蔷薇少女馆Ⅵ》 | 19.90 |

**浪漫古风系列**

| | |
|---|---|
| 《七寻记Ⅰ》 | 18.80 |
| 《七寻记Ⅱ》 | 19.90 |
| 《七寻记Ⅲ》 | 19.90 |

**果绿年华系列**

| | |
|---|---|
| 《蝴蝶飞过旧时光》 | 19.80 |
| 《第一女执政官》 | 19.90 |
| 《风之少女琪琪格》 | 19.90 |

| | |
|---|---|
| 《霓裳小千金》 | 19.90 |
| 《两生花开时》 | 22.00 |
| 《风云俏萝莉》 | 19.90 |

**月舞流光系列**

| | |
|---|---|
| 《前方江湖请绕行》 | 19.90 |
| 《三色堇骑士之歌》 | 19.90 |
| 《守望彼岸星海》 | 19.90 |

**萌淑女驾到系列**

| | |
|---|---|
| 《萌淑女驾到之美女训练营》 | 19.80 |
| 《萌淑女驾到之天使候补生》 | 19.80 |
| 《萌淑女驾到之人鱼的信奉》 | 19.80 |
| 《萌淑女驾到之天鹅公主成人礼》 | 19.80 |

**星愿大陆系列**

| | |
|---|---|
| 《星愿大陆①·天命巫女》 | 19.90 |
| 《星愿大陆②·白银蔷薇》 | 19.90 |
| 《星愿大陆③·幻月手杖》 | 19.90 |
| 《星愿大陆④·永恒星钻》 | 19.90 |
| 《星愿大陆⑤·夜之王子》 | 19.90 |
| 《星愿大陆⑥·晨光微曦》 | 19.90 |
| 《星愿大陆⑦·琉光暗影》 | 19.90 |

**浪漫星语系列**

| | |
|---|---|
| 《处女座：完美年华初相见》 | 20.90 |
| 《天蝎座：假面黑桃Q》 | 20.90 |
| 《双子座：闯进你的孤单星球》 | 20.90 |
| 《巨蟹座：追梦的水晶鞋》 | 20.90 |
| 《天秤座：优雅走过下雨天》 | 20.90 |
| 《白羊座：裙摆是花开的地方》 | 20.90 |
| 《摩羯座：寄给青春一座城》 | 20.90 |
| 《双鱼座：浪漫满分灰姑娘》 | 20.90 |
| 《金牛座：微笑天使倔强心》 | 20.90 |
| 《狮子座：再会，骄傲小时光》 | 20.90 |

**淑女风尚馆·气质养成系列**

| | |
|---|---|
| 《我要我的淑女范儿》 | 18.80 |
| 《优雅女孩的秘密》 | 18.80 |
| 《清新森女在路上》 | 18.80 |
| 《俏女孩的甜美主义》 | 18.80 |

**小MM迷你爱藏本**

| | |
|---|---|
| 《蝴蝶停在十六岁》 | 18.80 |
| 《焦糖玛奇朵天使咒》 | 18.80 |
| 《那一年，花开半夏》 | 18.80 |
| 《雨季微凉时》 | 18.80 |
| 《只穿一天公主裙》 | 18.80 |
| 《月色银蔷薇》 | 18.80 |
| 《傲娇公主的美丽回旋》 | 18.80 |